目次

まえがき

中国の怪談には、奇妙なものが多い。読んだあとにポンとそこらに放っぽらかしにされるような気分です。

私は、この気分がことのほか好きで、そんなものばかり捜して読んできたようです。

こうしたジャンルを、中国では「志怪《しかい》」とか「伝奇」と呼んでいます。「志怪」は怪を志《しる》す、「伝奇」は奇を伝えるという意味。六朝《りくちょう》時代、東晋《とうしん》の初め干宝《かんぽう》という人の著わした『捜神記《そうしんき》』が代表的です。

干宝は当代一流の歴史学者であった人らしく、この頃に奇怪な話を蒐《あつ》めて一書となす風が始まりました。

ところで、小説というのは、現代日本では西洋でいうところのノヴェル、あるいはフィクションの訳語となっていますが、中国では、「大説」即ち、天下国家や哲学を論ずるような大いなる説に対して、とるにたらない、らちもないような説という意味なのだそうです。

怪力乱神を語らないのが、君子のたしなみであるとされた中国で、干宝のような大学者が、またあるいは魏《ぎ》の文帝・曹丕《そうひ》のような、いわばエライ人が「小説」をなすようになる。そういう時代になっていたわけです。しかし、いま言うように、その小説は、現今言うところの小説とは違うので、ノヴェルでもフィクションでもない。むしろノンフィクションであります。巷《ちまた》に聞く、実際にあった、珍しい面白い話を蒐めて、本にまとめる。

三国、六朝、隋を経て唐代に入ると「志怪」はさらに発展をとげて、筋も複雑に表現もより巧みになります。これが「唐代伝奇」です。

「伝奇」とは奇を伝えるの意味。事実の概要だけを記した「志怪」よりも「伝奇」は、もう少し作者の腕前を競うような「表現」にもなっていったようです。それが宋代伝奇になると、また見聞を直叙する「志怪」式のものに先祖返りしますが、しかし、描写は細かく、やや理屈ぽく、私に言わせるならば退屈なものがふえてくる。

明代には『剪燈新話《せんとうしんわ》』、清代には『聊斎志異《りょうさいしい》』『閲微草堂筆記《えつびそうどうひっき》』といった文言小説が書かれて、これらも題材としては一貫して、奇妙な不思議な怪奇なお話でありますす。時代の下るほどに、文飾は多くなるけれども、古代のトボけたような、大らかな味わいが薄れていくようです。

私は作者の技巧や表現よりも、ホントにあったことを「ただ書いたダケ」のような『捜神記』などが、よほど好みに合っています。

本書では『捜神記』『捜神後記』『幽明録』などの古い時代のものにとどまらず『聊斎志異』や『閲微草堂筆記』といった、清代のものまでいろいろ採りあげましたが、いずれも私の好みに合うものを選びました。

好みとはつまり「味わい」です。私は珍しい果物が大好きで、時折、旅行をすると、たいてい珍しい果物のなる南洋に出かけていきます。

人間が森から草原へと、立ち上って歩きだしたのは、未知のスイートなフルーツをめざしたのだとする説がありますが、見たこともない珍しい果物の魅力というのは、どこか「好奇心」そのもののように思えます。

私はいつも、そんな果物を夢みていたようです。たとえば果物の女王マンゴスチン（都念子）は、日本には類のない、芳香と美味を誇る果物ですが、しかしもっとほんとうに美味なる果物は、孫悟空や東方朔《とうぼうさく》や穆王《ぼくおう》の食べた仙桃でしょう。いっとう美味しいものは、未だ食べたことのない果物なのです。

志怪や伝奇。奇妙で不思議な、珍しい果実は厖大な書物のなかにまだまだ沢山眠っているはずです。

そんな風にして私が、手あたり次第に食べてきた、おもしろい話のいくつかを、同じように味わっていただける人に出会いたくて、私はそれらをマンガにしました。

仙人の締切

修羊公は魏の人である
華陰山上の
石室に住んでいた

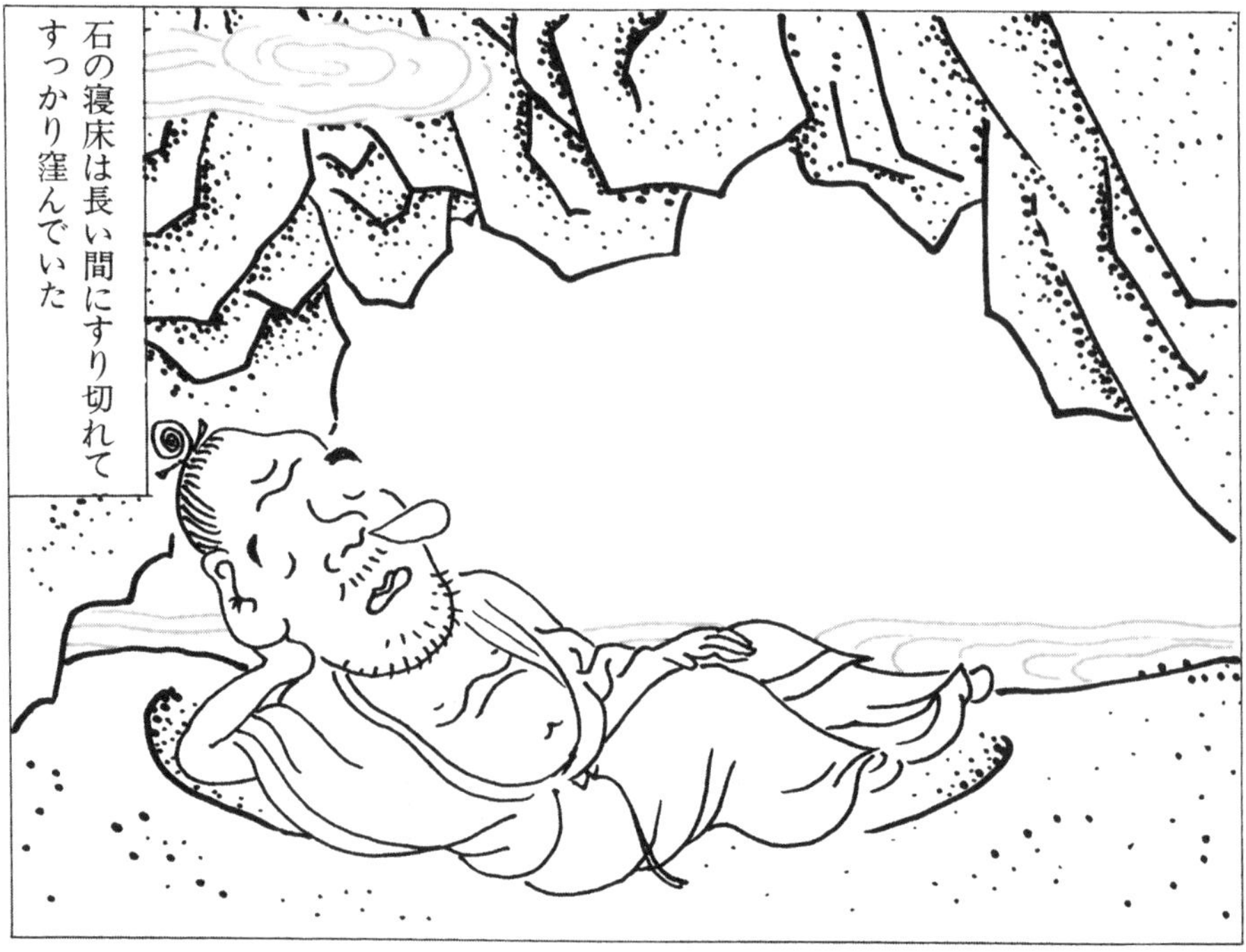
石の寝床は長い間にすり切れて
すっかり窪んでいた

ほとんど食事をせず
時たま黄精を取って食べる

ある時、山を下り

道術をもって
景帝に用いられたい
と言っているのを聞きつけ

帝はこれを礼遇して
王族の邸に住まわせた

が、数年たっても
いかなる術もあらわさない

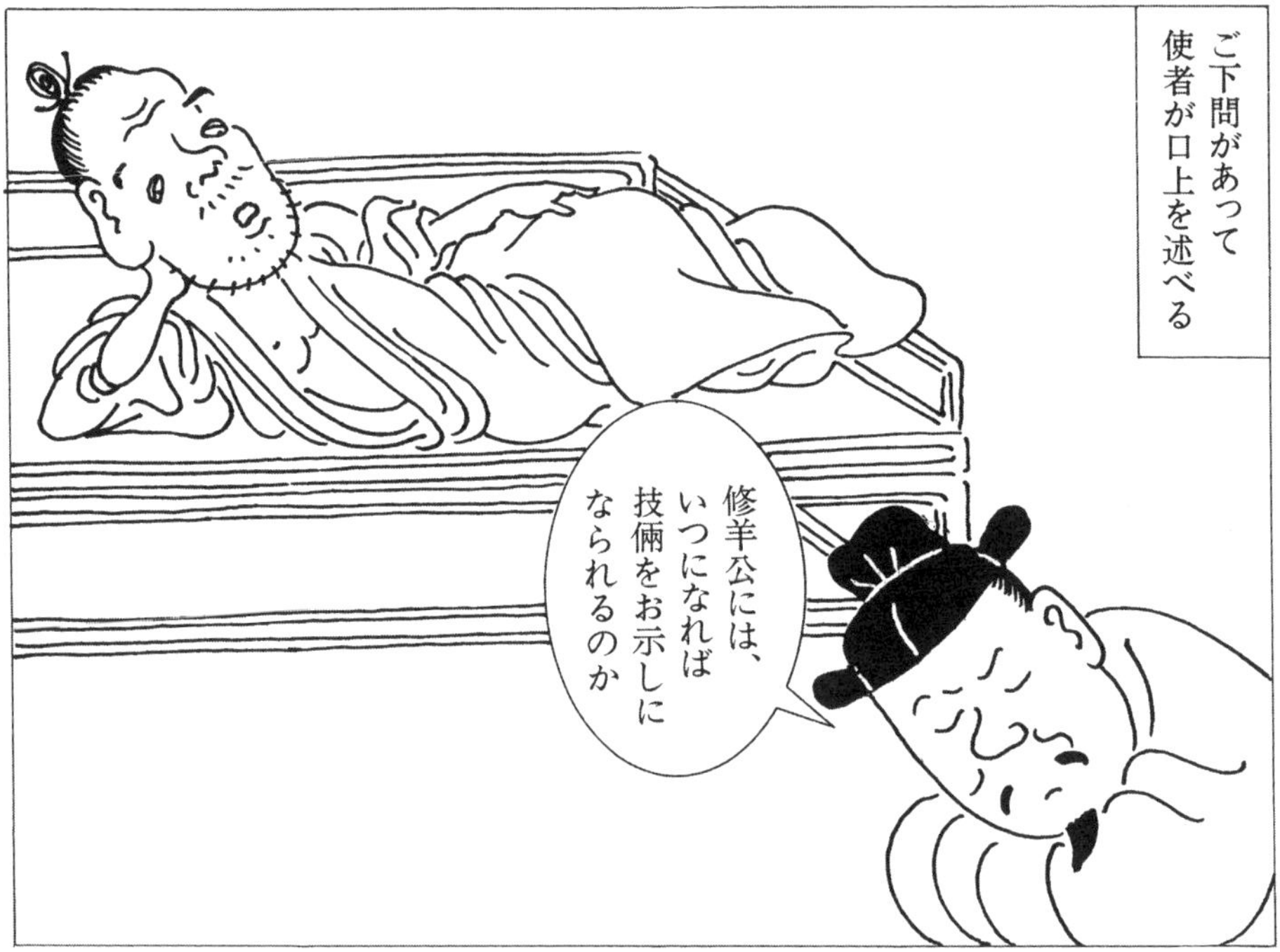
ご下問があって
使者が口上を述べる
修羊公には、いつになれば技倆をお示しになられるのか

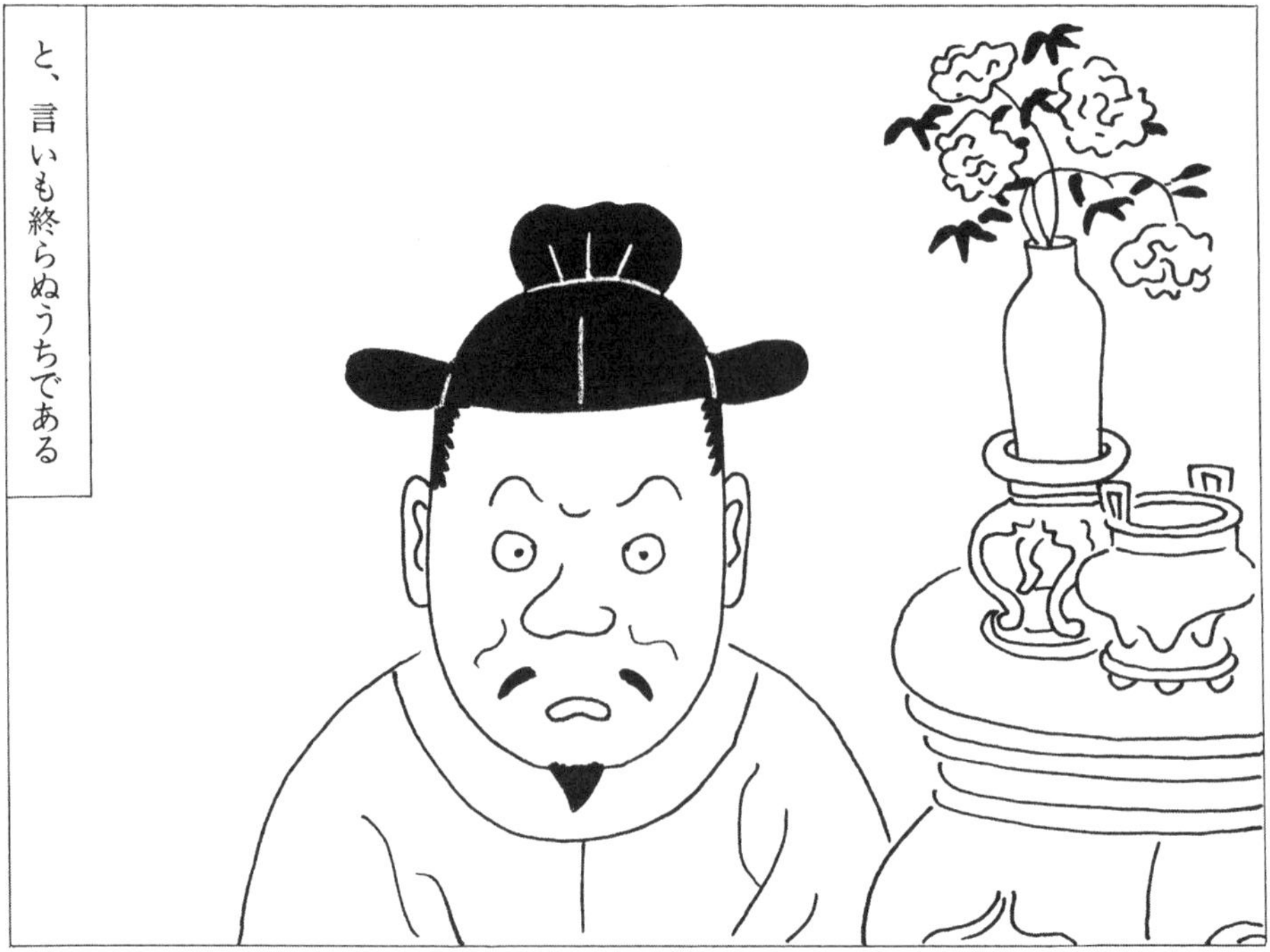
と、言いも終らぬうちである

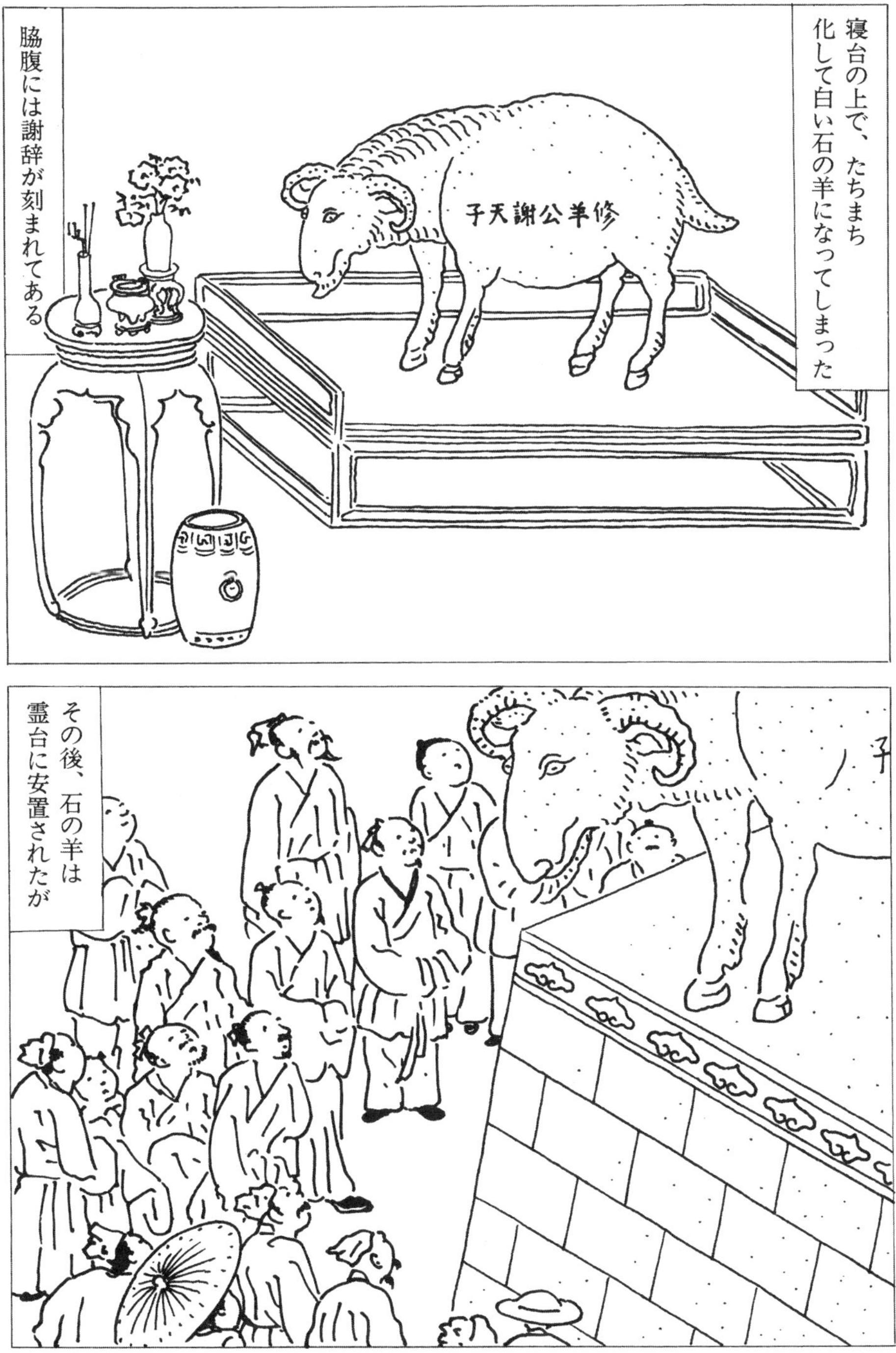
寝台の上で、たちまち
化して白い石の羊になってしまった
修羊公謝天子
脇腹には謝辞が刻まれてある
その後、石の羊は
霊台に安置されたが

しばらくするうち
どこへか去って
所在が知れなくなった
完
『列仙伝』より

蛇足

締切をズルズル延ばす。というのは、書き手にとって気のもめることでもあるけれども、ある面、奇妙に解放感のともなうことでもあります。

つまり、やらなくちゃいけないことがあるのにやらないでいる一種の贅沢《ぜいたく》感。

この、とぼけたような仙人の話は、『列仙伝《れっせんでん》』という紀元前六年ころに成った、仙人の列伝中にあります。

この本には七十人の神仙が集められていますが、私はこの「修羊公《しゅうようこう》」を最も気に入ってます。

いったいどういうつもりなのか？　自ら、「景帝に用いられたい」と山を下りてきたというのに、数年たっても何もしない。

そうして、ちょっと、

「どうなってるんでしょうか？」と聞いた途端に白い石の羊になってしまう。たしかに、それはそれで、めざましい術ではあります。だが、石の羊に化けたからなんだ？　と景帝（漢の孝景皇帝。在位 前一五七〜一四一年）は思わなかっただろうか？

せっかくなんだから、次回は象になったりキリンになったり、ワニになってくれてもよかろう、と思わなかっただろうか？

よしんば、そのようにしてくれたところで、いったいその「石の彫刻」に化ける術は、何の役にたつというのだろうか？

なんにもならない。この徹頭徹尾に、オトボケなとこが、私が魅《ひ》かれるところなんですが、たしかに仙人でもなければ、こんなくだんないことはできないのが人間です。

しかし、こういう仙人のいたことを「記録」しておいた当時の人が、修羊公の無意味を評価したのでないことは確かでしょう。

文中に見えるのは、尊敬の念であって、話をナンセンスやアンチクライマックスにしたてようとはしていない。笑わそうとして書かれた文章ではないということです。

『列仙伝』が編まれた目的は、

「不老長生が誤まりなき事実であることを説明するため、上古から三代秦漢《しんかん》に至るまでの神仙の事蹟《じせき》を述べて、集める」ことにある、と明記してあります。

昔の人と我々とでは、考えかたも感じかたも違っています。大昔の、しかも外人である中国人が、修羊公をどのように評価し、感じていたのか、それは判断しかねることであって、だからこそ、そこに、私は不思議なおもしろさを感じます。

私の、中国古典、志怪小説を楽しむ楽しみかたもまた、この異質なものとの出会い、その出会いから、あぶり出される自分自身、ということになるでしょう。

『列仙伝』の記述は、すべて、スコブル短文です。修羊公の項は、訳文にして3

24字、原文ではなんと、たったの85文字です。

ためしに原文を左に示してみましょう。

「修羊公。魏人華陰山石室中。有懸石榻。公臥其上石盡穿陥。公略不動。時取黄精食。漢景帝禮至之。使止王邸中。数歳道不可得。有詔問公何日發語。忽化爲白石羊。白如王。題脇曰。修羊公謝天子。後置羊於通霊臺。尋復去。」

この短いところも私の好物ですね。アッサリしてて、ソッケない。だからかえって勝手な想像を許してもくれます。そうしてすぐ読めてしまうところが大変好都合です。

寒い日

晋の大康《たいこう》二年の冬は
ひどい寒さであった

南州の人が
二羽の白い鶴が橋の下で話すのを見た

今年の寒さは
堯《ぎょう》が亡くなった年の
寒さにも負けないな
うむ

そして二羽の鶴は飛び立っていった

完

蛇足

ひどく寒かったという晋の大康《たいこう》二年というのは、西暦にすると二八一年のこと。晋というのは、おなじみ三国志の魏が蜀を滅ぼし、司馬炎が、魏に代わって西晋を建て、西晋が呉《ご》を滅ぼして、中国を統一してできた国で、それが大康一年ということになるので、その翌年です。

日本はそのころ、年表に記入事項がない。この四十二年前なら、耶馬台国《やまたいこく》の卑《ひ》弥呼《みこ》が、親魏倭王《しんぎわおう》の金印をもらってるんですが……。まァつまり弥生時代の後期っていうか、古墳時代の前期みたいな頃……ってあいまいな頃です。

当時があいまいだったわけじゃなくて、今あいまい。当時のことを知る人が全くいないんでよくわからないっていうことです。

ところで堯《ぎょう》っていうのは、伝説の皇帝で、さすがの中国も、この頃のことになると、ちょっとあいまいです。

しかし、ばかにくわしく分かっていることもある。堯の息子の丹朱《たんしゅ》は皇帝の器でなく、共工《きょうこう》は人間に裏表があり、鯀《こん》は命令を聞かないつまはじきものだったとか、それで後継を世襲にせず、舜《しゅん》というのをムコにして、彼を皇帝に立てたのだとか。

これだけ立ち入ったことが分かっているのに、その堯が亡くなった年っていうのが、西暦でいうと何年くらいにあたるのか？　というと、ものすごく大ざっぱ。だいたいBC三〇〇〇年頃？　って語尾が上がってる。え？　三〇〇〇年？　て、中国五千年として、つまり中国のはじまりのころですよ。

要するに、この鶴、ものすごく長寿鶴です。鶴は千年、亀は万年といいますから、まァ、ふつうの鶴の三倍くらいは長生きです。

日本にだって鶴はいくらでもいるんだから、聞いてみたらいいんですよ。耶馬台国がどこにあったかくらいは知ってるはずです。

つげ義春の「李さん一家」というマンガには、鳥語を解する李さんという在日コリアンが登場しますが、彼によると「鳥は話題に乏しく、たいてい天気の話かエサの話くらいのもので、あまりリコウではないのです」ということだった。

なるほど、せっかく三千年も生きているこの二羽の鶴も、話してる内容は「寒い」というだけです。

よっぽど寒かったんだろうな、ということはわかる。三千年に一度の寒さ。いや正確にいうなら、三千二百八十一年ぶりの寒さ。ものすごく寒そうです。

このトボけた話は、劉敬叔《りゅうけいしゅく》という人の書いた『異苑』という本に載っています。四七〇年ごろまで生きた人だといいますが、生年はわかっていません。鶴じゃないから、長生きしたとしても、せいぜい四〇〇年から三七〇年ころに生まれた人でしょう。

こうした志怪の書というのは、たいがいトボけたものですが、『異苑』に記されている怪事は、概して地味めで、それがさらにトボけた味になっているものが多い。二、三例をあげておきましょう。

「張華は白い鸚鵡《おうむ》を飼っていた。華が外出して帰ると、鸚鵡は必ず召使いたちが留守中にした善行・悪事を報告した。しかし、そのうちにさっぱり報告しなくなったので、華がわけをたずねると、鸚鵡は答えた。『甕《かめ》の中に閉じこめられてしまうのですもの、何もわかるはずがありませんよ』」

「晋の義熙《ぎき》の初年、晋陵《しんりょう》の薛願《せつがん》の家に虹が下りて、釜の中にたまった水を飲んだ」

「人参は一名を『土精』ともいう。上党に産するものがよい。この植物は人間の身体の部分をすべてそなえており、赤児の泣くような声を出すことがある」

斧の時間

晋《しん》の時代、衢州《くしゅう》に王質という樵夫《きこり》があった
山の中で木を伐っていると
妙なところに石室をみつけた

何気なく入ってみると
二人の童子が碁を囲んでいる

王質が勝負を見物しているのを
二人は気にもとめない様子だ

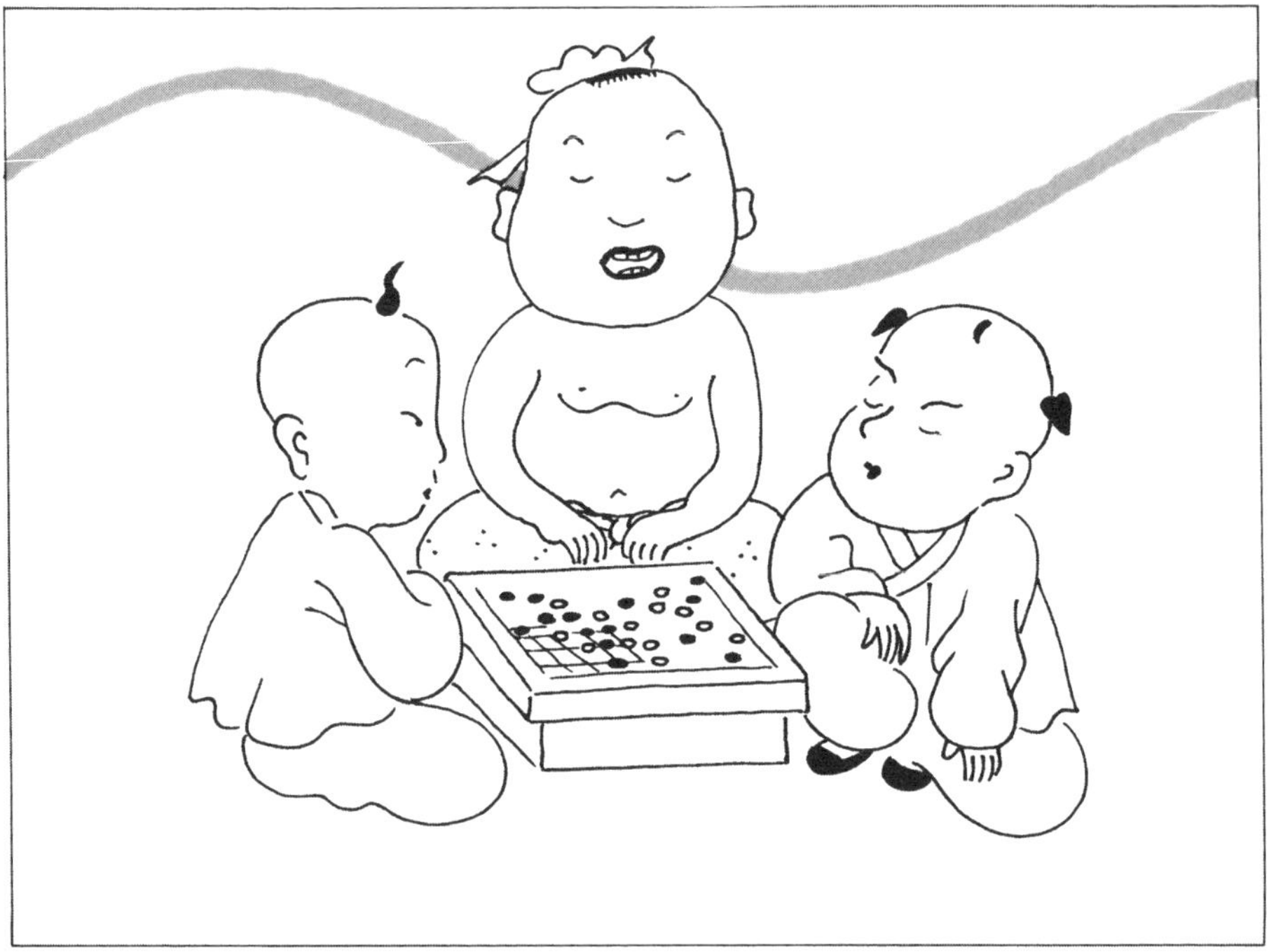

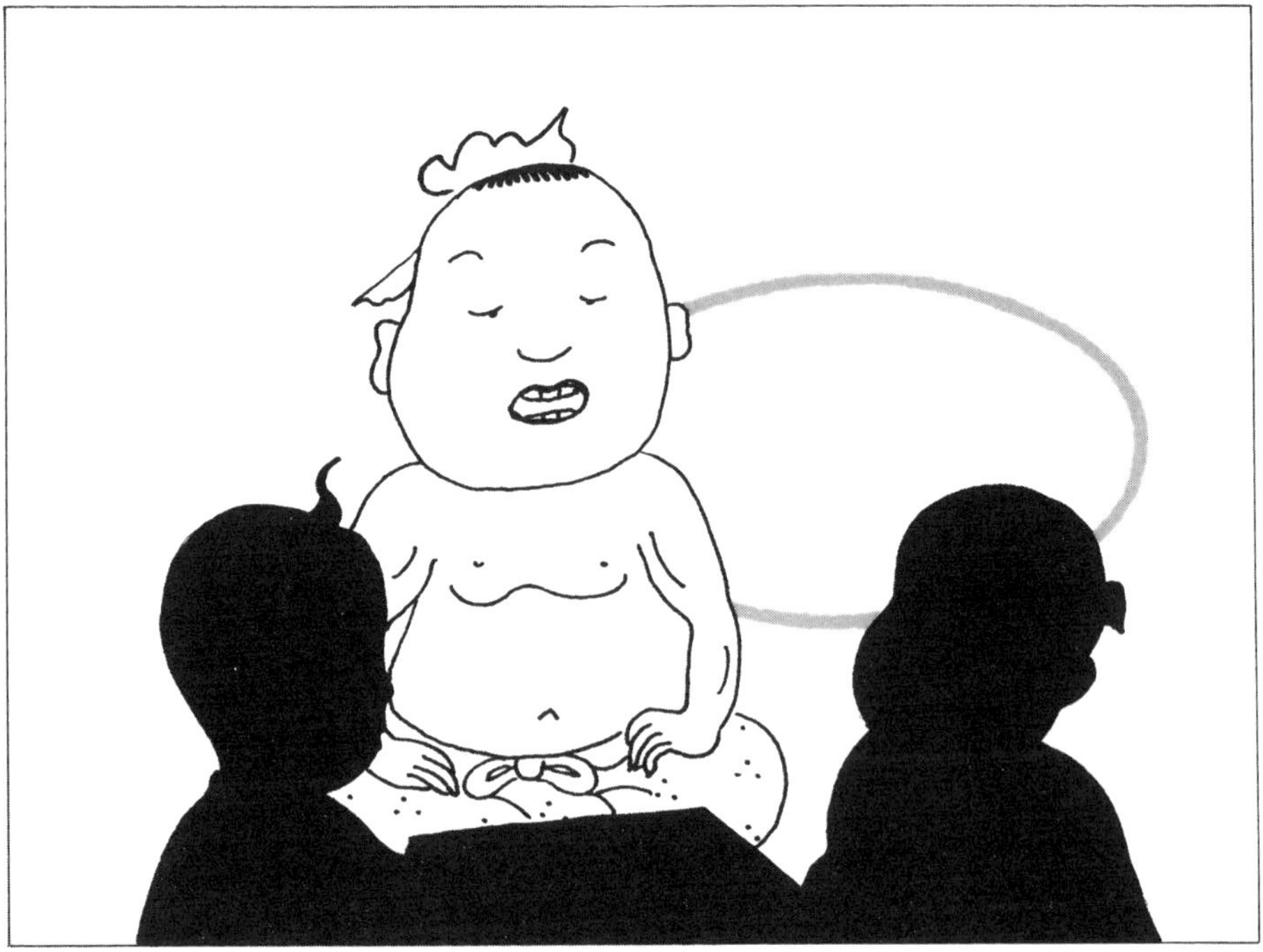

しばらくするうち一人が
これを口に含んでいるがいい
と棗《なつめ》の核《さね》のようなものをくれた

なんだ、つまらぬものをくれたな
こんなものでは腹の足しになるまい
が、試みにそれを口に含んでみると
なんともいえぬ甘い汁が喉に流れ込み
すっかり飢えを忘れさすのだった

しばらくするうちもう一人が
もう帰ったがよかろう
ここへ来てから大分月日が経ったから
と突然奇妙なことを言う

大分月日が経っただと？
まだいくらもしないだろうに

しかしこどもに帰れといわれたのだ
しかたなく王質は立ちあがり
何気なく斧を取りあげてみて驚いた

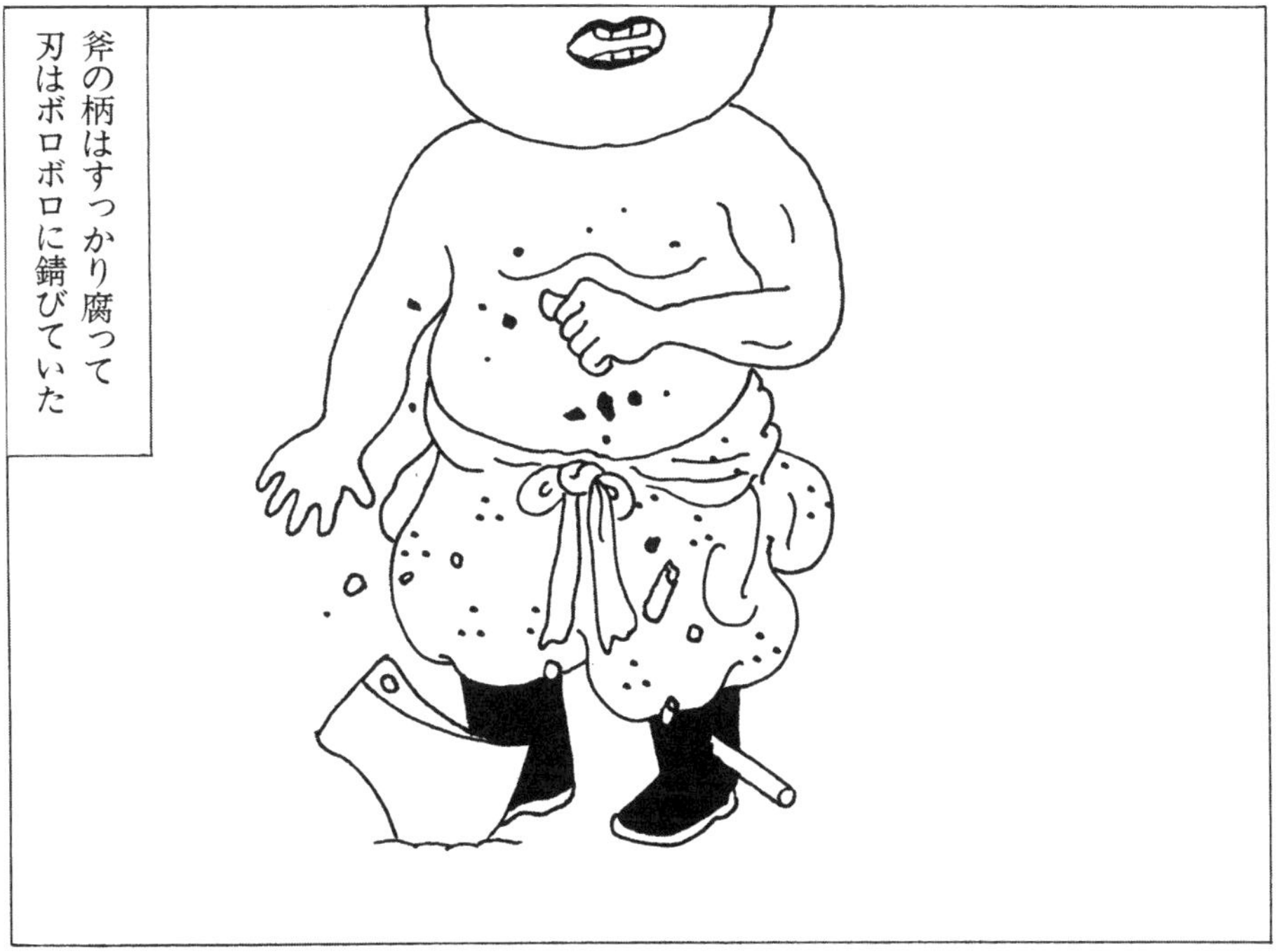
斧の柄はすっかり腐って
刃はボロボロに錆びていた

里へ帰ると
誰一人知ったものがいない
尋いてみると彼が山に入ってから
すでに数百年を経ていたのだった
完
『述異記』より

蛇足

「アルプス一万尺」のメロディーで中国歴代王朝を暗記する法があります。

〽アルプス、イチマンジャークっていうアレの、つまり替え歌です。

〽アル　プス　いち　まん　じゃく……サン、ハイ

〽殷《いん》、周《しゅう》、東周《とうしゅう》、春秋《しゅんじゅう》、戦国《せんごく》

秦《しん》、前漢《ぜんかん》、新《しん》、後漢《ごかん》

魏《ぎ》、蜀《しょく》、呉《ご》、西晋《せいしん》、東晋《とうしん》

宋《そう》、斉《せい》、梁《りょう》、陳《ちん》、隋《ずい》
五胡十六《ごこじゅうろく》、北魏《ほくぎ》、西魏《せいぎ》、東魏《とうぎ》、北周《ほくしゅう》、北斉《ほくせい》
隋《ずい》、唐《とう》、五代十国《ごだいじっこく》、宋《そう》、金《きん》
南宋《なんそう》、元《げん》、明《みん》、清《しん》

不思議なことに、何度か歌うと覚えてしまいます。覚えたからどうか？　といえば、まァ、どうということはないです。

この物語の衢州《くしゅう》の王質は、晋の時代の人でした。晋の時代はAD三〇〇〜四〇〇年くらい、この話の載っている『述異記《じゅついき》』（東軒主人選）は、『聊斎志異《りょうさいしい》』なんかの書かれたのと同じ康熙《こうき》年間、つまり清代の作です。替え歌の最後の「清」。この間千二百年くらい経《た》ってます。

日本でいうと大和時代から江戸時代。仁徳《にんとく》天皇から赤穂浪士《あこうろうし》くらいの差です。数百年を五、六百年と考えると、大和時代の人が平安時代に戻ってきた計算です。もっとも、中国四千年の歴史からみたら、ほんのチョンの間なんでしょうか。中国人はデカイ数字にあんまりオドロカナイ。

ところで、デカイ数字の覚え方も、実は、アルプス一万尺方式で、私は考えてあります。

「無量大数」というのが名前のついてる一番大きな数ですが、これは10の68乗、1のあとに68コ0がついた数です。それを知っている人も、途中の数は知らないのが普通です。千京の上、なんていうか？　そんなこと、知ってる必要ないからですね。今度は浦島太郎の替え歌です。〽昔々、浦島は、助けた亀につれられて……のメロディーで、サン、ハイ。

〽一《いち》、十《じゅう》、百《ひゃく》、千《せん》、万《まん》、億《おく》、兆《ちょう》
京《けい》、垓《がい》、秭《し》、穣《じょう》、溝《こう》、澗《かん》、正《せい》
載《さい》、極《ごく》、恒河沙《ごうがしゃ》、阿僧祇《あそうぎ》
那由他《なゆた》、不可思議《ふかしぎ》、無量数《むりょうすう》（無量大数《むりょうたいすう》）

考えてみると、昔の中国人は、なんの必要あって10の68乗までの数に名前をつけたりしてしまったのか、不思議といえば不思議です。因《ちな》みに不可思議というのは10の64乗、以下指数は四つずつ減っていって、万から十までは一つずつ減っています。

茶肆の客

都の石氏という家では
茶店を開いて幼い娘に店番をさせていた
福

ある時、甚しく汚い身なりの
異貌の乞食が店に来て
茶を飲ませ
と言う

娘は快く茶をすすめ
しかもその貧しいのを憐んで
銭をとらなかった

それ以来、乞食は毎日茶を飲みに来て
娘は特によい茶をこしらえてやる

父はそれを知って娘を叱った
あんな奴が毎日来ては
ほかの客が寄りつかなくなる

それでも娘は今まで通りであったので
父は怒って打つこともあった

可ーーー！
いつものようにその日も乞食はやってきて

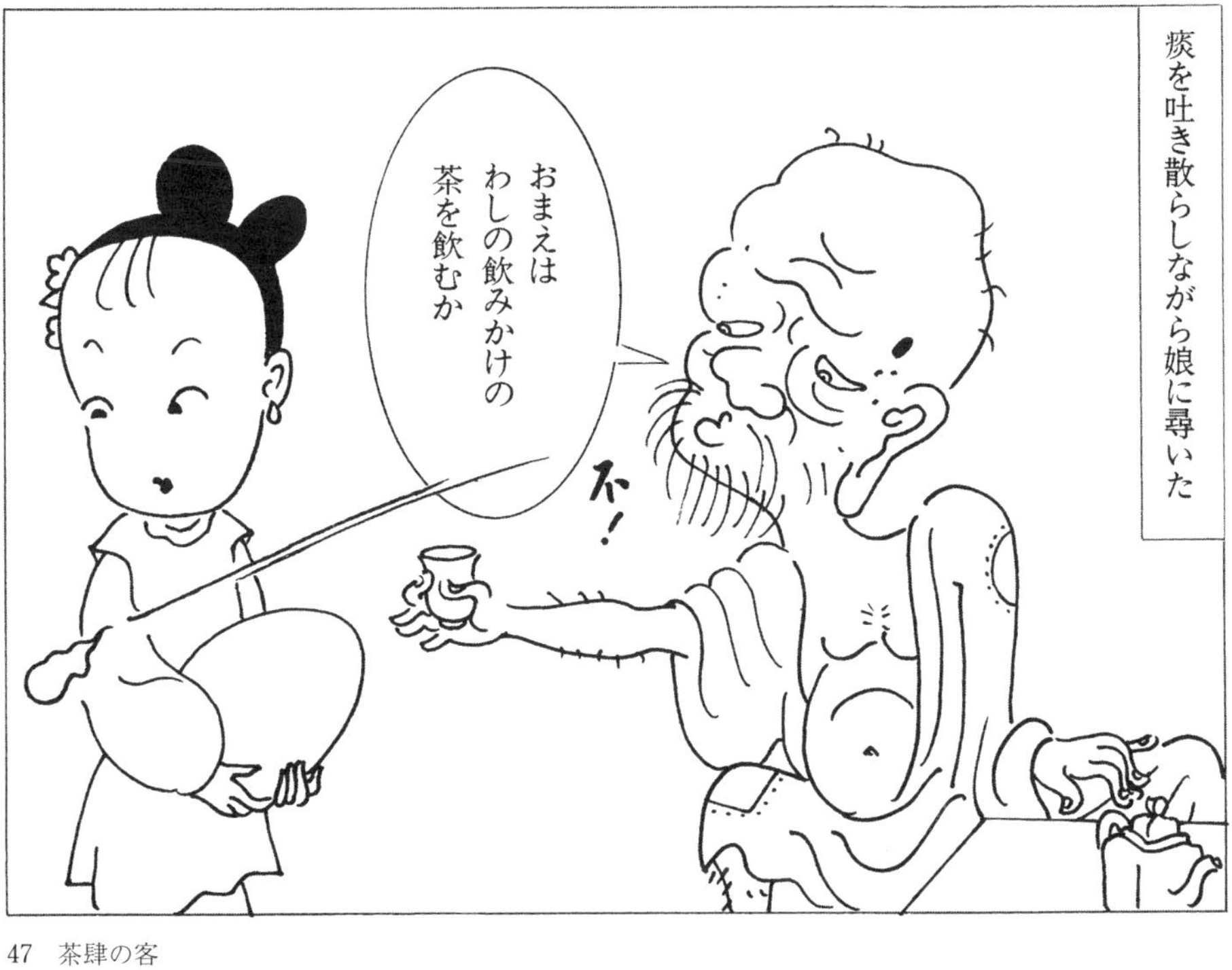
痰を吐き散らしながら娘に尋いた
おまえは
わしの飲みかけの
茶を飲むか
不！

これには娘もすこし困って
その茶を土間にこぼすと
茶
茶

たちまち一種不思議の
よい匂いがしたので
怪しんでその残りを飲みほした

わしは呂翁《りょおう》という者だと乞食は名乗った
おまえは縁がなくてわしの茶をみんな飲まなかったが少し飲んでも福はある富貴か長寿か、おまえの望むところを言ってみよ
長寿……
と娘が答えると呂翁はうなずいて去った

気がつくと先刻吐き散らした痰が
そのまま金塊に変わっていた
娘は長じて管営指揮使の妻となり
百二十歳の長寿を保った
完
『夷堅志』より

蛇足

この物語の原題は「乞食《こじき》の茶」。宋の洪邁《こうまい》という人の『夷堅志《いけんし》』にある話です。汚い身なりをした、異相の乞食がやってきて茶をのませというばかりか、代金を払わない、しかも図々しく、それから毎日やってくる。

茶肆《ちゃみせ》の娘は心やさしいこともあるけれども、ちょっと変わり者でしょう。

「あんな奴に毎日こられちゃ、客が寄りつかない」

という父親の考え方は、ごく常識的なものです。

娘はそうした父にあきたらぬものを感じていたと思いますね。私は実は、このコがちょっと好きですね。見どころがあると思う。

普通の考え方というものに、直観的にある種の反発を感じている。意識的ではないけれども、なにかがわかっている。

仙人というのは、たいがい身なりもみすぼらしく、とても立派にみえないヘンな奴として、現われることが多いようです。

非常識で何を考えているのかわからないし、なんだか不気味で、要するに受《う》け容《い》れ難い。普通でない、排除される存在。異物です。

しかし、そういうものを見て、なにかを感取する人がいるんです。いままで自分が持っていた価値観自体を疑い出す人。

でも、娘は呂翁《りょおう》の茶を全部飲まなかった。オヤジの汚い飲みかけのお茶なんて、イヤでふつうです。

呂翁はこのコの「仙骨」に、ちょっと期待したのかもしれませんね。ひょっとすると、タイプだったのかもしれない。が、所詮《しょせん》は、まァ、キラわれてしまった。

それで最後は、長寿と富貴のどちらかをプレゼントということになって、娘は長生きすることを選んだということで終わっています。

マンガで、呂翁の吐いた痰《たん》が金塊に変わっているシーンというのは、実は原作にはありません。が、いくつか読んだ類話の中に、そういうシーンがあって、それがとても強烈に印象に残っていた。

もっとも汚いと思われているものが、もっとも価値のあると思われているものに、いつのまにか変わっている。私はこういう逆転がとても好きなんですよ。

汚い乞食が、実は仙人だった。昔の中国人は仙人を尊敬しています。なぜ、仙人は尊敬されるのか？　というと「不老不死」とかどんなことも可能な「術をもっている」ということになってしまうんですが、私は違う考え方をしています。

私がもっとも仙人を好きなのは、価値をひっくらかえしてくれるところなんです。霞《かすみ》を食って生きるのも、空中を自由に飛び回るのも、姿をパッと消せるのも、いつまでも若く死なないのも、それはすべて、「ワレワレにはできない」と決まったものだから魅力的なのであって、そんなことが出来るようになりたいと思うわけじゃありません。

仙人になるための本というのがあって、そんなのを読んでいると、なんだかずいぶん、しんきくさいみたいな、みみっちくてケチくさいようなことになってて、ちっとも面白くありません。

私は、この茶肆の娘をけっこう好きなもんで、このコが長じて管営指揮使の妻になっても、のちに呉の燕王《えんおう》の孫娘の乳母となって、百二十歳の婆《ばあ》さんになってても、やっぱり、ちょっと、人と違うところのある、茶目っ気のある女のコのまんまのところがあったことにしておきたいと思ってます。

新宿駅や上野の山で、ホームレスをしてる人たちを、私はそんなに好きじゃありません。でも、この中に「ほんとは仙人」の人がいるかもしれないな、と思うのは、わりにキライじゃない妄想なんです。

それで、よくチラチラと観察するんですよ、仙人かもしれない人がいないかどうかって、いまのところ、まだ見つかってないんですけどね。

水人形

漢の末ごろ
零《れい》陽《よう》郡《ぐん》大守の史《し》満《まん》に一人の娘があった

娘は父の部下の書佐を見そめたのである

女中に言いふくめて
娘は書佐が手を洗った水を
ひそかに持ってこさせて

飲んだ
やがて娘は妊娠をし、子を産んだ

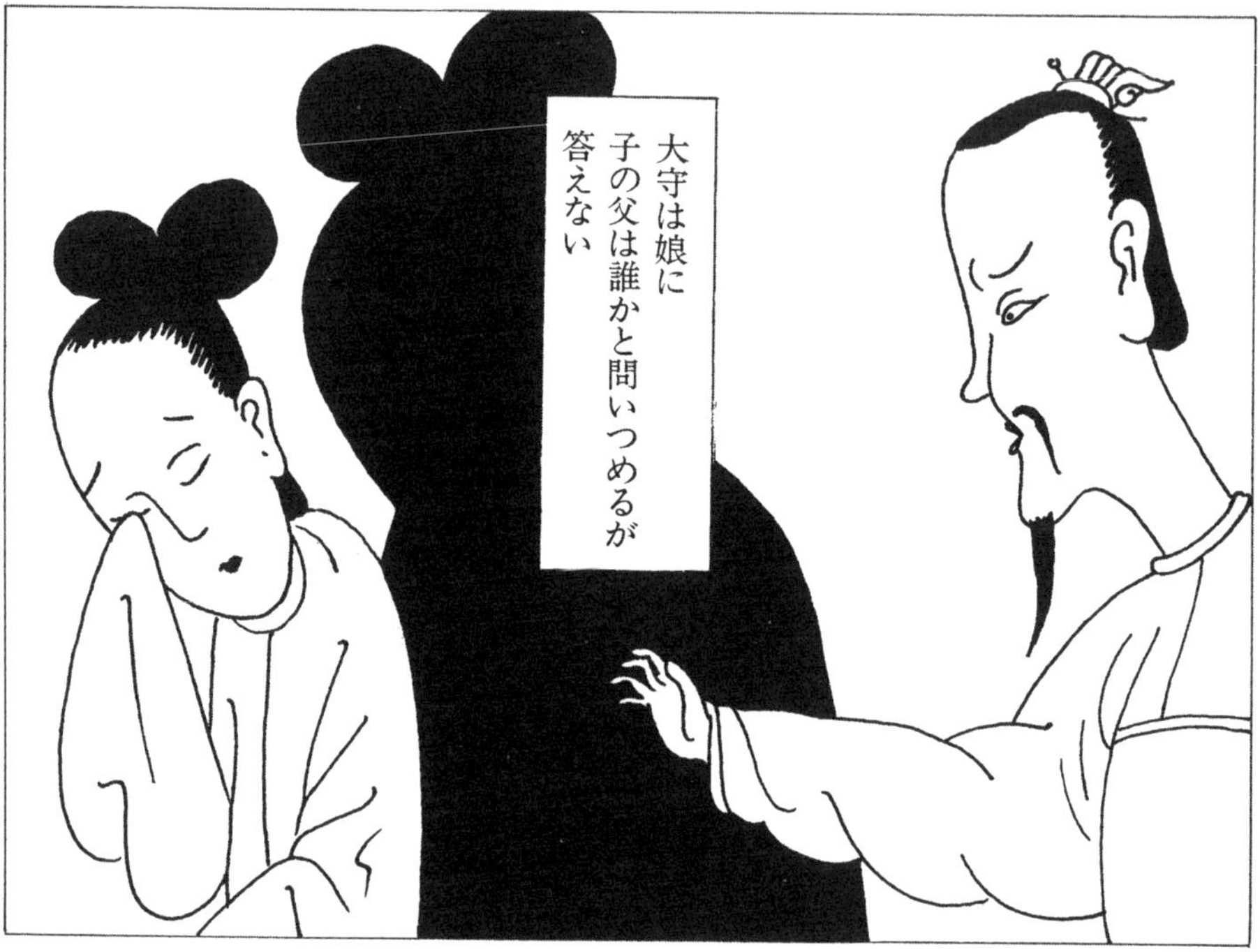
大守は娘に
子の父は誰かと問いつめるが
答えない

その子が歩けるようになった日に

大守は子供を抱いて部下の前に出ると
そっとはなした
この中にお前の父が
いるはずだ、
そこへ歩いていくのだ

部下たちは
覚えのないことでもあり
一様におどろいた
子供はまっすぐに這って行き
書佐に抱かれようとしたのだ

おどろいた書佐が押しのけたところ
床に倒れたと思うと水になってしまった
完
『捜神記』より

蛇足

音楽家のチチ松村さんは、クラゲの愛好家である。愛好というより崇拝しているといっていい。流れに身をまかせ、ユラユラと肩の力をぬいたクラゲの生き方に憧《あこが》れているのだといいます。クラゲの肩はどの辺か？　などとまぜかえしても平然とされてます。もう、半分くらいクラゲになっているかもしれない。

クラゲというと、ふつうの人は、海水浴に出かけた折に、こっちは何にもしてないのに、イキナリぷつりと刺すヤツ、として悪感情を持っているでしょう。

「そろそろクラゲ出ちゃってるから、もう今年も海水浴は終わりだな」

クラゲ出ちゃってる。というと、クラゲ、それまではどこでどうしてたんでしょう？　不明です。不明でも痛痒《つうよう》は感じていません（まださされてない）。どうせ「地に足のついてない」「骨なし」の、だから当然「どこの馬の骨でもない」ヤツくらいにしか思っていない。

しかし、クラゲのたゆたう姿は美しい。透明で繊細で優雅、その動きと形、私も称賛するにやぶさかでない者です。だが、クラゲを屁《へ》とも思っていない人同様に、クラゲについて何も知りません。

東京湾の水際《みずぎわ》に住んでいるんで、クラゲが海に浮いているのを私はよく見るんですよ。海はひところよりも、ずっとキレイにはなりましたが、レースのように美しいミズクラゲが浮いてる辺り、かなりガサツな黒い水です。

「ボクが見たのは、たいがい死骸《しがい》でしょう。じっとしてるし、あんな汚い水ですからね」

というと松村さんは声を低くしていうんです。

「いえいえ、そんなことはありませんよ」

「だって、ぜんぜん動きませんよ、グッタリしてますよ」

「グッタリしてるんですよ、クラゲって……南さん、見たんでしょ？　見たんなら、それは…………生きてるんです」

「え？……」

「クラゲは死んだら……姿がのうなってしまうんですよ…………」

クラゲは死ぬと水になってしまうのだそうだ。まわりは水だから、まったく存在がカキ消えるように消滅してしまう。

「いいでしょう、そういうとこも、いいですよ、なんだか……」

というんですよ。なんだか妙な気分。私は話を聞きながら、『捜神記』にあったこの話を思い出しました。クラゲは水母と書く。『捜神記』巻十一にあったのは「水になった子供」という題でした。

水の子供は、まるで水の母のようではないか。はかないような、不気味なような、ひやりとするような話です。

水子というのは、辞書の語釈では「生まれてあまり日のたたない子」と書かれてあるだけですが、近頃、水子といえば、たいがい亡き者にされてしまった、そういう子供の意味にだけ使われています。

なかったことにして、水に流されてしまった子、という意味。しかもその子は流れてなんていってない、今、あなたの肩のあたりに浮かんでますよ、などといって脅し金銭をまきあげようというような、不届きな行いの手段になってます。

これにくらべれば、中国の古人の話には、はかない美しささえ感じる。この話は娘を問いつめた太守が、すべてを知って、書佐と娘をめあわせたところで終わっています。

それにしても、ちょっと押しのけたところ「水になってしまう」ところは、ややコワイ。あの生まれたての赤ン坊の、手を触れるのさえ「責任を感じる」ような気分に、この表現はあまりにもピタリとついてます。

あんなに小さな手に、小さな小さな指がついており、小さな小さな爪が、ちゃんと精巧に、ほんとにうまいこと一つずつ、ついているから不思議です。

金銀の精

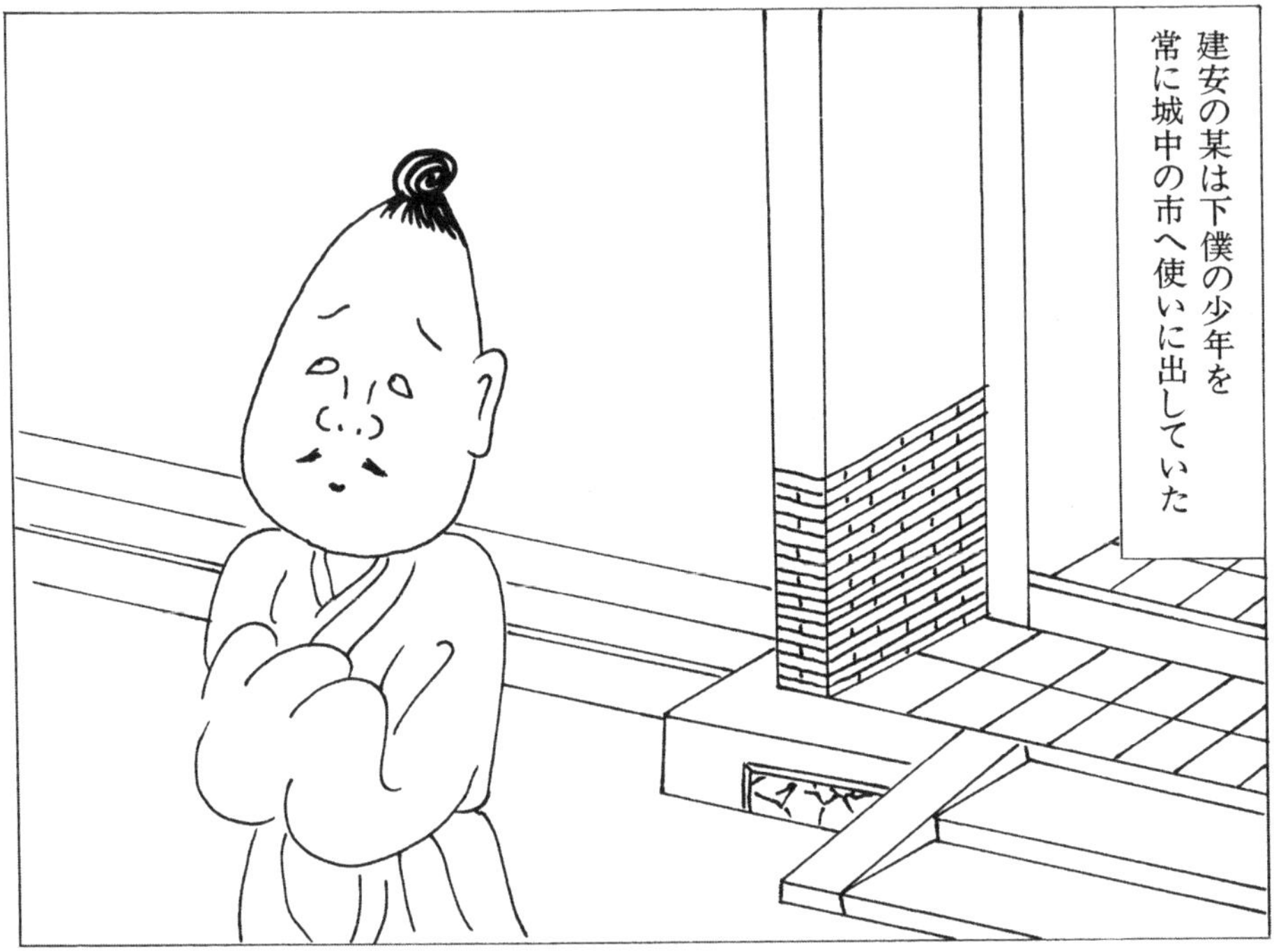
建安の某は下僕の少年を
常に城中の市へ使いに出していた

少年の帰りが毎日遅くなるので
主人が怪しんで叱りつけると
途中、相撲を挑む
者があるのです
と奇妙な言訳をする

お屋敷の南の大きな古塚
あの前を通るたびに黄色の服の少年が出て
相撲を一番取っていけ
とさそうのです

私も相撲を好きなので、ついつい
毎たび相撲を取っておりました
それがために往復に時間がかかった
のでございます

お前の話が本当かどうか
それではわしが一緒についてゆこう

主人が草のなかに忍んでいると
果して黄色い服の少年が出て
下僕に相撲を挑んだのであった

主人が不意に飛び出して打ちすえると
少年の姿は忽ちに金で作った小児に変じた

それを持ち帰って、某家は金持ちになったのだ

似たような話がもう一つある
廬州の軍吏・蔡彦卿《さいげんけい》という人が
拓皐《たくこう》の鎮将となった時のこと
夏の夜、鎮門の外に涼んでいると

草原に白い服をまとった美女が舞うのを見た
不思議に思って近よると女の姿は消えてしまう

あくる晩
蔡は杖を持ち出して、草むらに潜んでいると

やがて女があらわれて
ゆうべと同じように舞い始めた

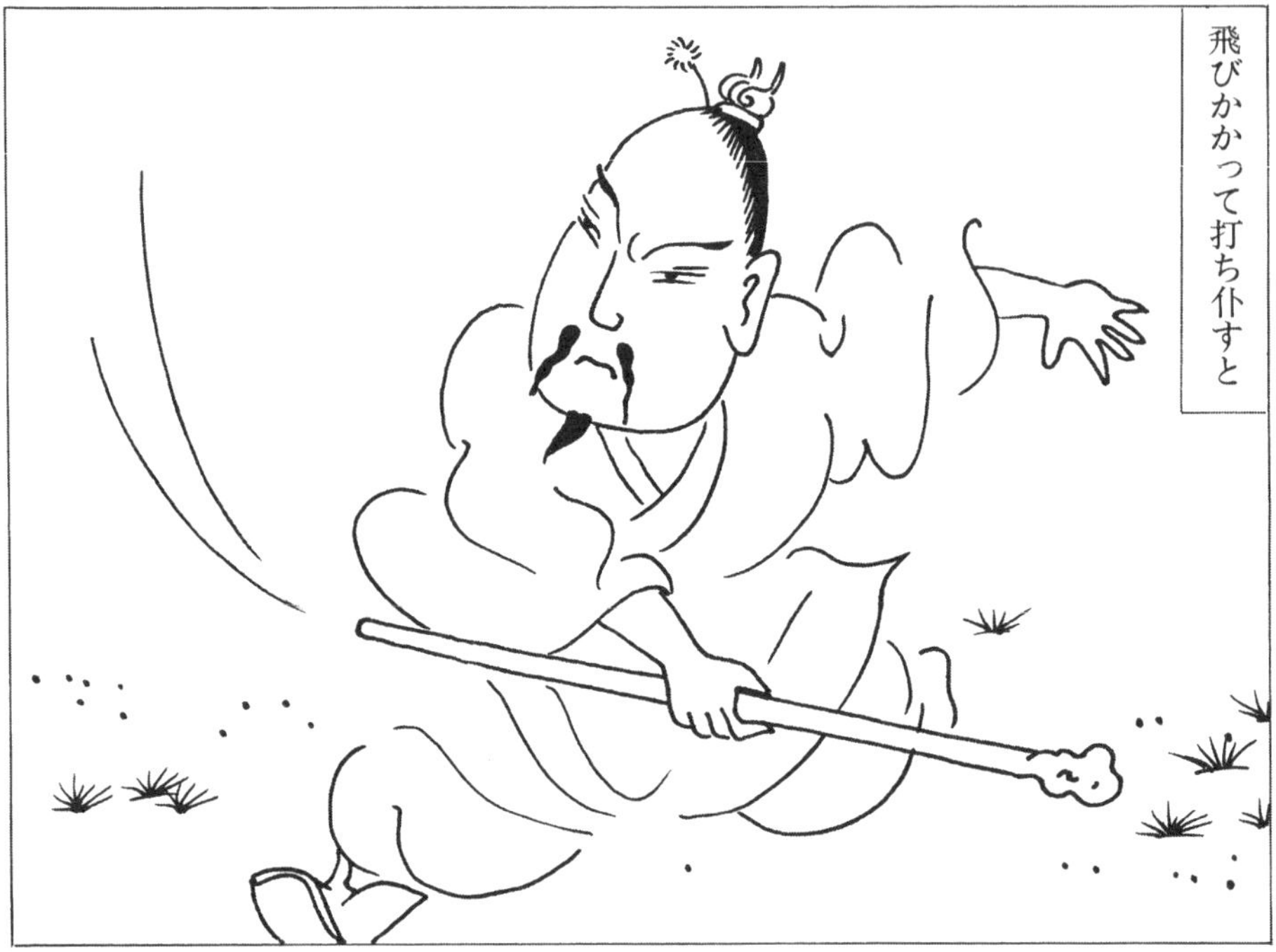
飛びかかって打ち仆すと

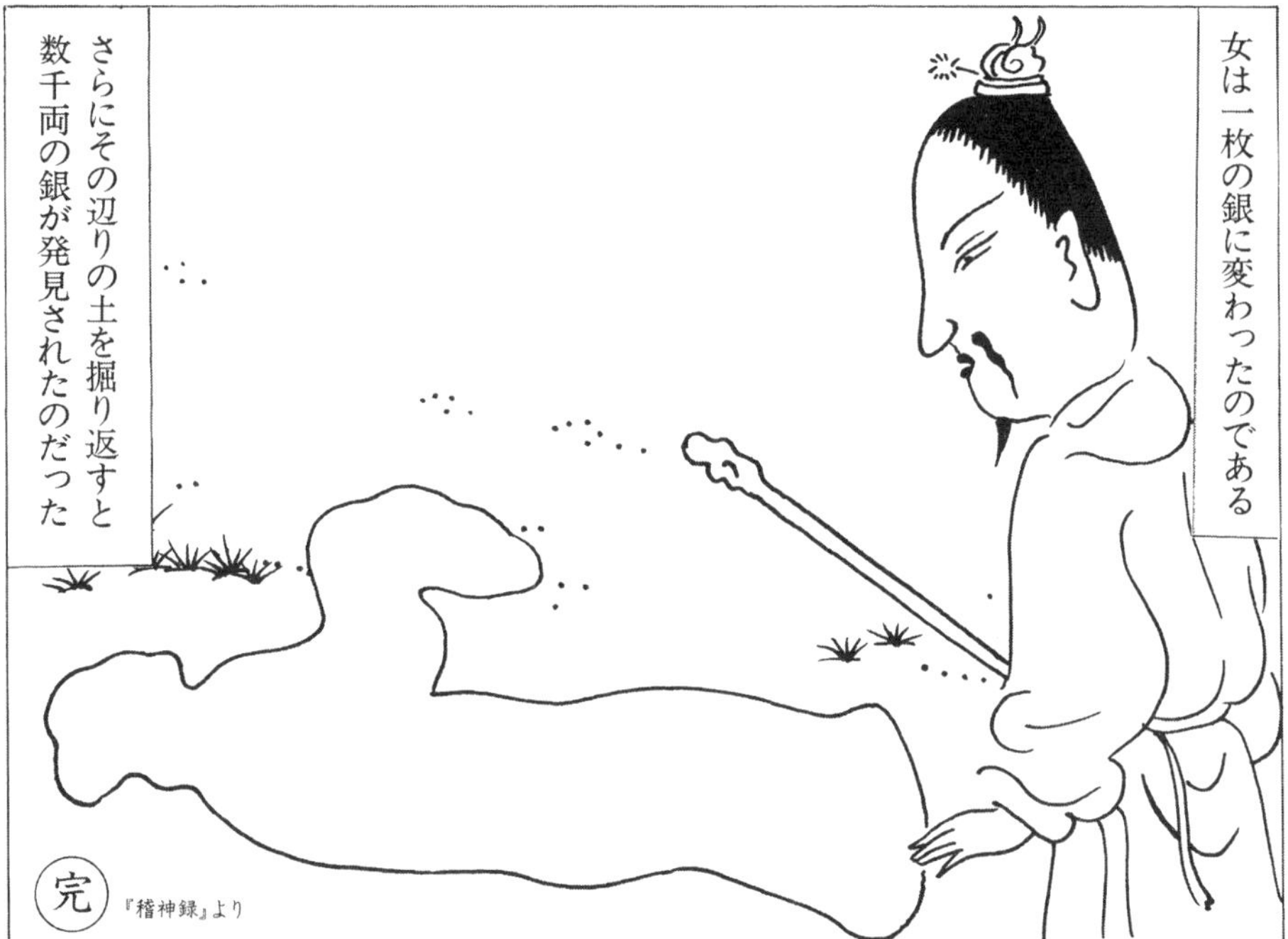
女は一枚の銀に変わったのである
さらにその辺りの土を掘り返すと
数千両の銀が発見されたのだった
完
『稽神録』より

蛇足

中国の志怪小説のたぐいを読んでいて、いつも気になるのは、人々が妖怪と呼ばれるようなものに、ひどく乱暴であるところです。まるで情容赦がない。妖怪らしいものが出た途端に、考えもなしにいきなり棒でぶっ叩くケースが多い。

何も、そんなにぶたなくても……と思う。これは私が自分の顔をやや妖怪よりに認識しているというだけでなく、むしろ、日本人と中国人の違いという気がします。

この話は『稽神録《けいしんろく》』という本に「金児と銀女」という題で収録されています。『稽神録』は北宋《ほくそう》の頃に成った本で、作者は徐鉉《じょげん》。『太平広記《たいへいこうき》』の編集者でもあった人です。

年表を見ると、この頃、中国三大発明のうちの二つ、火薬と羅針盤が発明されています。(因みにもう一つの紙はこれよりずっと前、蔡倫《さいりん》によって後漢の頃に発明されていて、この間約九百年の開きがある)

この時代、日本では『枕草子《まくらのそうし》』や『源氏物語』『紫式部日記』『更級日記《さらしな》』『大鏡』『今昔物語』といった古典のビッグネームが揃《そろ》って出ています。「火薬と羅針盤」対「源氏物語と枕草子」。日本人と中国人、どのように違っているんでしょうか?

建安《けんあん》の某家は、いきなり「コドモ大」の金塊が手に入って、めでたいかもしれないが、お使いのたびに相撲の対手《あいて》をしていた、この下僕の少年は、どんな気持だったでしょうか? 友人がいきなり金塊になって、それを運ばされる心境。

正々堂々と相撲を取って勝ったのならいざ知らず、草むらに隠れた大人が、不意に棒でなぐりつけ、あまつさえその死体を財産としてしまうについては、人情として「如何《いかが》なものか?」と思わずにいられません。

しかし、物語はひどくタンタンと、実にめでたいような話として終わってしまっている。

あまりにアッケラカンとしているので、いつまでも、人情に拘泥《こうでい》しているこちらの方が、未練たらしく感じられてきて、

「まァいいか、メデタイことにしよう!!」と思ったりするから不思議です。

中国の昔話を読んでいて楽しいのは、こうしたところでもあって、日本人とか現代人の常識を「アッ」という間に蒸発させてしまうようなところがある。

偶然の機会に金持になる、そんな幸運が許されるのは、日本では「よほどの正直者」や「親孝行」「信心深い善人」といったところに限られるものですが、そんなことには一切無関係に、突然、意味もなくコドモを棒でなぐり殺して大儲《おおもう》けっていう、実になんとも乱暴なのが面白い。

「たしかに現実っていうのは、往々にしてそんなもんかもしれない」

なんていう感想も湧《わ》きますが、面白かったのはそんなのみこんだような感じよりアレヨアレヨと思ううちに宙にほうり出されてしまう気分のほうでしょう。

志怪というのは、創作ではなく、実際にあった怪を志《しる》したもので、ごく短い話の寄せ集めでした。つまり話を面白くしてやれ、というので「つくって」はいないということです。しかし、どの話を記録して、どの話をすてるか、という編者の好みはあるわけで、中国人はこういうワケのわからないのを好きらしい。

ワケのわからないことというのはオソロシイわけですが、それがそのままオモシロイことでもある。

なんとかスジの通ることで身の回りをまとめてしまいたい。と思うほど、余計にそこにおさまりきらない話に魅力を感じてしまう。ということかもしれません。

すべて「理屈で固めたい」気持と、そんなことでは糊塗《こと》できない、オソロシイことが、必ずあるのだと、わかっている。案外、現代に生きる日本人と、千年昔の中国人がそこに共通しているかもしれません。

白い娘

袞州《えんしゅう》の徂《そ》徠《らい》山《さん》に
光化寺という寺がある
一人の儒生がこの寺に部屋を借りて
勉学に専心をしていた
夏のある日のこと
儒生が廊下に出て涼んでいると

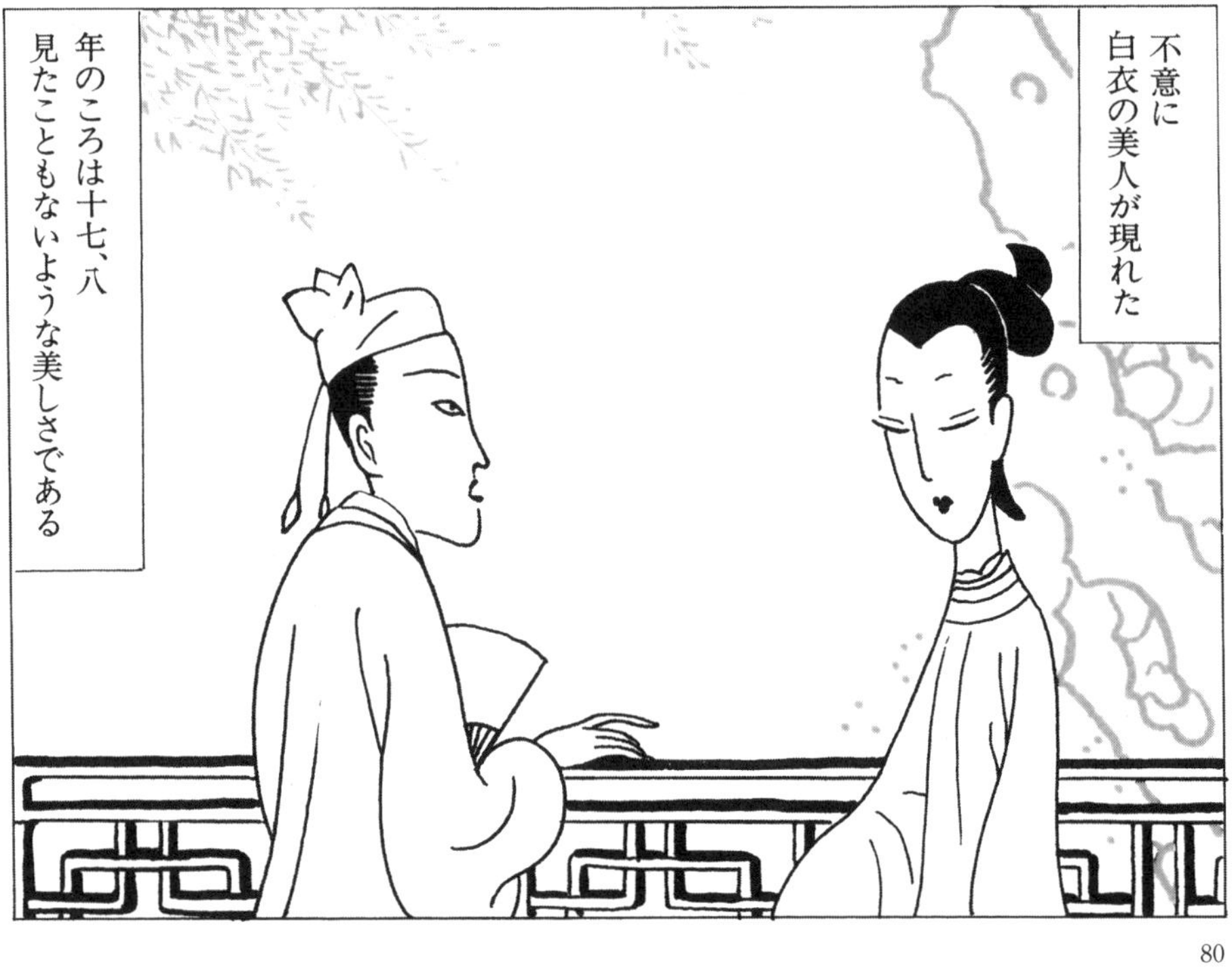
不意に
白衣の美人が現れた
年のころは十七、八
見たこともないような美しさである

どこから来たのか
とたずねると
家が山のふもとにありますので
と答えるけれども
ふもとにこんな女はいないはずだった
しかし、そんなことより儒生は
一目でその美しさに心をうばわれ
穴のあくほどに娘を見つめて
しきりに気をひくのであった

やがて月の上がるころ
娘は儒生の部屋にあって
二人は夫婦の契りを交わしたのである

儒生は娘を離したくなかった
離れればそれきりになる気がした
幸いに田舎娘とお見捨てにならないのでしたら
いつまでもお情をいただきましょう
でも今晩は帰らなければなりません
そしてまた、きっと参ります
その時はもう、お別れせずにすむのですから……

儒生は重ねてひきとめた
娘はしかしどうしても承知しない
これを見たらきっと早く還ってくるんだよ
儒生は宝として持っていた白玉の指輪を
与えて約束をさせるのだった

送ってくれるなと娘がいって去ると
儒生は大急ぎに山門へ上り柱のかげから
その後姿を見つめていた
娘が百歩ばかり歩いたところで
突然、かき消えるように見えなくなった

そのあたりは小さな木と
細い草の生えているばかりの平地である
儒生は気も狂わんばかり捜し回ったが
娘の足どりは遂につかめなかった

帰途、儒生は素晴しく大きな
美しいひともとの百合を見つけた

掘りおこし持ち帰って花を活けると
晩の菜に百合根をほぐした
百枚もあろうかと思われる皮を
すっかりほぐした時である

まさしくその白玉の指輪は儒生のものだった
儒生は後悔に鬱々としたあげく
十日後に死んでしまった
完
『集異記』より

蛇足

今年の夏は極端に暑かった。

人間はゼイタクを言いだすとキリがないな、と思ったのは、昔はクーラーなどなくとも蒸し暑い中をなんとかしのいで寝てしまったものなのに、

「とてもクーラーなしに寝られるもんではない」

と本気で考えていることだ。しかも、そのクーラーをつけてみると、涼しくなったのはいいが、どうも体の節々が痛むようだとか、どうも体がだるくなっていけないとかと、不満をいいだすのだった。キリがない。

クーラーをつけるから、しめきった外のベランダには熱風が充満して植木がぐったりしてしまうのである。これがまた気に入らない。

「なんとかならないのか⁉」とかいいながら、如雨露《じょうろ》に水を入れ、朝顔や、さるすべりや、鉄線や、みょうがに水をやるのである。

そんなふうにしていて、ある日、ふとツマが不機嫌なのに気がついた。まだ起きたばかりで怒らすようなことを言ってもいないし、別に粗相はないハズである。

「何故《なにゆえ》に不機嫌なのか？」

その理由をつまびらかにしてほしいとそう言うと、意外な答が返ってきた。

植木を愛するのもいいが、朝の挨拶《あいさつ》もなしに、いきなり水やりというのは怪しい。

「何かそういう趣味なのか？」

度が過ぎているというのであった。そういう趣味とは、ある種の趣味の人が、幼児や肥満体や老人にのみ興味を持つ、またある種の趣味人が人形や豚や鶏に執心する。というような意味においてらしい。

朝顔やみょうがや、さるすべりを、そういうふつうじゃない愛情の対象にしているのではないか？　というのだった。

もちろん、そんな趣味の人がいたとしてもほんとうは、おかしくない。『聊斎志異』には菊と結婚する男の話がでてくる。菊の妻には弟がいて、弟の菊は酒好きで、大酒を呑《の》んで酔いつぶれ、枯れて死んでしまったりする。

このマンガの主人公は、白百合を愛したのだったが、それが恋人とは知らずに、晩のおかずにしてしまったという悲劇である。

この話は、九世紀の中頃に著わされた『集異記《しゅういき》』という本に出てくる。著者の薛用弱《せつようじゃく》は、弋陽《よくよう》郡の太守という地位にあった人で、その施政は厳格ではあったが残酷ではなかったと記録にあるそうだ。

たしかに、この話など、ずいぶんロマンチックだ。けれども、朴念仁《ぼくねんじん》でない証拠には、美人にあってから、手を出すのがちゃっかり早い。もっとも、話は「体験談」ではなくて、ある儒学生の話だけれども。

植物が美女に変身して、夜半に男を訪れるというような話は、いくらもある。

牡丹《ぼたん》や菊のように美しい花からの連想、芭蕉《ばしょう》の葉の、風にゆらぐさまから、翠《みどり》の衣裳をつけた美少女という具合だけれども、たいがい、その恋は成就することはなく、残酷な結末をむかえてしまうことが多いようだ。

きっと、こんな話は、もてない男の妄想から作られたものだろうと、私などは思うけれども、『鬼趣談義』の澤田瑞穂先生によると、芭蕉の葉の美女というロマンチックな怪談には、人々の共有の幻想があるのであって、まるまる根も葉もない創作ではない、共通の幻想の説話化であろうということだった。

「われわれは、ややもすれば『小説』という名称に誤られて、聊斎ぶりの奇事異聞を、一から十まで筆者の空想捏造文飾《ねつぞうぶんしょく》だと思いがちだが、それはいわゆる志怪小説家の創作力を、いささか過当に買い被《かぶ》っているのではあるまいか」

と、お書きになっている。

たしかに、いわゆる創作にないリアリティというのは、長い時間と、多くの人々の脳ミソをくぐりぬけてきた幻想に宿るものだと、私も思う。志怪小説を創作するのは、案外にムズカシイのである。

鼠の予言

魏の斉王芳の正始年間に
中山の王周南が襄邑県の知事をしていた時のこと
王周南、お前は
六月十日に死ぬことになっているぞ

ある日、鼠が穴から出てきて
人間の声で周南に宣言した

周南は人の言葉を話す鼠が不思議で
近くによってそれを聴いた
王周南、お前は
六月十日に死ぬことに
なっているぞ

周南が声を聴くばかりで
その言葉にとりあわないので
鼠は穴に帰ってしまった
鸚哥《インコ》が啼いているような声だ

やがて予告の六月十日
鼠は衣冠をつけてあらわれた

王周南、お前は
午《ひる》になると死ぬことになっているぞ
周南はやはり声を聴くのみで
その言葉にはとりあわない

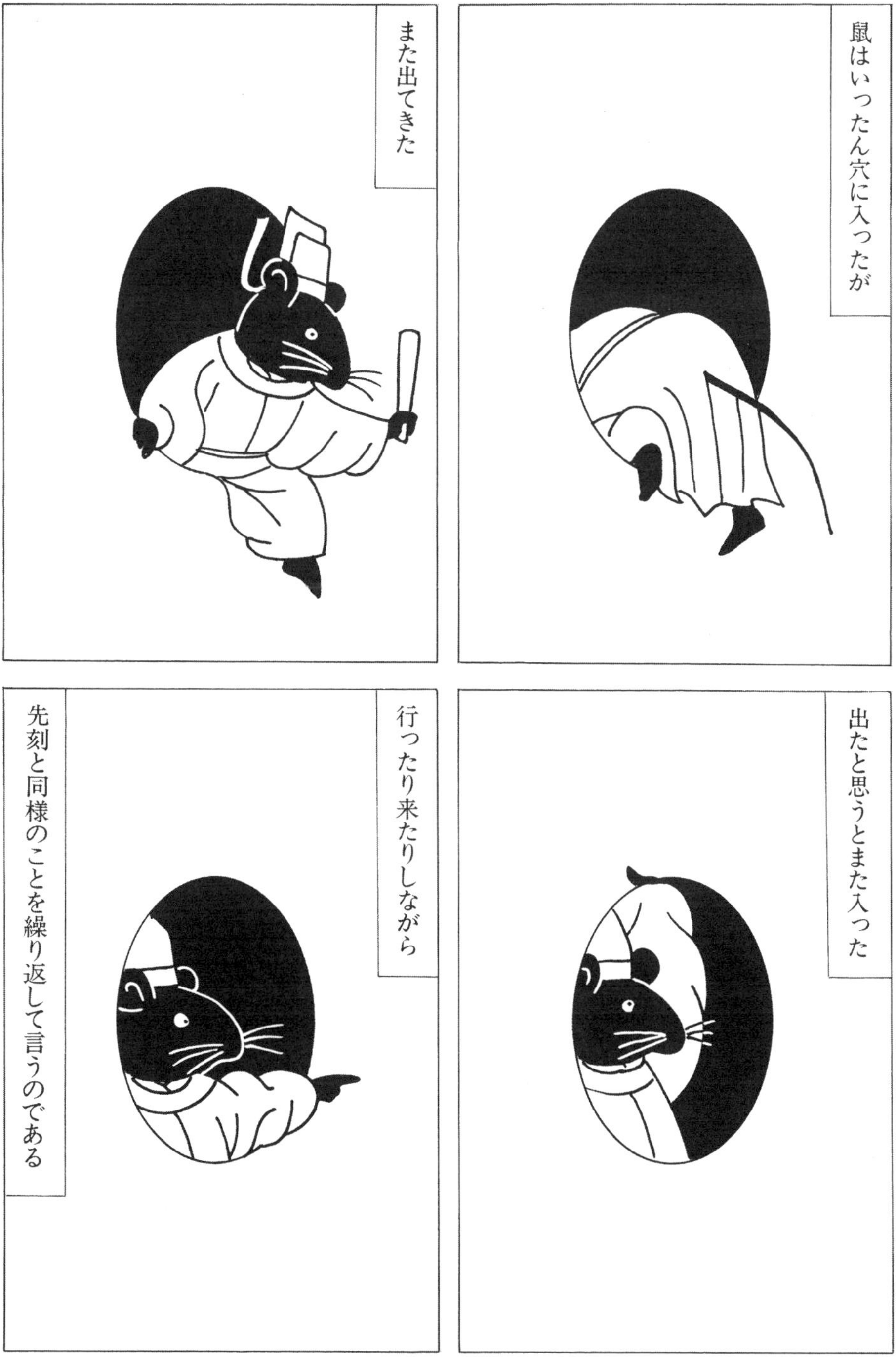
鼠はいったん穴に入ったが
また出てきた
出たと思うとまた入った
行ったり来たりしながら
先刻と同様のことを繰り返して言うのである

王周南、お前は
午になると死ぬことになっているぞ

お前は……
王周南！
王周南！
午になるとお前は……
王周南！聞け！返事せよ！
王周南！

鼠はついに諦めたように言った
周南、お前が返事をしないなら
俺はなにも、もう言うまい

言い終ると、ひっくり返って死んでしまった

身につけていた衣冠はどこかに見えなくなった
ちょうど正午になったところだった
完
『捜神記』より

蛇足

内田百閒《ひゃっけん》の小説に、丸薬をまるめていると玄関に「小さい人」が訪ねてくる、という話があります。

小説の「私」は、山東京伝《さんとうきょうでん》の弟子なんですが、丸薬をまるめているのだ。「小さい人」は、蟻《あり》だったので、山東京伝に私は叱《しか》られて、お払い箱になってしまう。

小さい動物が、小さい人になったりすることは、昔からちょくちょくあったことらしい。『酉陽雑俎《ゆうようざっそ》』に、ある読書人が、親戚の別荘で、燈下深更《ひかしんこう》まで読書をしていると「小さい人」が話しかけてくる、というのがある。

「お一人で寂しかろう」私が話し相手をしましょう、と愛想がいい。読書人がとりあわないでいると、やや語気を強めて、

「お前はなんだ、主人と客の礼儀をわきまえないのか」

と怒り出し、読んでいる本をけなしはじめる。なおも冷然と無視していると、硯《すずり》を書物の上にひっくりかえすなどの狼藉《ろうぜき》をはたらき出した。うるさいので筆でたたくと、床に堕《お》ちて、忽《たちま》ちに姿を消した。

実は、この小さい人は若殿であって、殿様が勉強する読書人に感じいって、彼をつかわして学問の奥儀《おうぎ》を講釈してあげようとしたのだ。それを失礼にも、まるでとりあわないばかりか、若殿に乱暴をはたらき、怪我《けが》までおわせたのは許しておくわけにいかないことである。といって、大勢の小さい人間が、蟻のように蝟《い》集《しゅう》してきた。読書人の顔までのぼってきた一人などは、「貴様の眼をつぶしてやろうか」などといっておどすのである。

読書人は「夢を見るような心地になって」命令にしたがって、殿様の前につれていかれる。衣冠をつけた殿様は、まっ赤になって、叱りつけた。

「余は貴様が独りでいるのを憐《あわ》れんで、子供を出してやると、とんでもない怪我をさせた。重々不埒《ふらち》な奴だ。胴斬《どうぎ》りにするから覚悟しろ」

胴斬りといったって、相手はずいぶんな大男になる計算だが、大男のほうもなにしろ大群に刃向うのは得策ではないと見て、ひたすら謝って許してもらった。

翌日、若殿や殿のあらわれたあたりを、よく調べてみたら、守宮《やもり》の巣があったので、ことごとく焚《た》き殺《ころ》してしまった。

という、いつもながらの結末である。私は守宮の学問的レベルなんかについても、読書人たるもの、もう少し興味をもってしかるべきと思うのだが、まァ、いまこんなことをいっていても、すんでしまったことはしかたがない。

もっとも、もう少し平和的な例が皆無というのでもない。『宣室志』にはこんな話がある。

洛陽《らくよう》の李《り》氏の家では、代々の家訓で生き物を殺さないことになっていて、大きな家に一匹の猫も飼わなかった。鼠《ねずみ》を殺すのを忌《い》むが故《ゆえ》だ。

唐の宝応年中（七六二）、李の家で宴会を催した。一同が着席したとき、門外に不思議のことが起こったと奉公人が知らせにくる。

何百匹という鼠の群れが、門の外にあつまって後足で立ち上って、一斉に拍手をしているというのだ。

それは不思議だ。見に行こうというので、主人も客も、残らず出尽して、門の外に見物に出たところで、古くなっていた家が、突然にくずれ落ちた。彼らは鼠に助けられたのだ。

王周南は、鼠をてんで相手にしなかったために命びろいをした。ところが洛陽の李氏は、鼠の芸当を見物に出たことで助かったのである。

中国人は原則主義だそうだけれども、たしかに妖怪のたぐいには原則というものがないのが、お互いに意志の疎通《そつう》しない原因かもしれない。

周南の見た鼠は衣冠はつけたものの、小さな人に変化はしなかった。

「小さい人」が見えてしまう人、というのは現代にもあるらしい。副作用がなければ、私も是非見てみたい気がする。

二本の箒

江《こう》淮《わい》に婦人があった

欲情の過多な性で
日夜そのことを思いつめて
忘れられない

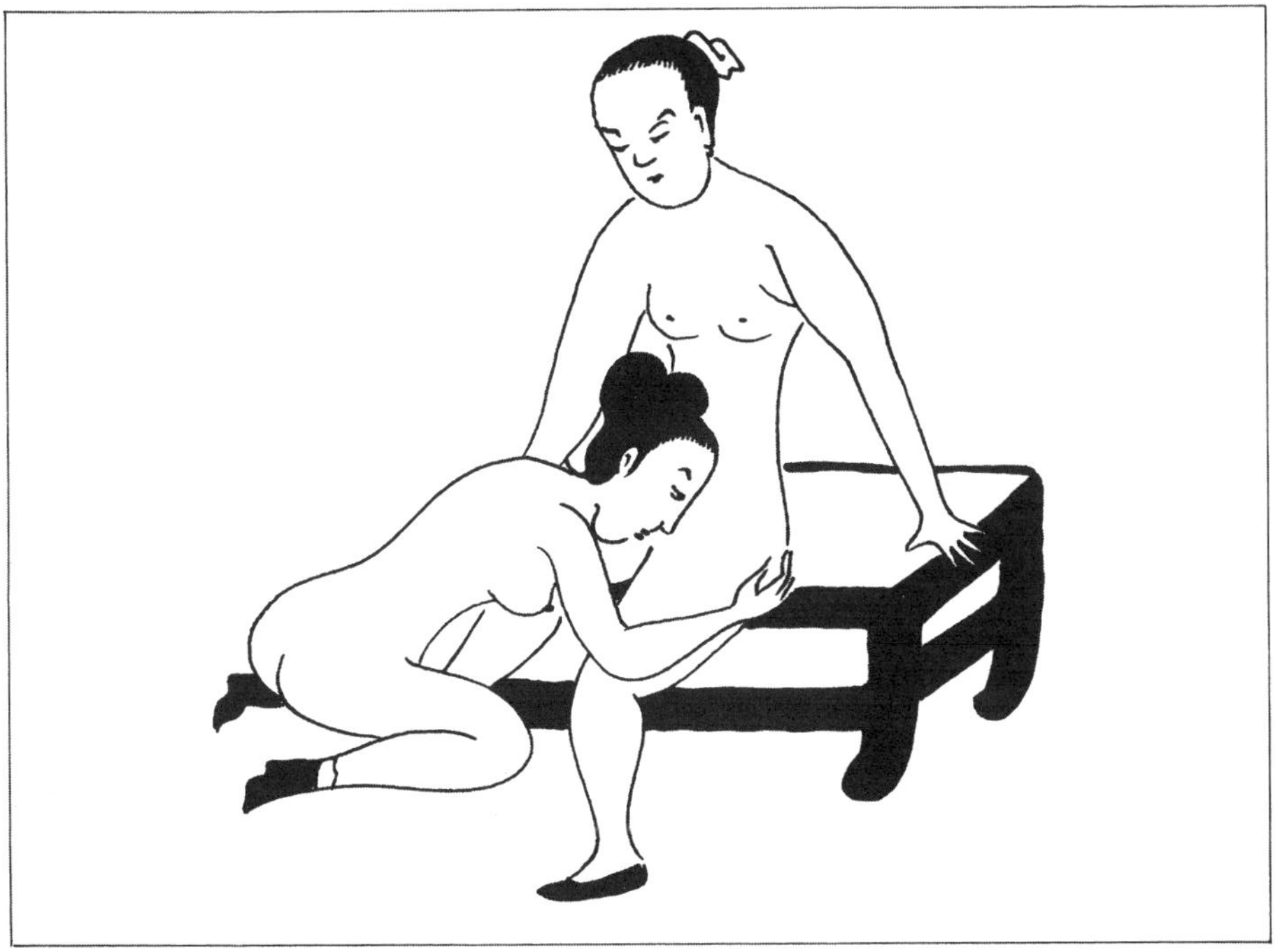

朝晩、酒でまぎらしているのだった

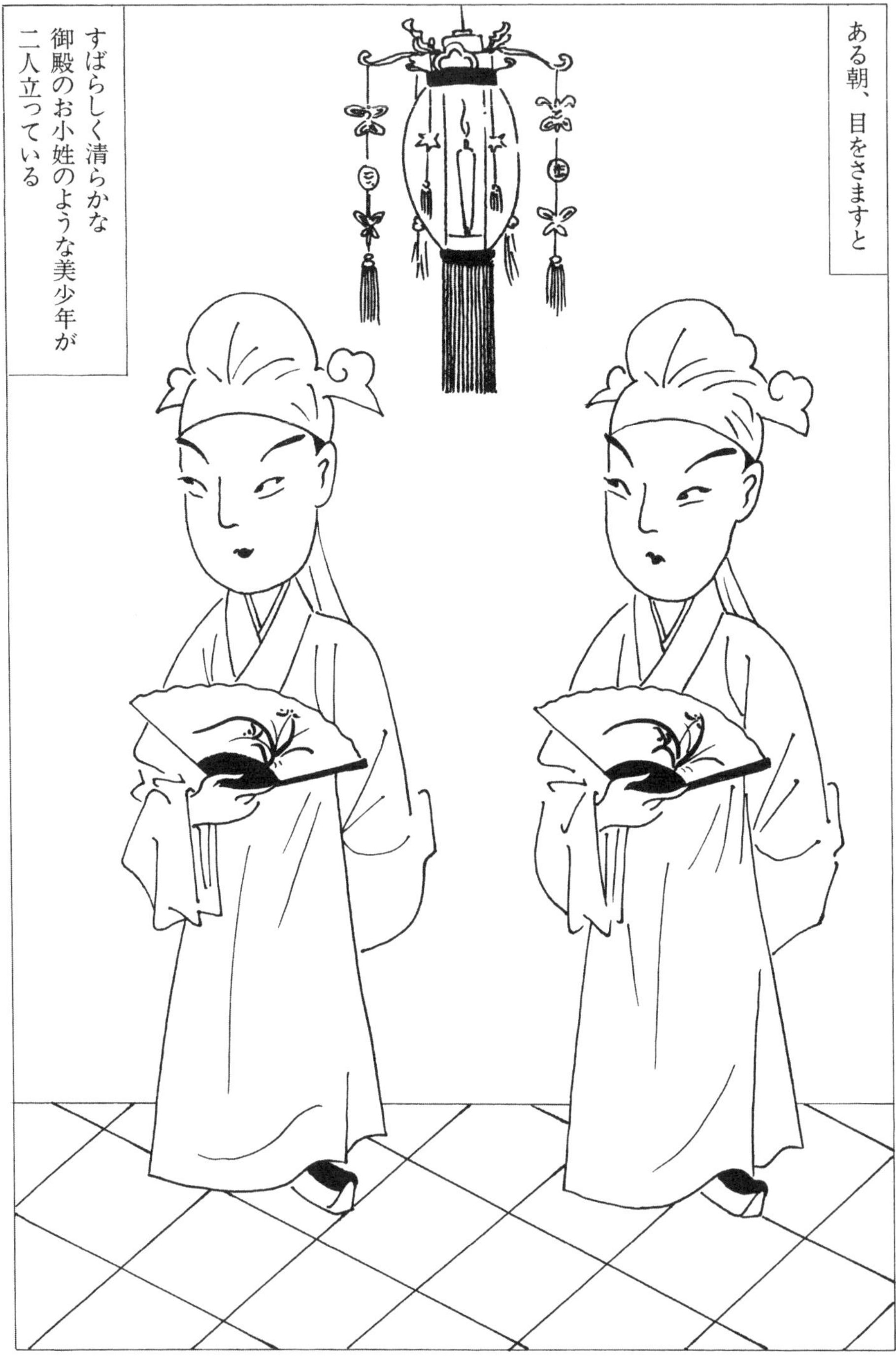
ある朝、目をさますと
すばらしく清らかな
御殿のお小姓のような美少年が
二人立っている

少年は誘われるままに
婦人に抱かれるのだった

ふと気がつくと
それは一本の箒に化していた

婦人は結局
二本の箒を焼きすてたのだった
完
『幽明録』より

蛇足

この話は『幽明録』という本の中に、「箒《ほうき》の美少年」という題で収録されていたものです。この題ではまるで話の要約のようなので、「二本の箒」としたのですが、よく考えるとなぜ箒が二本でなくちゃいけなかったのか？　不思議です。江淮《こうわい》のご婦人は、一本目が箒になったところで、もう一本のお小姓のほうも、とりあえず箒にしてみたのでしょうか。

『幽明録』を著わした劉義慶《りゅうぎけい》は、宋の武帝の甥《おい》、父の劉道憐は長沙王《ちょうさおう》です。側近には、有名な詩人・鮑照《ほうしょう》がいます。

と、さもくわしそうに書きましたが、いずれも大昔の人であって、私は一面識もありません。

劉義慶には『世説新語《せせつしんご》』という本もあってこちらの方が、一般的には有名でしょう。こちらは志怪に対して志人といわれるジャンルで、つまり人について志《しる》しているわけですが、つまり有名人のエピソード集といったようなものです。

「劉伶《りゅうれい》は、いつも酔っぱらっては奔放にふるまっていた。ときには、着物を脱いで素っ裸で部屋にいる。人がその無礼をなじると、『わしは天地をば我が家とし、家屋をば、わが衣、褌《ふんどし》と心得ている。諸君は、なぜわしの褌の中に入りこんでくるのだ』」

君達が勝手に人の褌の中に入ってくるんじゃないか……「何為《なんす》れぞ我が褌中《こんちゅう》に入《い》れるや……」って読み下し文にすると、さらにバカバカしくていいです。

さて、例によってこの話も乱暴ですね、なにも焼きすてなくたっていい。箒を美少年だと思ったのは、江淮のご婦人の勝手なんですから、百歩ゆずって、箒が化物だったとしても、とりあえず箒としては使えます。

ところで、昔、長《なが》っ尻《ちり》の客があると、箒をひっくり返しに立てて、手ぬぐいでほっかむりをさせたりしましたが、あれはどういうマジナイだったのか……。

昔の箒は、ちょうど人間の身長と同じくらいなので一種の人形《ひとがた》になるのでしょうが、それにほっかむりをさせたものが、なぜ、長居のお客に翻意をうながすことになるのか？

箒はまた、魔女の空飛ぶ乗り物でもあるけれども、この棒状のものにまたがって、空を飛ぶイメージは、仙人のものでもあります。

仙人にとっての一本の青竹は、尸解《しかい》といって、昇仙した時の死骸であったりします。棺をあらためてみると、カラリと一本の青竹があるのみで、死体が煙のように消えている、なんていう描写がよく出てきます。

太公望《たいこうぼう》は自分の死期を予告して亡くなりましたが、納棺後、埋葬しようとあらためたときには六冊の書物になっていたといいます。これもなかなかですが、お棺の中に一本、青竹があるだけ……のシンプルさにはかないません。

ところで竹夫人《ちくふじん》といえば、竹または籐製《とうせい》の長い枕状のカゴで、熱帯地方で暑さ

しのぎに抱いて寝るものです。これを英語でダッチワイフ（オランダ人の妻）といいますが、ダッチワイフを辞書で調べると、
「女性代用人形。等身大で模造の性器までそなえた人形。極地探検などの女性のいないところで男性が使う」と、かなり詳細に説明されています。

二本の箒は、あるいは二人の仙人だったと考えることもできますが、それにしては、ご婦人のあつかいかたがタンパクすぎです。

日本では、枯れて、なまぐさくなくなったような人を「仙人のようだ」と表現しますが、中国の仙人は、決してそうした方面にヤブサカじゃない。たかが人間のご婦人の欲情過多くらいには、平気でつきあうナマグサさはありそうです。

となれば、この箒、やはり化物になるくらいに年《とし》古《ふ》りたものだったのかもしれません。それにしても、そんな珍らしいもの、なぜ、カンタンに焼きすててしまったりするのか、不思議でしょうがありません。

家の怪

鄱陽《はよう》の龔紀《きょうき》の家で
不思議なことが一時《いちどき》に起った
喔—喔
牝鶏《めんどり》が時を作るし

犬が頭巾を冠《かぶ》って躍《おど》るし
鼠が白昼ぞろぞろ歩く

皿小鉢がチャラチャラ鳴りだすし
何から何までが変調を呈している

これは
道士を呼んで
なんとかしてもらおう
ということになった

冷え込む時期である
道士は忽体ぶって
炉の前に坐り
さて、お話を
うかがおう

家人が変異の一々を訴える

傍には猫が一匹
よい気持に眠っている
…………

そうですね
家の者で普段と少しも
変わっていないのは
この猫くらいな
ものでしょうか……

すると薄目をひらいた猫が
やおら後足で立ち上り

しかも拱手《きょうしゅ》して言った
わざとしないんですよ

道士は驚愕して逃げ去った

それから数日すると
親戚の者二人と都へ進士の試験
を受けにいっていた
その家の息子から、三人ともに
合格をしたよしの通知が来た

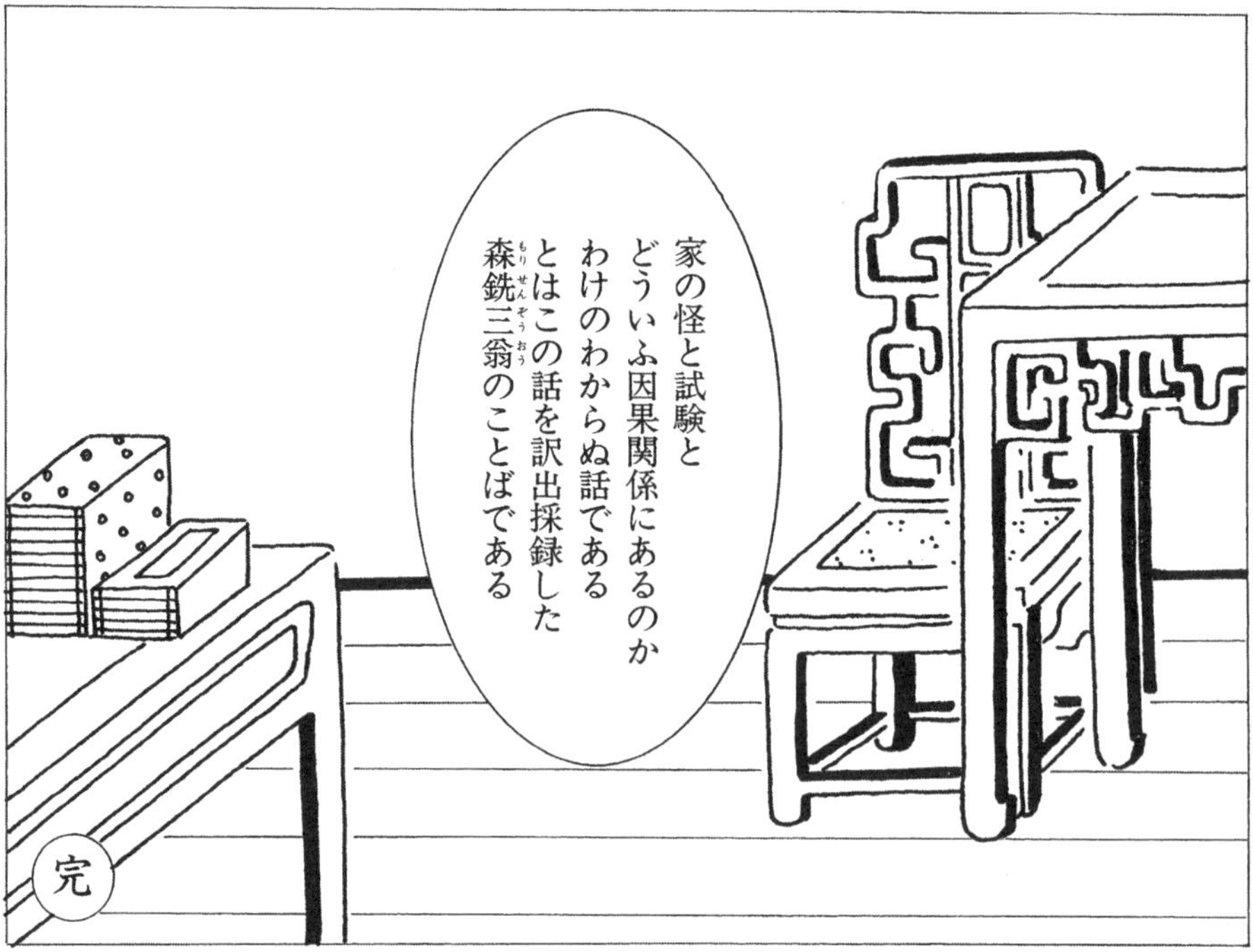
家の怪と試験と
どういふ因果関係にあるのか
わけのわからぬ話である
とはこの話を訳出採録した
森《もり》銑《せん》三《ぞう》翁《おう》のことばである
完

蛇足

原作は、森銑三《もりせんぞう》先生の『物いふ小箱』という本におさめられていた「猫」という題の短い話です。

たった十二行、五〇〇字に足りないお話ですが、ユーモラスで、しかも唐突に「進士の試験」と家の怪がむすびつけられる所、などいかにも中国の話らしい。

この話が、何という本に載せられていたものか書かれてはいないのですが、世に知られている本ではないらしい。そうすると、埋もれてしまっている、こうした話が、本当は無尽蔵にあるような気がしてきて楽しみです。

この話のいちばんとぼけたところは、訳された森銑三翁が、つぶやくように書き足した一行であると私は思っています。

家の怪と試験と、どういふ因果関係にあるのか、わけのわからぬ話である。

たしかにそう。そうして、そういうところが中国の話の妙味でもあると私は思います。

森先生はどうやら猫好きだったらしく、この話のタイトルも「猫」としてあるんですが、『物いふ小箱』の冒頭に掲げられているのは日本の怪談の「猫が物いう話」で、これも不思議な話なので、あらすじを書いておきましょう。

冬の夜、林武次右衛門の家で、主人と三人の来客とが、火燵《こたつ》に当たりながら雑談していたのだが、そのうちに睡《ねむ》くなって、そのまま寝てしまった。客の一人の半八というのが目をさまして、何時だろうかな、と思っていると「はあ、みな寝てぢゃ」という声がした。

おや、と思って目を見開いたが、部屋にはそれらしい人はいない。はてなと振りむくと台所へ通じる猫のくぐりから、猫が首を出して、ぢっとこちらを見入っていた。

半八と猫と、視線が合って、猫はいかにもきまりわるそうに顔を引っ込めると、そそくさとどこかへ行ってしまった。気味が悪くなった半八は、その後もその話を誰にも話さなかったのだが、その日を境に猫は姿を消してしまった。二、三日して猫は帰ってきたが、足を一本斬られていて、手当をしたが、それなり助からなかった。

というような話だ。最後のところが、コワイことになってるのが、日本風の怪談ということなんでしょうか、私は猫がきまりわるそうにして、失踪してしまうあたりで終ってる方が好みだけれども、たしかにそれでは、あまり怪談らしくないかもしれない。

同じように猫が口を利いた話が、結末で、ヒサンなことになるのと、わけの分からない因果関係を強引に持ち出すのとが、日本と中国の怪談の違いとなるならば、私はやはりナンセンスな中国のスジのほうに軍配をあげたい気がします。

しかし、猫と半八の出会うあたりの、不思議な間というのは、銑三翁の筆の絶妙なところで、これを味わってみたい方は、ぜひ『物いふ小箱』を読まれてみるのがいいでしょう。

いったいに、中国の話の、しかもごく短いものを私が好むのは、そのソッケなさにある間合いなのかもしれません。

巧緻《こうち》な文章には好みがキツく出てくるけれども、簡潔な文には、自分好みの間がつくれるということでしょうか。見本に『捜神記』のひどく短い話を引用しましょう。

311　人魚

南海の果てに鮫人がいる。水中に住み、魚の形をして、機織りの手を休めることがない。泣くと、眼から真珠がこぼれ落ちる。

うーん、なんだかいいんですよねえ。

へんな顔

蒙陰《もういん》の劉生《りゅうせい》が、ある時
その従弟《いとこ》の家に泊まった

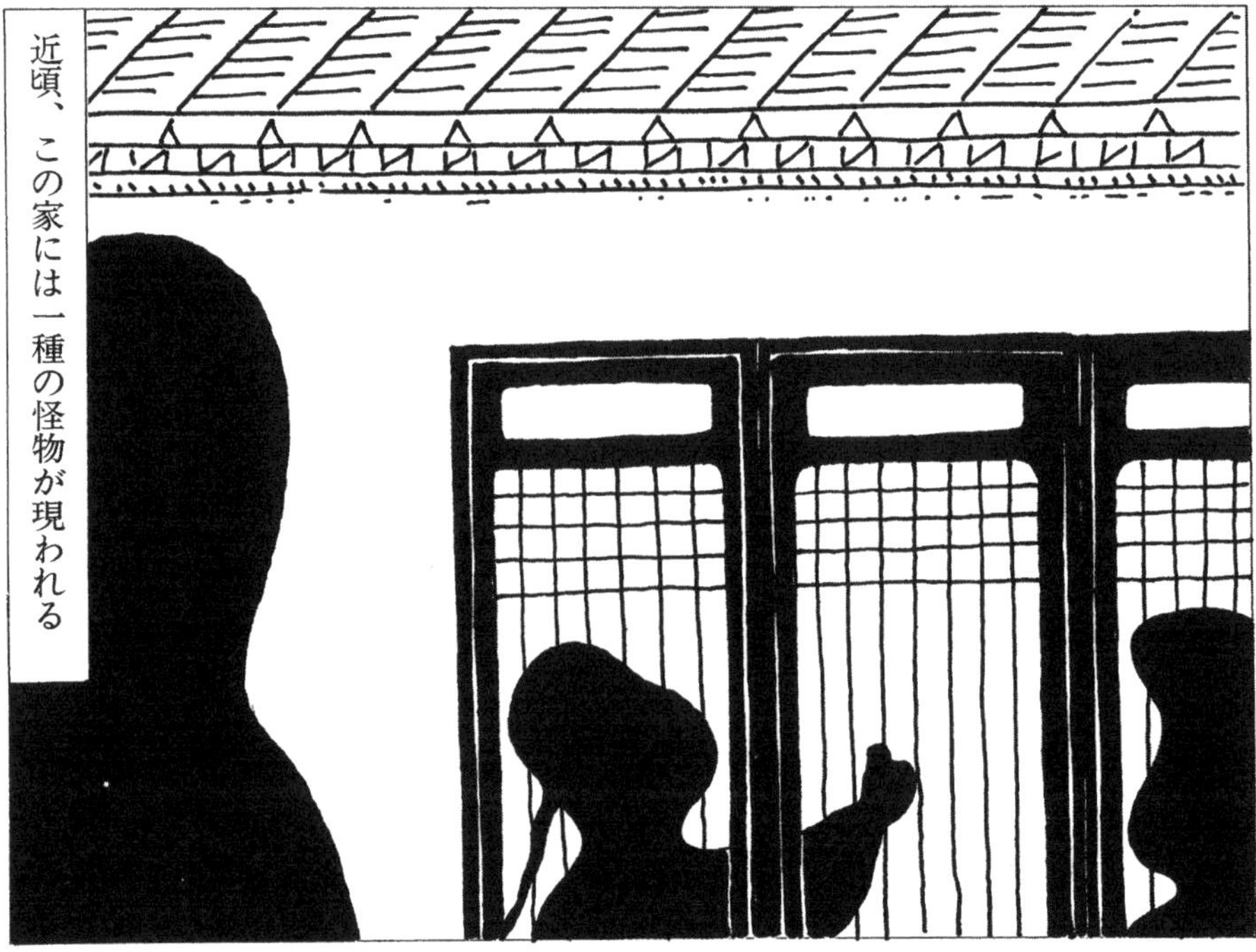
近頃、この家には一種の怪物が現われる

出没つねならず、どこに潜むか判らぬが
暗闇で出逢うと人を突きたおす
その体の堅きこと鉄石の如くである
と家内の者は恐怖して言う

劉は猟を好んで常に鉄砲を持ち歩いて
いるので、笑ってそれを聞いていた
よろしい
その怪物が出たら
この鉄砲で防ぎましょう

燈火にむかって独り坐っていると

果して何者かが現われて立った

五体は人の如くであるが
その顔が不思議だ
目と眉の間が二寸くらいもはなれている
にもかかわらず、鼻と口はほとんど一つに
ついていて、その位置も妙に曲がっている

よく見ると不思議というより
すこぶる滑稽な顔であるが
なにしろ怪物には相違ないので
劉はすぐに鉄砲をとって窺うと
彼はあわててしりぞいて、
扉の間からやはりこちらを
窺っているのである

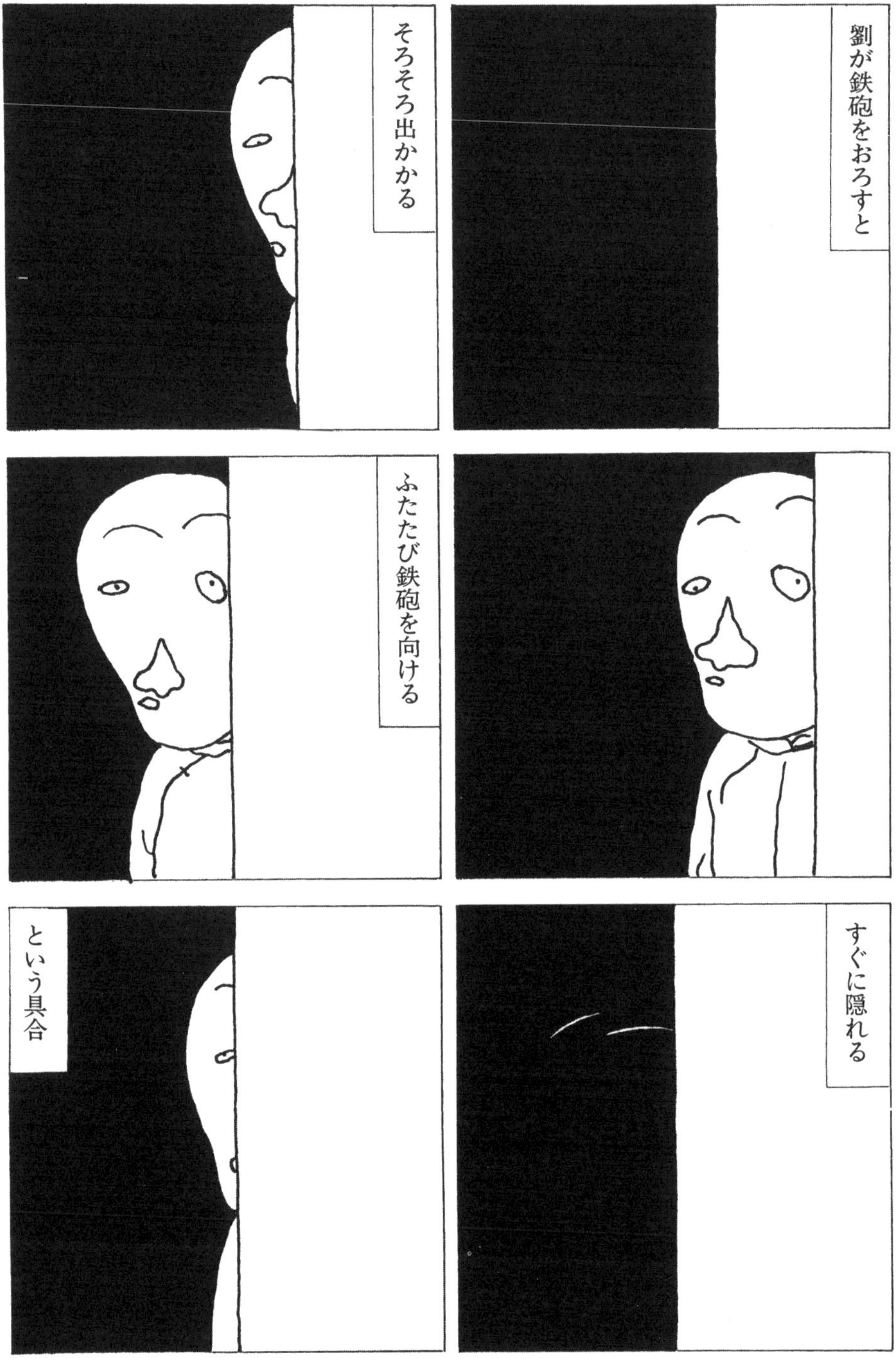
劉が鉄砲をおろすと
そろそろ出かかる
ふたたび鉄砲を向ける
すぐに隠れる
という具合

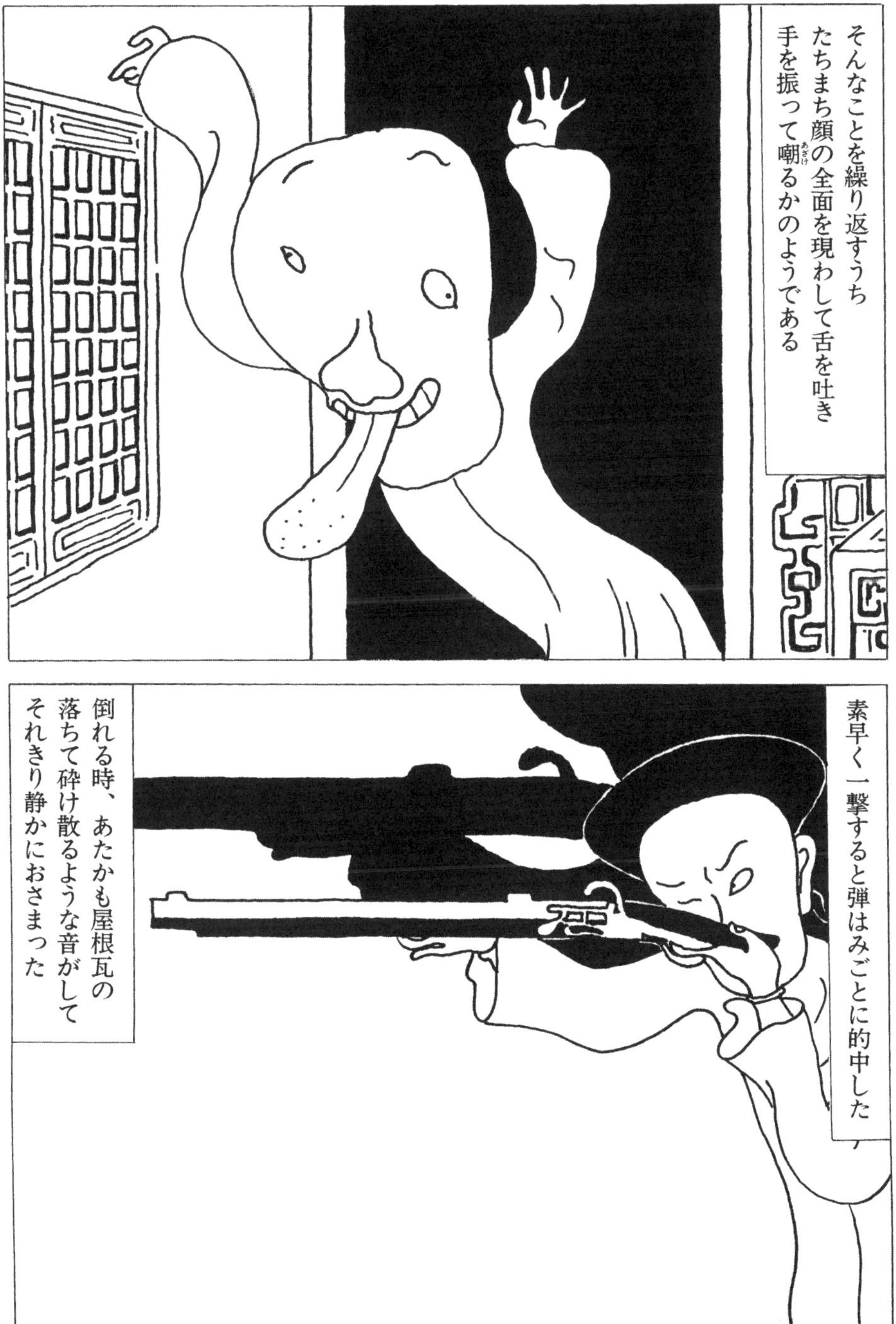
そんなことを繰り返すうち
たちまち顔の全面を現わして舌を吐き
手を振って嘲《あざけ》るかのようである
素早く一撃すると弾はみごとに的中した
倒れる時、あたかも屋根瓦の
落ちて砕け散るような音がして
それきり静かにおさまった

翌朝、怪物の倒れた辺りを調べると
死体はこわれた甕の破片であった
怪物の正体はこの家にあった古い甕だったのだ

顔はコドモのいたずら書きだった
それでも人間の顔を具《そな》えたために
このような怪をなしたものとみえる
完

蛇足

『閲微草堂筆記』にあるこの話、前野直彬《なおあき》先生訳の中国古典文学大系42では「割れ甕の怪」と題されていますが、岡本綺堂先生訳の『中国怪奇小説集』では「不思議な顔」となっています。前者では話の要点が表われていて、検索するには便利そうですが、初めて読む人には、予《あらかじ》めネタを割ってしまったようでうまくない。それでタイトルは後者のものにしたのです。

原典には当たっていませんが、おそらく、題を物語の導入と考えるよりは、単純に物語の大意を示すような、前者のような題名がつけられているものと思います。

ところで、この二つに分かれた命名には、実は理由《わけ》があるのであって、この話は、古い道具が怪をなすという話のスジと、顔のあるものが怪をなすという、二つの話の系統を表わしてもいるようです。

器物が怪をなすというのでは、枕やしゃもじ、杵《きね》や箒《ほうき》、燭台、水桶、釜などが人のカタチとなって現われるというような話がずいぶんある。

日本でも、こういう類いのお化けに、付喪神《つくもがみ》という名がついていて、こちらも枕、箒、杓《しゃく》、杵、鍋、釜、桶、碓《うす》、燭台、壺、酒瓶、筆、などと共通しているところが面白い。

あてずっぽうにいうならば、器物のカタチにどこか人間と共通するところがあるからではないかと私は思います。

たとえば、しゃもじは顔のようだし、杵はくびれた胴体を思わせる。瓶や壺は頭部を思わせるし、鍋、釜も目鼻をつければ、そんな人がいそうです。

まさに、この物語は、こどものイタズラ書きで、顔が描かれたために怪をなすにいたったわけですが、イタズラ書きであっても、ひとたび「顔」をもってしまったものが、ふつうの存在ではなくなってしまう、というのは、大人の分別を、一枚脱ぎ去るだけで、だれにも思いあたることじゃないでしょうか。

ルイス・キャロルの『鏡の国のアリス』に挿入されている絵は、ジョン・テニエルという絵描きの手になるものですが、アリスが鏡をぬけるところの絵が、こちら側と向う側から両方描かれていて、その明らかな違いが、コドモには一目で分かるように描き分けられています。

こちら側の世界では、何の変哲もない花瓶や時計が、鏡を抜けると顔を持った「怪物」になっている。花瓶や時計に「目鼻」がついただけで、あきらかに違う世界が表現できます。

私が思うのに「顔を見分ける」ような、脳のはたらきというのは、最も基礎的な、いわば物の見方や考え方の大本になるような、ものなのじゃないか。

これは私が視覚的人間だからなので、物の考え方感じ方の基本は、リズムやメロディだと思う人もあるでしょう。

目と耳の感覚をつなぐところに芸術があるように、お化けや怪談も、そのあたりで作られるもののようです。

夜中に聞こえるトラツグミの鳴き声が、ぬえと呼ばれる化け物になったように、多くの妖怪画は目に見えないものを形にしたものであります。そうして、それらに「実感」をもたらすのは、たいがい目鼻を備えたことで出てくる「表情」なのでした。

もともと、人のカタチの輪郭を備えて、いまにも化けようとしていた甕に、目鼻がつけられたことで、甕は妖怪となって夜毎出没することになったのでした。

本当なのかどうか、目を描いたカンタンな絵で、万引防止に効果があるという話があります。絵は写実的である必要はなく、記号的なもので十分だという。万引をしようという人に、この記号が「他人の視線」と感じられるらしい。こうなると、まるで目玉模様の風船を嫌うハトやカラスなみですが、怪物を見てしまうわれわれの脳ミソには、あるいはこんなカラクリがあるのかもしれません。

柳の人

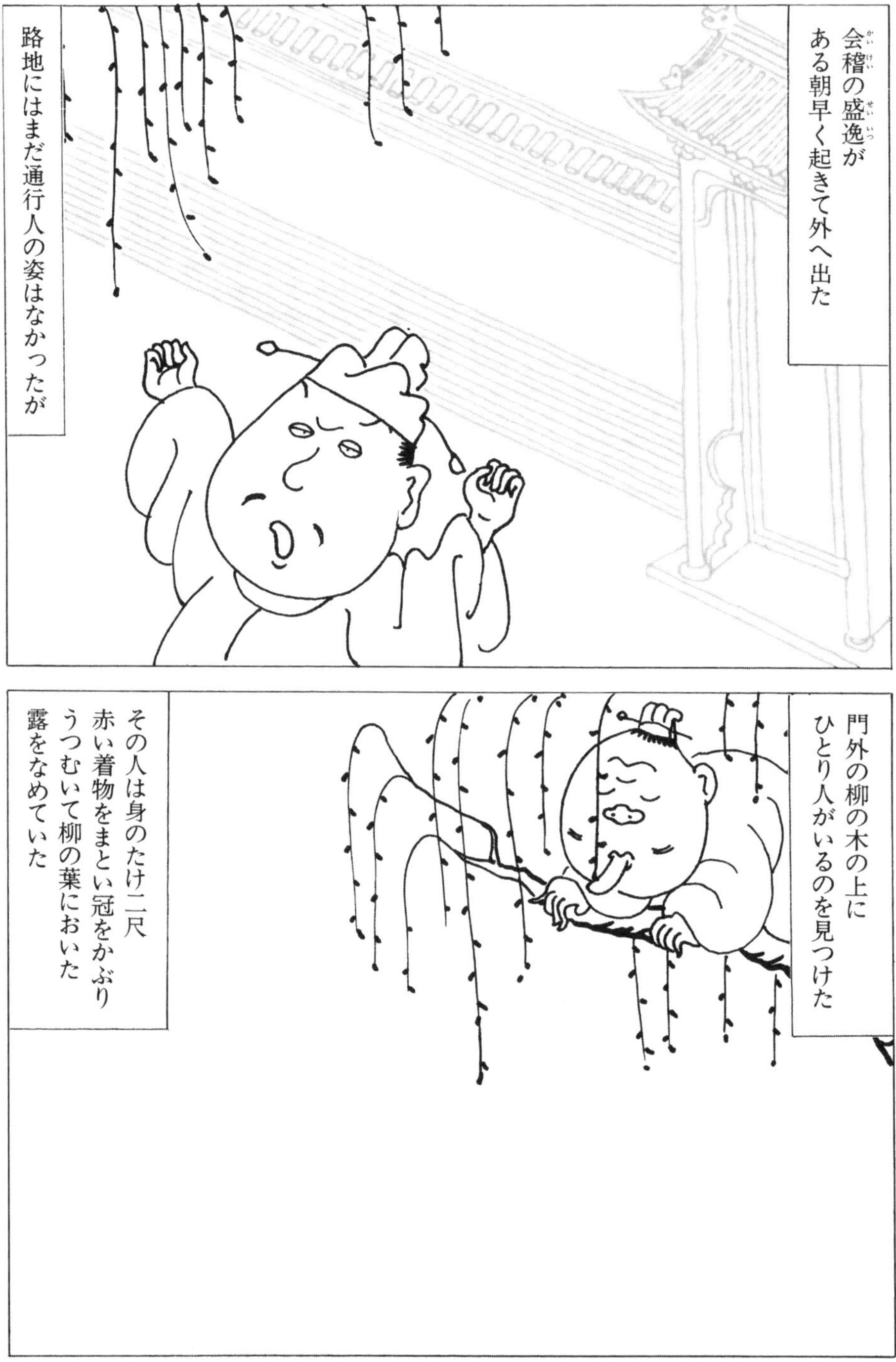

会稽《かいけい》の盛逸《せいいつ》が
ある朝早く起きて外へ出た
路地にはまだ通行人の姿はなかったが
門外の柳の木の上に
ひとり人がいるのを見つけた
その人は身のたけ二尺
赤い着物をまとい冠をかぶり
うつむいて柳の葉においた
露をなめていた

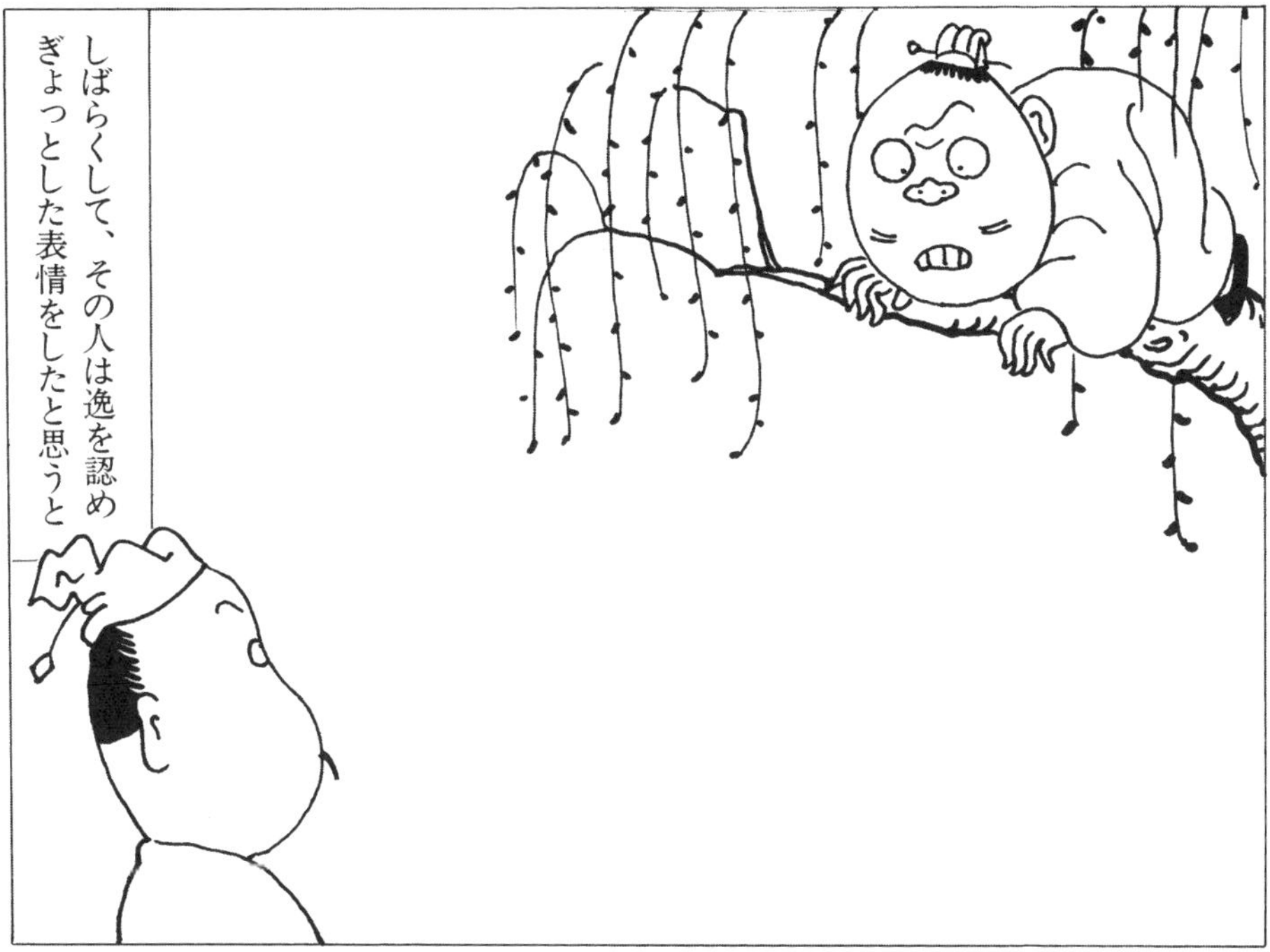
しばらくして、その人は逸を認め
ぎょっとした表情をしたと思うと

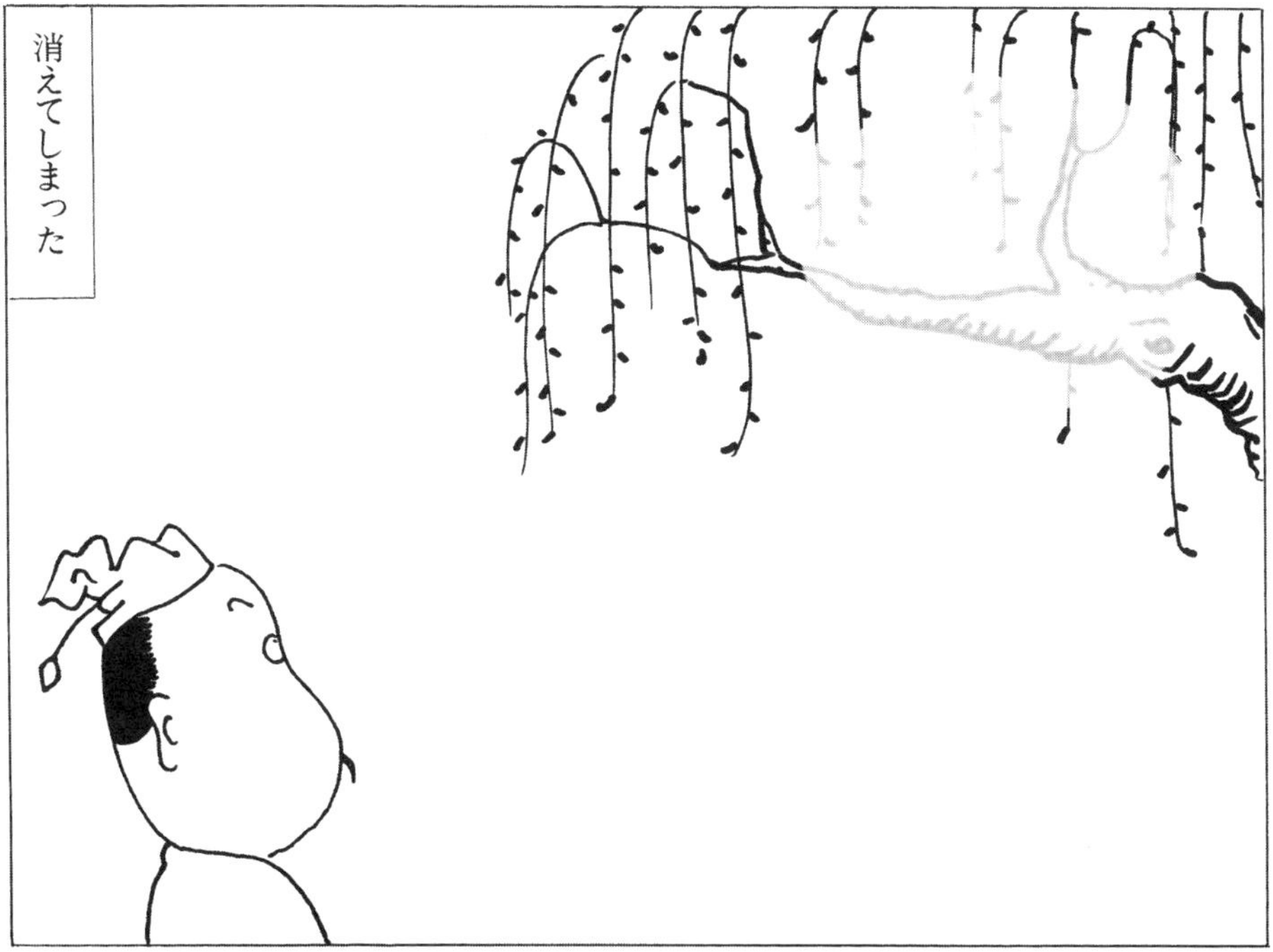
消えてしまった

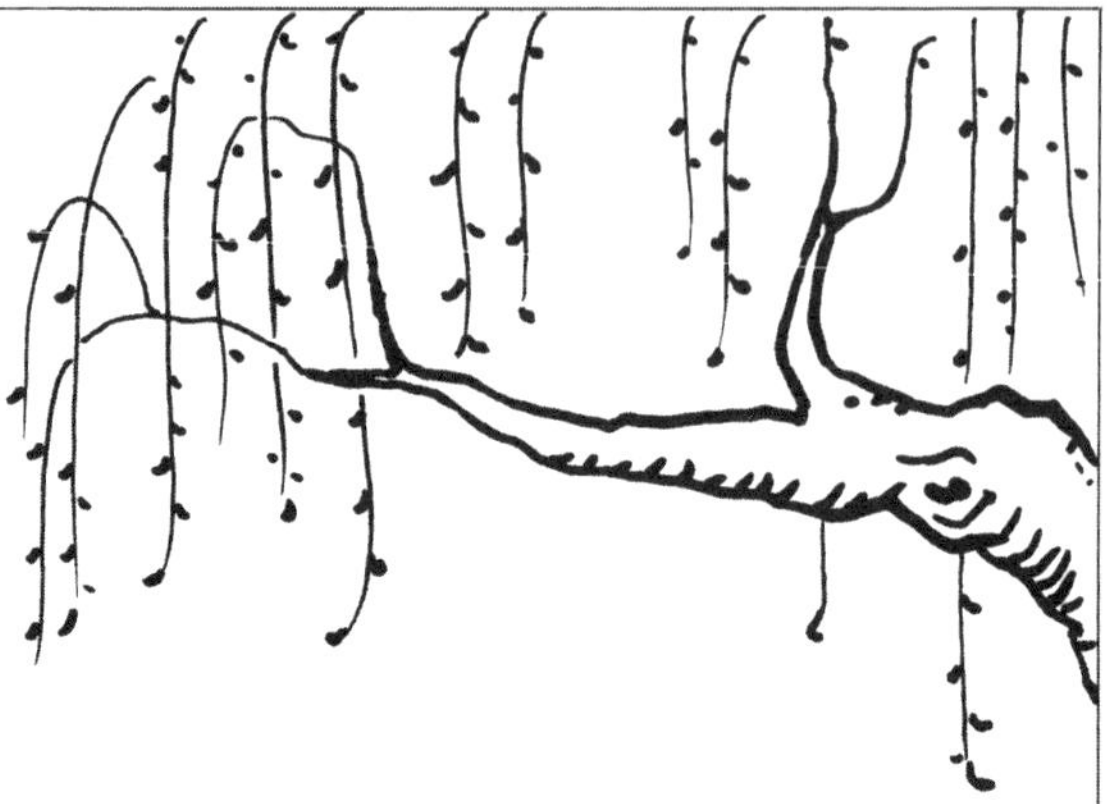

完

『捜神後記』より

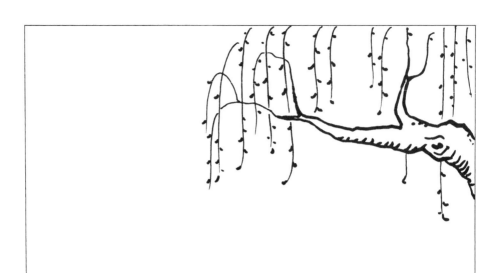

蛇足

この話は、陶潜《とうせん》『捜神後記』にある「柳をなめる人」という、ひどく短い話です。陶潜、すなわち陶淵明《とうえんめい》の名は、記憶にある人も多いでしょう。「帰去来兮（かえりなんいざ）、田園まさに蕪《あ》れなんとす」って、何のことかはともかくとして、聞いたことのある文句だと思います。

人名辞典には次のように載っている。

〈陶淵明　とうえんめい　Tao Yüan ming（365〜427）中国、東晋・宋の詩人、江《こう》西《せい》の人、四〇五年、彭沢《ほうたく》の県令となったが、すぐに帰郷した。この時「帰去来《ききょらいの》辞《じ》」を作った、隠棲者《いんせいしゃ》として自然美を歌った詩が多く、中国の叙景詩は、彼の登場によって次第に進展をみせてきた。彼が菊を愛し酒を好んだことは、あまりにも有名である。〉

あまりにも、っていったって、一六〇〇年も昔の人である。だいたいこの頃に、日本には日本人にさえ有名な人がいない。

陶さんが彭沢県の県令になったのは四十一歳の時。ところが、ペコペコするのが性に合わないとかで三カ月もしないうちにやめてしまった。

その頃の日本といえば、埴輪《はにわ》をつくって、前方後円墳のぐるりにかざったりしている場合である。

陶淵明で、もう一つ有名なのに『桃花源記《とうかげんき》』があります。これはいわゆる桃源境というコトバのもとになった話です。

漁師が川をさかのぼるうち、桃の花の咲きみだれる林を見つける。林に分け入って、さらに進むと、そこに世の中と隔絶した人たちの村を見つける。

という話です。

村人は秦末《しんまつ》から戦乱を避け、当時のままの生活を平和につづけていたのだった。

秦末といえば前二〇〇年くらいだから、ざっと六〇〇年前に山へ逃げた人々が、以来誰にも見つけられることなく暮らしていたという話です。桃源境といえば、ユートピアとか理想境といったイメージですが、要するに戦乱を避けて世の中と隔絶していた村、というだけなのでした。

『捜神後記』が、陶潜の作といわれるのは、この桃花源記が、そこに含まれていたからなのであって、たしかなことではないそうです。

柳をなめる人の話は、『捜神後記』の四一。ごくごく短い話ですが、そこはかとなくユーモラスでカワイイのが私の好みです。

朝靄《あさもや》の清らかな空気の中で、柳の葉に露が玉になっていく、しっとりと、ひやりとする白い景色の中で、その玉の露をペロリ、ペロリとなめている小さな人がいる。

見られているのに気がつくと、その人は、ギョッとするなり、そのまま消えてしまうのです。

なんでまた……？　はずかしがりやなんでしょうか？

「うーむ」といって、その人のいたあたりを、じいーっと、いつまでも見てるしかない会稽《かいけい》の盛逸《せいいつ》氏の気分になって、私はとても愉快です。静かで気持いい。だけでなく、なんでもないのがいい。だからどうした？　という問題じゃない。柳においた朝露は、どんな味だろうか？　スコブル美味だ、とも思えるし、ただ単なる水だろう、とも思えます。

以前、中国を旅行した折、「竹葉青酒」とラベルの貼られたお酒をみつけて、ずいぶん期待して飲んだことがあります。

笹《ささ》の葉の香りのする、淡い薄緑の透明なお酒……というのが、イメージでしたが、飲んでみると、やに甘ったるい酒だった。日本人と中国人、やはり感覚がかなり違います。

寿命

柳少遊は都で評判の
占いの名人であった
易學
柳少遊
天宝年間のことである
上等の絹の反物を持って
一人の客が少遊を訪れた

来意をたずねると
自分の寿命を知りたい
のだという

卦を立てると大凶と出た
(雷地豫)
坤下
震上
あわてて隠したが
客が手元を凝《じっ》と見ているので
しかたがない
正直に申し上げよう
あなたの卦はよくありません
今日の夕方には寿命が尽きる
ことになっています

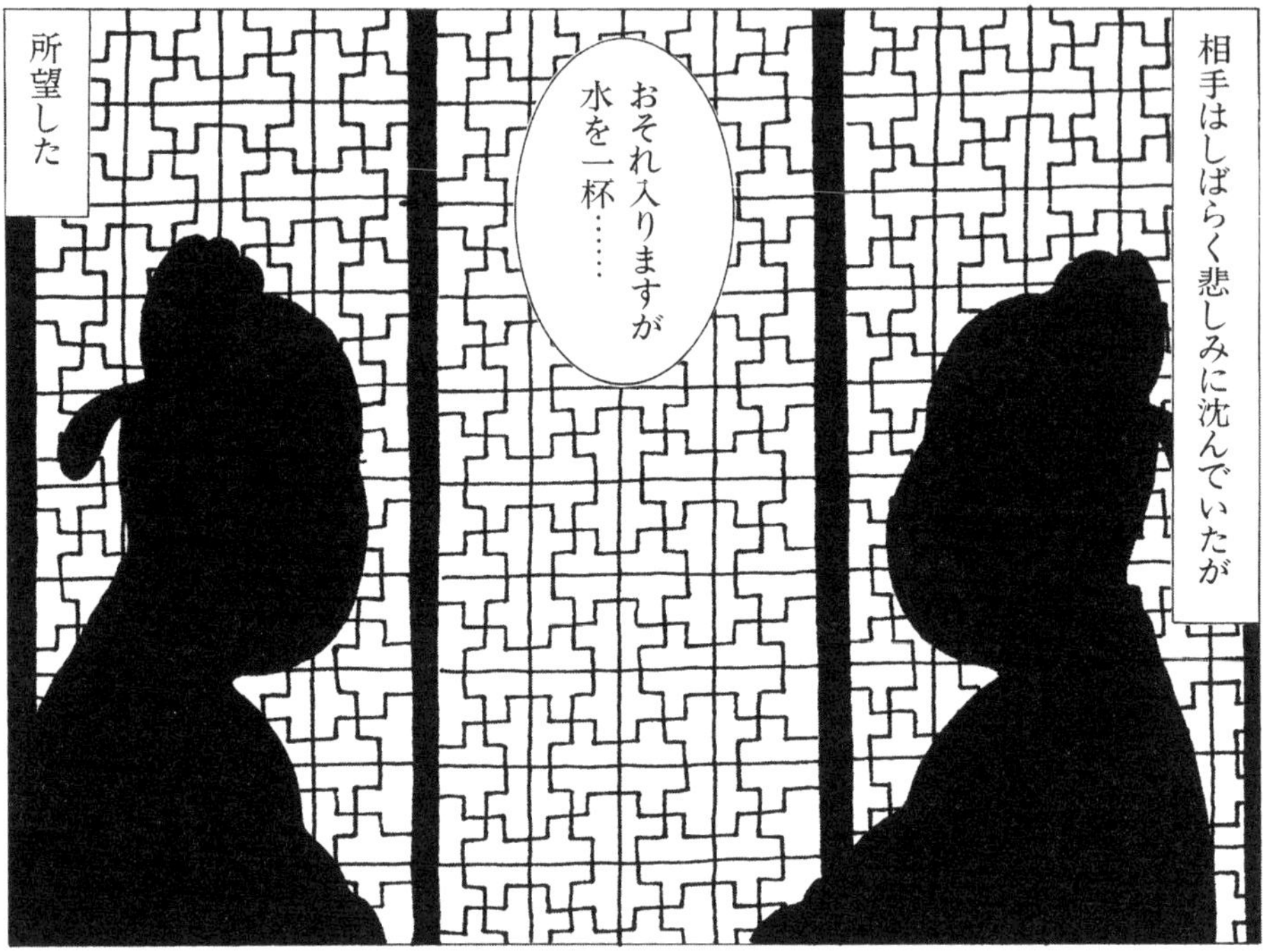
相手はしばらく悲しみに沈んでいたが
おそれ入りますが
水を一杯……
所望した

少年、お客様に水を

少年が水を持って部屋に入ると
不思議なことに少遊が二人いる
顔も着物もそっくりなのだ
おいおい何をしている
水をご所望はこちら様だ
水を飲みおえた客はやがて立ち上がり
別れの挨拶をして部屋を出た

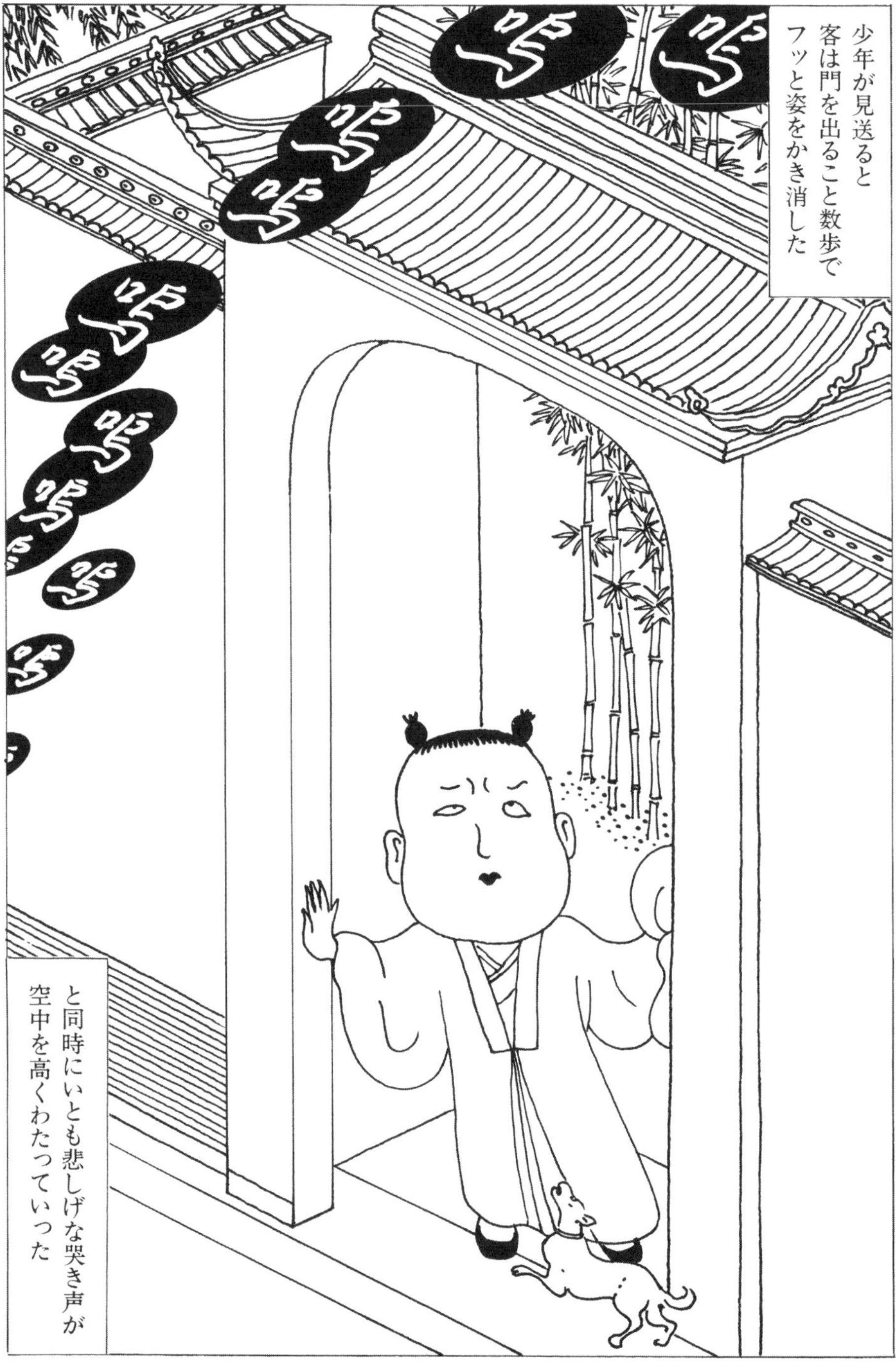
少年が見送ると
客は門を出ること数歩で
フッと姿をかき消した
と同時にいとも悲しげな哭き声が
空中を高くわたっていった

お気づきでしたか？　今の方、
旦那さまと瓜二つでございました

少遊が何事か思いついて
先刻の絹の反物を持ってこさせる
果してそれは紙の雛形に変じていた
あれは……私の魂だったらしい

少遊は自分の占いの通り
その日の夕方に死んでしまった
彼は自分で自分の寿命を占ったのだった
完
『広異記』より

蛇足

ドッペルゲンガーというコトバがあります。心理学用語で「自己像視幻覚のひとつ」と辞書にある。Doppelganger と書いてドイツ語です。同じことを精神医学上の用語ではオートスコピー（自己像幻視）といいます。

もし、ドッペルゲンガーがオートスコピーと道で出くわしたら、やっぱりビックリしてしまうのだろうか？　この場合のオートスコピーはドッペルゲンガーなのか、やっぱりオートスコピーなんでしょうか？

落語の「粗忽《そこつ》長屋」で粗忽者が同じ長屋のこれまた粗忽者の水死体を目撃する

話があります。

「大変だ」というんで、大急ぎで長屋に帰って本人に急を知らせる。

「お前こうしてる場合じゃないぞ」

現場に出かけた本人が野次馬をかきわけて、
コモをはいで確認すると、果して自分だ。

「なるほどコイツは自分にまちがいないが
こうして見ているオレは一体、どこの誰だろう?」

実にバカバカしい話ですが、バカバカしいけれども、妙にリアルな感じがある。

人間の脳ミソは、考えているその脳ミソのこと自体をも考えることができるわけですが、こんな話が奇妙に現実感のあることと、これは無関係じゃないでしょう。

ゲーテは創作ではなく体験として、自己像幻視をしたと書いているそうです。

日本でこの現象をドイツ語で呼ぶようになったのも、ゲーテのせいかもしれません。

芥川龍之介も、ドッペルゲンガーを見たことで、ひどく不安を感じていたようです。自己像幻視は死の前兆という言いつたえもありますが、芥川は発狂をおそれていたようです。

つげ義春の「ゲンセンカン主人」も主人公がドッペルゲンガーを見てしまう話で、なんだか「発狂の不安」というのが納得できる不思議なマンガです。

柳少遊の話は唐代の書『広異記《こういき》』に収録されているもので、作者は戴孚《たいふ》といって進士に及第した秀才だったけれども、社会的にはさほど出世できなかったと書かれています。志怪や伝奇の作者には、わりあいこんな人が多い気がしますが、いわゆる天下国家を論じたり、現実政治にたずさわる役人としての適性と、こうした現象に心魅《こころひ》かれる性向というのは相容《あいい》れないものかもしれませんね。

ゲーテのドッペルゲンガー体験というのは、ちょっと毛色が変わっていて、オソロシイというよりも奇妙な話です。

ゲーテが二十一歳の時、自分にソックリなその男と路上でスレ違う。男は馬に乗っていて、見なれない服装をしていた。という傍点のところが奇妙です。

八年後、つまりゲーテ二十九歳。ドッペルゲンガーを見た同じ道を、騎乗して通りながらフト気がついた。八年前に見たドッペルゲンガーと、いまの自分が同じ服装をしていたというんです。つまり八年前に見たのは、いまの自分だったという寸法です。

本人が体験談だといってるんですから、こういう言い方もヘンですが、とてもよく出来た話です。

四足蛇

舒州《じょしゅう》の人が
山に入って大蛇を見たので

すぐにそれを撃ち殺した

よく見ると
その蛇には足があるので
不思議に思い持ち帰ることにした

何故、そのような
格好をするのか？

？……わたしは今
この蛇を殺しましたが
この蛇には四つの足がある
四？
足？
蛇？

役人たちには蛇の形が見えないらしい
その蛇はどこにいる

どこ？　これですよ
これが見えないですか？

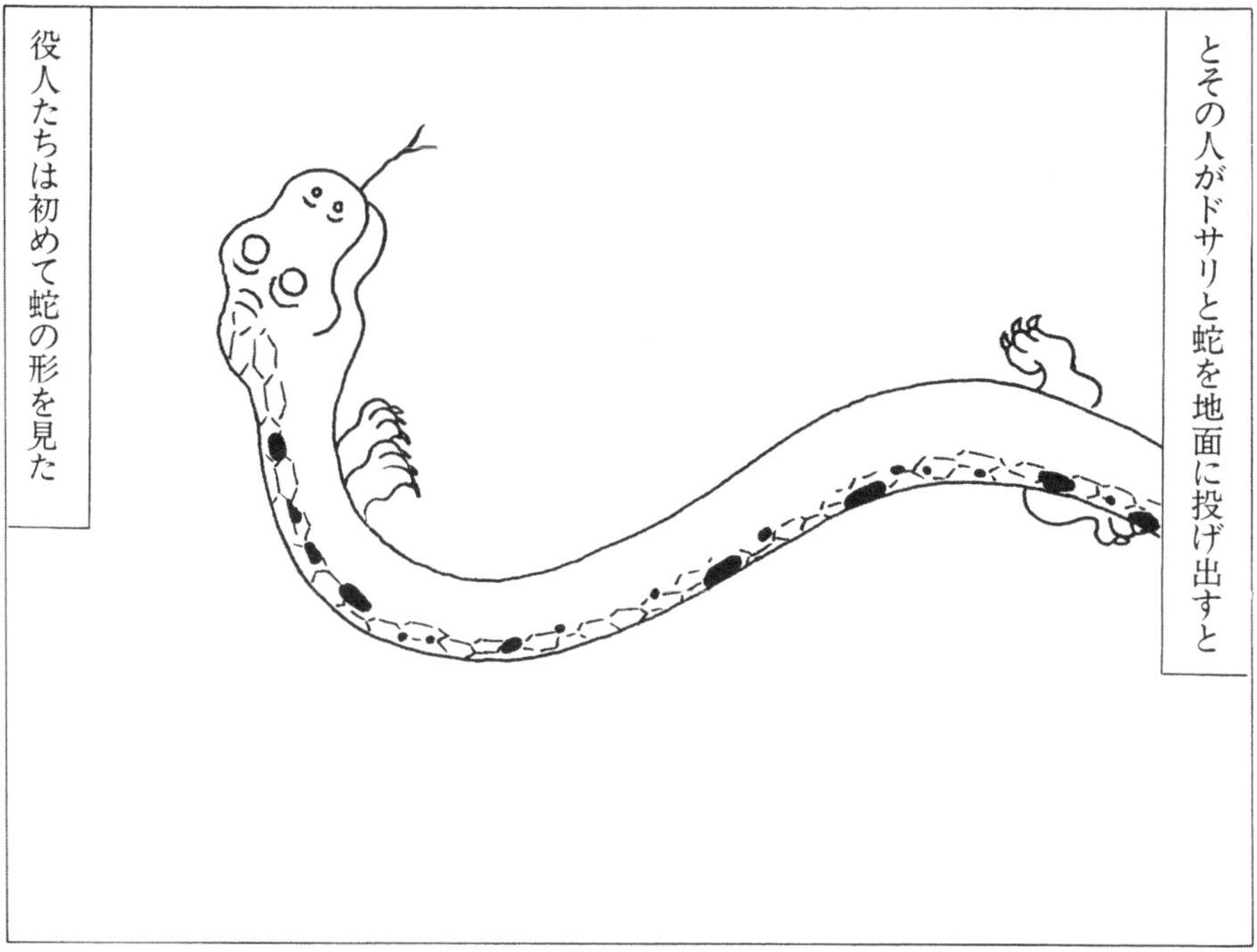
とその人がドサリと蛇を地面に投げ出すと
役人たちは初めて蛇の形を見た

見えるでしょ?
ところが、今度は蛇を見るばかりでその人の形が見えなくなった

なにかの怪物には相違ないが
蛇はそのまま捨てて帰ったとある
役人側の記録なのだろう
話はここで終ってしまっている

消えてしまった舒州の人は
その後どうなったのか
姿は見えるようになったのか
消えたままそこにいるのか？
この蛇は生きている間には
自分の形を隠すことが出来ないのに
担がれて形がなくなり
下ろされて担いだ人物を消すのである
その理屈がわからない
まあしかし、理屈がわからないから
怪談である。詮索は蛇足であった
完
『稽神録』より

蛇足

往々にして、オジさんはお説教をしようとして、漢字のダジャレのようなことを言ってしまって失敗します。

「いいか、人という字を見てみなさい」

といって、おもむろに話をつづけようとすると、

「おたがいモタレかかってるということですか？　入るという字もモタレかかってますが何故《なぜ》です？」

と逆につっこまれたりする。

楚《そ》の昭陽《しょうよう》が魏《ぎ》を攻略し、さらに兵を移して斉《せい》をも攻めようとした時、説客《ぜいかく》の陳軫《ちんしん》が使者として昭陽を説きふせた。

「楚では敵軍を破って敵将を殺すと、どんな恩賞をうけますか」

「官は上柱国《じょうちゅうこく》となり、爵位《しゃくい》は上執珪《じょうしっけい》となる」

「それより以上の高位高官は何でしょう」

「令尹《れいいん》だけだ」

「あなたはいまその令尹、ならぶもののない地位で、もはや加うるべき何の官位もありません。ひとつたとえばなしを申し上げましょう。ある人が家来たちに、大杯に盛った酒をふるまった。すると家来たちは、数人で飲んでは足りないが、一人で飲めばありあまる。ひとつ、地面に蛇の絵を描いて、先にできたものが飲むとしよう、ということになり、一人がまず描き終り、酒を飲もうとして左手に杯をもち、なお余裕をみせて、足だって描き足せるぞとばかり、足を描き足した。そのうちにもう一人が蛇を描き上げ、その杯を奪うと「もともと蛇に足はない、足を描き添えては蛇ではない」とその酒を飲んでしまった。

さて、いまあなたは、魏を攻略して、なお斉を攻めようとしておられる。斉を攻めて勝ったところで、もうこれ以上官爵は上がらない。もし万一敗れたら官爵は下がるでしょう。これはまさに蛇を描いて足を添えるようなものではありませんか」

昭陽はなるほどとうなずいて、斉を攻めずに引き上げた。と『中国故事』（角川選書71・飯塚朗著）という本にあります。

うまくいった例です。が、なかなかこう、うまくいくもんではないと私は思う。

「その話、知ってるゾ」

と途中で言われたらいっぺんでぶちこわしです。この話は「蛇足」の故事で、だいぶ有名です。「矛盾」の故事と一緒に試験に出たかもしれない。その話なら何度も聞いた、と思われてしまうと、真意はともかく効果は薄れる。

と、いきなり蛇足から書きはじめてしまいましたが、この「四足蛇」の話は、ずい分奇妙です。

この話も「金銀の精」と同様『稽神録《けいしんろく》』に収められていたものですが、著者の徐鉉《じょげん》が、みずから末尾に苦情を書き添えています。

「この蛇は生きているあいだに自分の形を隠すことが出来ず、死んでから人の形を隠すというのは、その理屈が判《わか》らない」

理屈がわからないから「怪談」なのだ。という理屈ももっともですが、確かに妙な話です。この消えてしまった舒州《じょしゅう》の人は、その後どうなったのか？

「なにかの怪物に相違ない」としながら、役人たちが蛇を捨てておいて、さらに消えた舒州の人もそのままに、よく平気でいられるものだ。なんともかとも、尻切れトンボで宙ぶらりんな話です。

同じように、足のはえた蛇の話でありながら「蛇足の故事」とは大いに異なる。こっちを説教の際に持ち出したりしたらいよいよ話に収拾がつかなくなるでしょう。

「つまり、世の中にはワケのわからぬことがいくらもあるト、そういう話だナ」って全然教訓にならない。

夢の通路

朝《ちょう》邑《ゆう》県の丞、劉《りゅう》幽《ゆう》求《きゅう》は
公務の出張の帰途を急いでいた
すでに日が暮れて久しい

夜道を、わが家まであと十里あまり
破れ寺のあたりまでやってきたとき
寺の内から楽しそうに歌う声や
笑いさんざめく声が聞こえてくる

はて、不思議な
と覗いてみると十人あまりの女たちが思い思いに席につき皿小鉢をならべて食事をしている

と、自分の妻がその中に混って楽しそうに話しているのが目に入った
劉はびっくりするばかりでわけがわからない

しばらく考えてみれば
妻がこんな所に居るわけはなく
人違いに違いない

と、もう一度
物ごしや言葉つきを見れば
妻とすこしも変わらないのだ

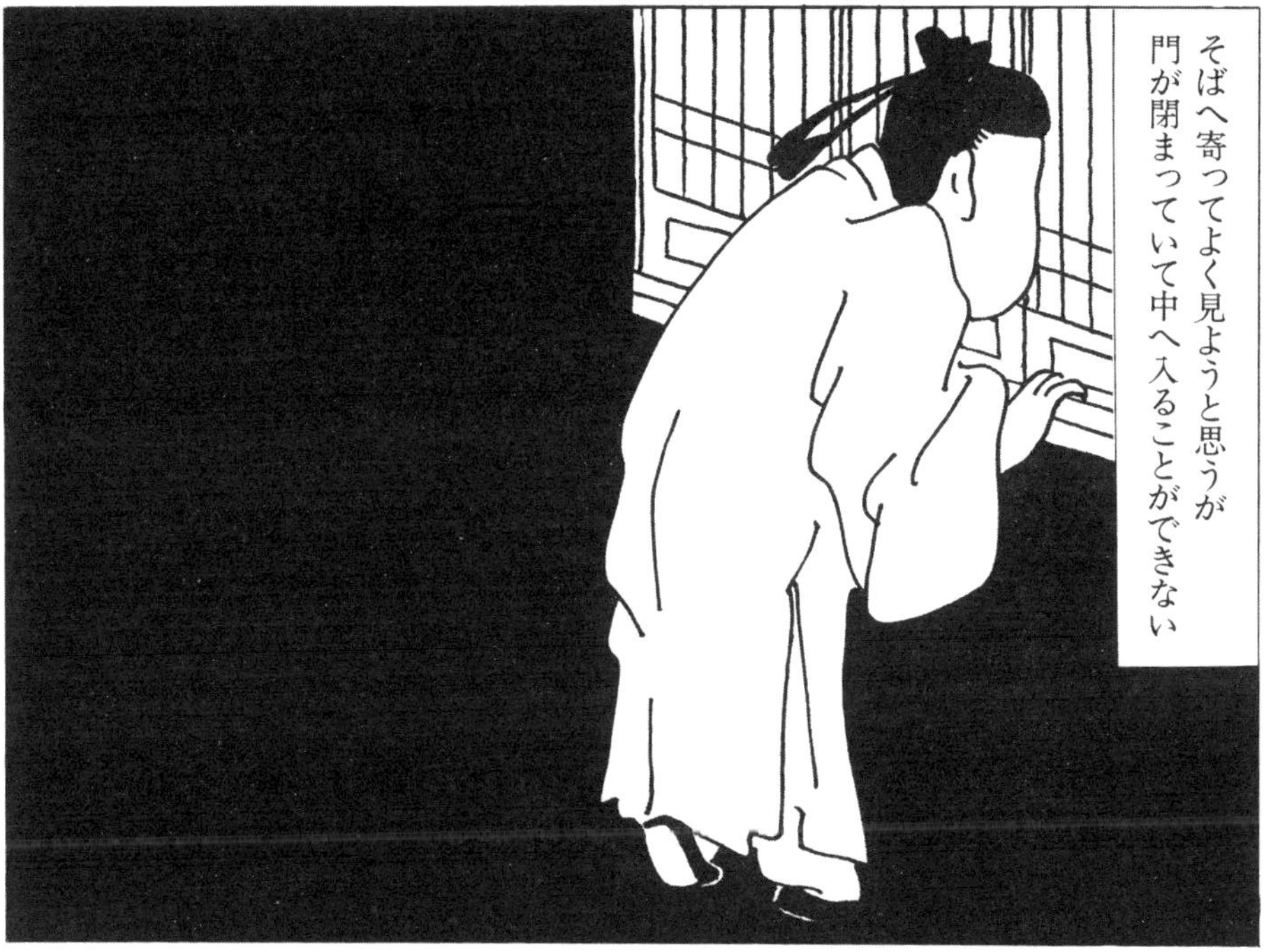
そばへ寄ってよく見ようと思うが
門が閉まっていて中へ入ることができない

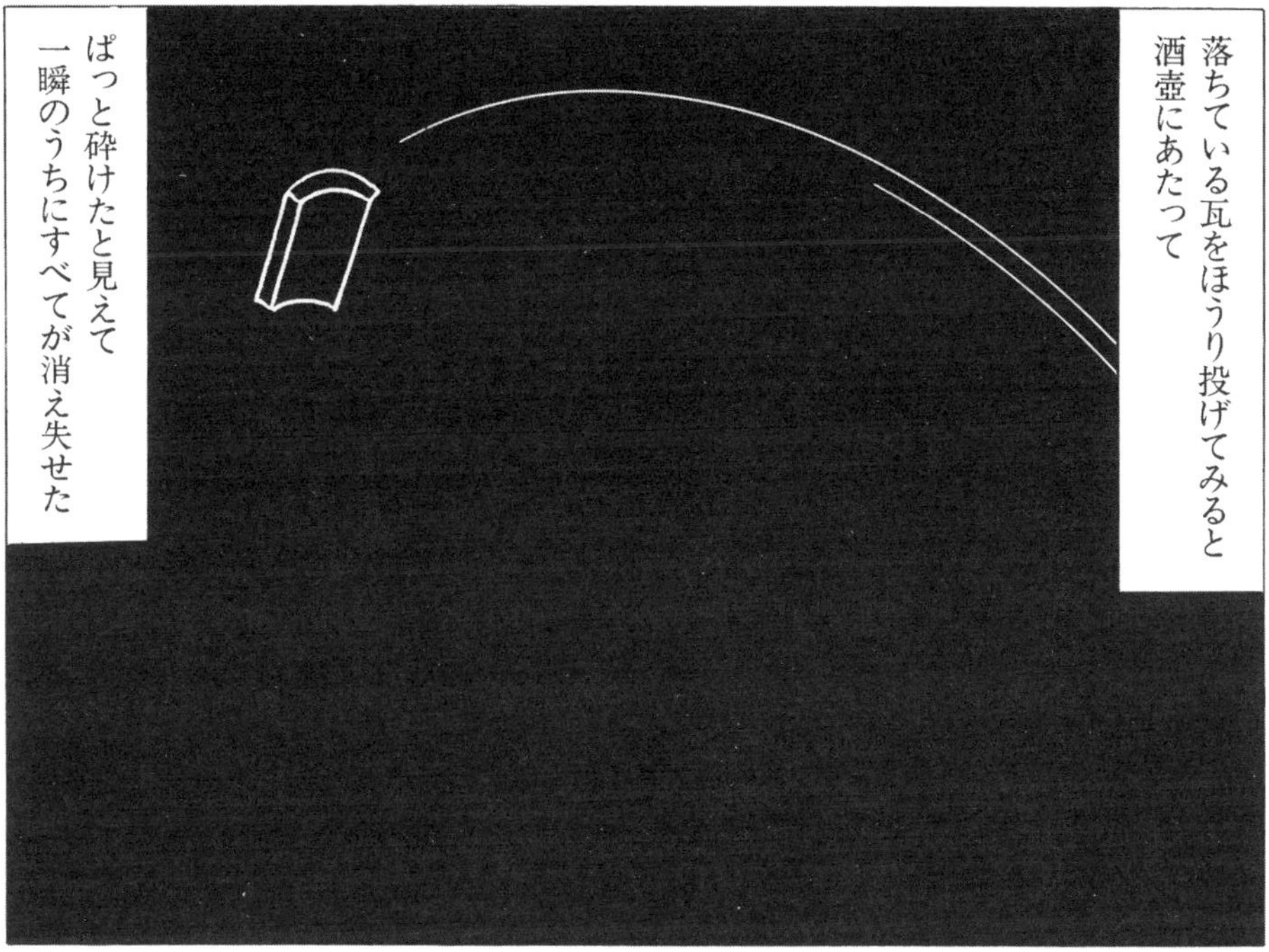
落ちている瓦をほうり投げてみると
酒壺にあたって
ぱっと砕けたと見えて
一瞬のうちにすべてが消え失せた

劉は垣をのり越えて
中を調べてみたが
本堂にも庫裡にも
人影は痕跡もない

寺の門はもとのように
閉じられたままである

胸さわぎを感じて
劉は馬を走らせて急ぎ家へと帰った

着いてみると
妻はすでに眠っていたのだが
夫が帰ったと聞いて起きてきて
あいさつをすませると
愉快そうに笑っていった

さっき妙な夢を見ました
夢の中で十何人かの人と
お寺に遊びに行きました
知らない人ばかりでしたけれども
楽しく一緒にご飯を食べていると

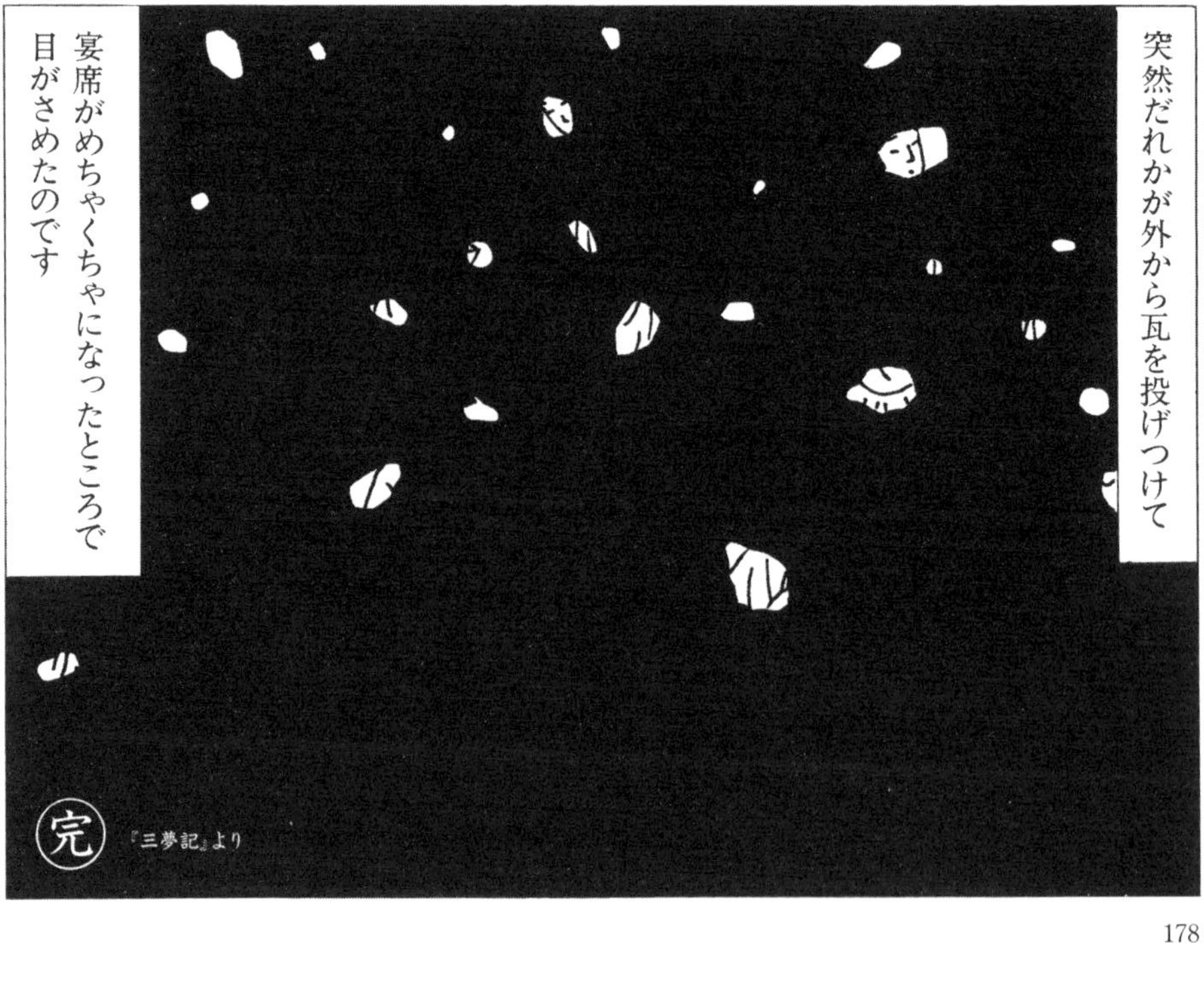
突然だれかが外から瓦を投げつけて
宴席がめちゃくちゃになったところで
目がさめたのです
完
『三夢記』より

蛇足

夢というのは、現代人にとっても不思議の気を起こさせるものである。志怪や伝奇にも夢にまつわる不思議をあつかった話が、いくらもあります。

一説に、夢は起きている間に貯《た》めこんだ記憶を、整理、選別するための作業であると、いわれています。

つまり我々は「忘れるために夢を見る」ということらしい。

とすると、ひとつの夢を何度も繰り返して見るというのは、どういう理屈になるんでしょう。

気が弱くて、思いを寄せる隣家の娘に、なかなか本心を明かすことのできないでいる若者が、夢に隣家の娘を見て、思いきって恋心を告白する。すると娘も、「実は私も、以前から貴方様《あなた》をお慕い申しあげておりました」

というので、トントン拍子に話がすすみ、一緒にサクランボの実を食べながら、「ああ！　なんというしあわせか！」

と叫んだところで目がさめた。

「なんだ夢だったのか」

と、寝台に起き上って目をこすっていると、蒲団《ふとん》に、先刻食べたばかりのサクランボの種が散らばっている。昨晩はサクランボなど食べていないのに。

思いきって、思いの丈を夢の通りに話してみよう……と、隣家をたずねてみると、お隣りは既に引越したあとだった。

他人事《ひとごと》ながら「実に残念」な気のする話です。サクランボなんぞのんびり食べてないで、とっとと「発展」しておけばよかったのに。

いずれにせよ起きぬけの頭には時に妙にリアルな感じを残す夢というのがある。

もっとも、リアルというのは何なのか、夢といい現《うつつ》といっても、すべては人間の頭の中のことだとすれば、そこに画然と境のあると思う方がおかしいのかもしれません。

荘子《そうし》が胡蝶《こちょう》になる夢を見る、目覚めて自分が、荘子であるのか、胡蝶の夢であるのか？　と問う話は、奇妙に説得力があります。

夢も現も同じかもしれない、とまで言ってしまえば、他人の夢の中に入っていったり、同じ夢を二人が見るというのも、なんの不思議もないようで、やはり妙です。「夢の通路」という題は、私のつけたもので、もとは白行簡《はくこうかん》の『三夢記』という三つのふしぎな夢を記録した本の、第一話です。

日本の『今昔物語』にこれとよく似た話がのっていて、やはり主人公は、公務で出張した役人である。京へ残してきた若い妻が気になって、この主人公は美濃《みの》の国の不破《ふわ》の関で一泊の夜、夢を見る。

夢の中で妻は若い男と隣室でヤックスをはじめるので、逆上して踏み込んだところで、はっと目が覚める。なんだ夢か……というので翌日大急ぎに京に帰りつくと、妻が出迎えて、笑いながら夢の話をするところも同じ。

話としては、こちらの方が、ずっと色っぽくて、よく出来た話になっている分、作り話めいてもくる。まちがいなく『三夢記』の焼き直しであろうと思われます。話としてまとまってしまった分、不思議な感じ、夢の感じは失なわれた。留守中、若い男と浮気しているというよりも、女ばかりが集合して、荒れ寺で酒盛りをしているというほうが、なんだか本当らしい。

『三夢記』の白行簡は、白楽天《はくらくてん》（居易《きょい》）の弟。第二話は、その兄・楽天の親友である、元微之《げんびし》が、夢に「慈恩寺に遊ぶ白兄弟」を見て、手紙にそれを詩にして送ってきたのでしたが、まさにその詩の書かれた当日に、兄弟は微之を思いつつ、慈恩寺に遊んでいたのだったという、体験談です。

もう一話は、同日に同じ夢を見た二人が、翌日、夢のとおりに顔をあわせるという不思議が記されてある。いずれも不思議でありながら、さもありなんと思える感じが、いかにも「夢」なのです。

怪異

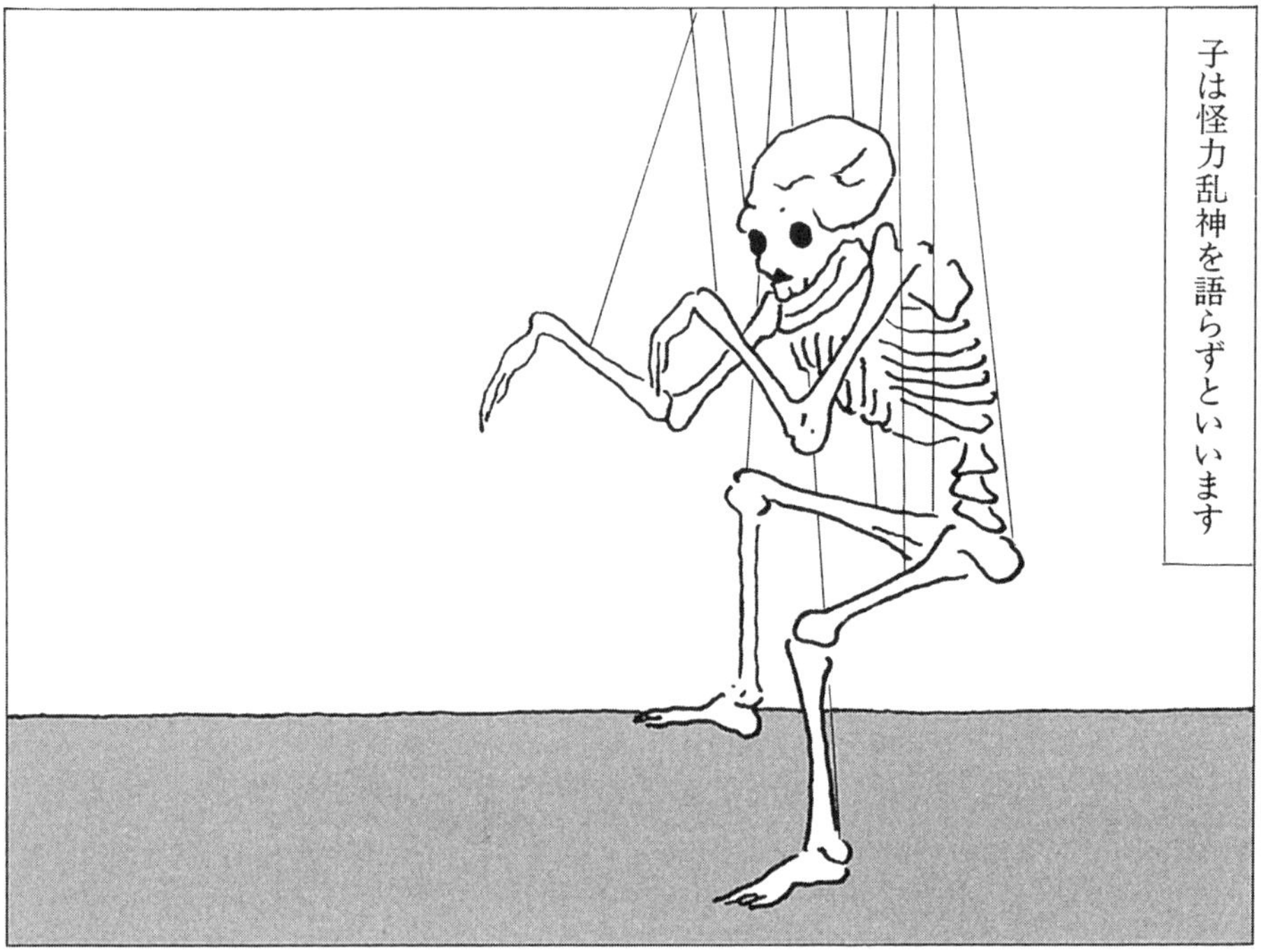
子は怪力乱神を語らずといいます

が、もともと怪異が存在しない
といってるわけでないところが妙味です

少保の馬亮公がまだ若い頃
燈下で書を読んでいると

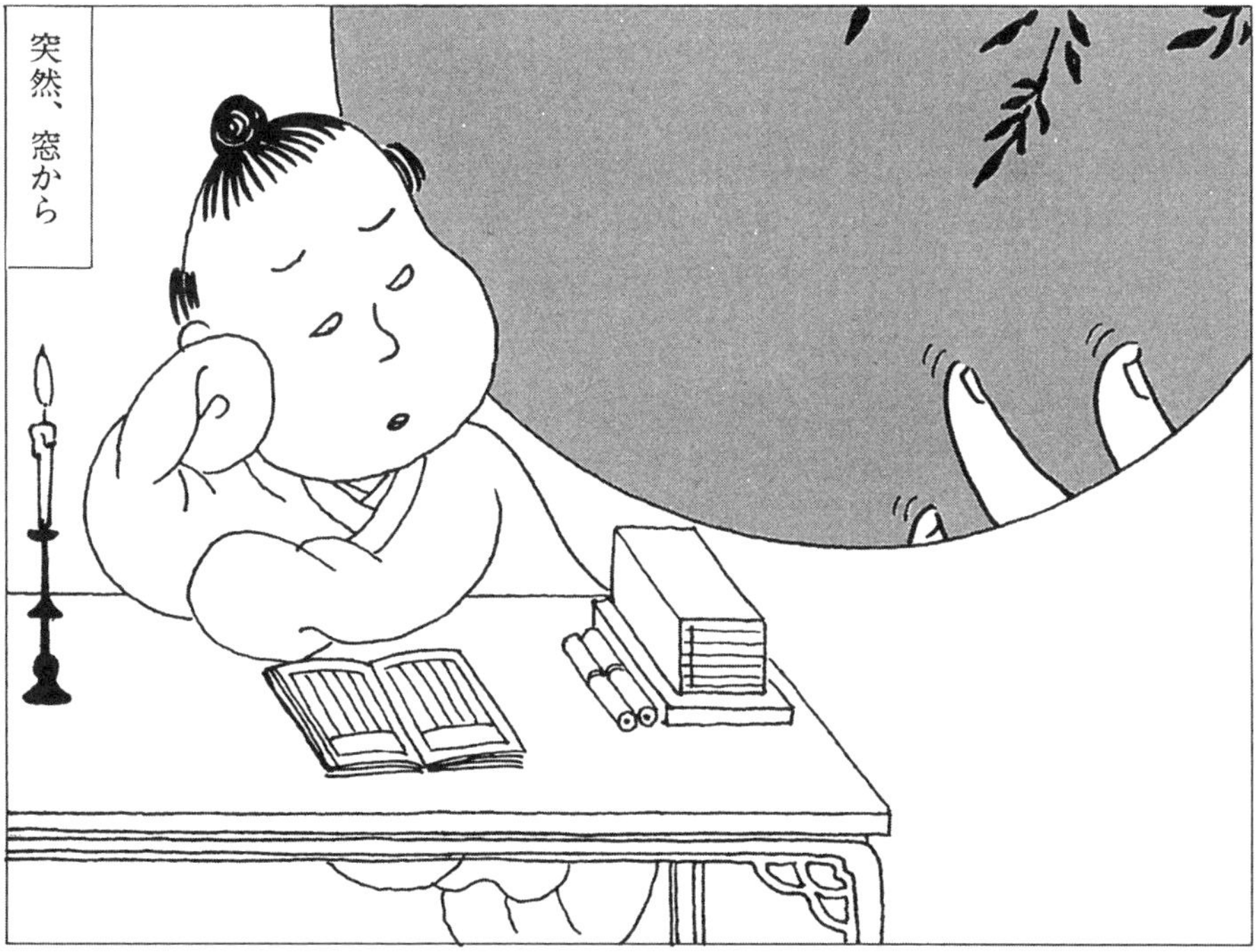
突然、窓から

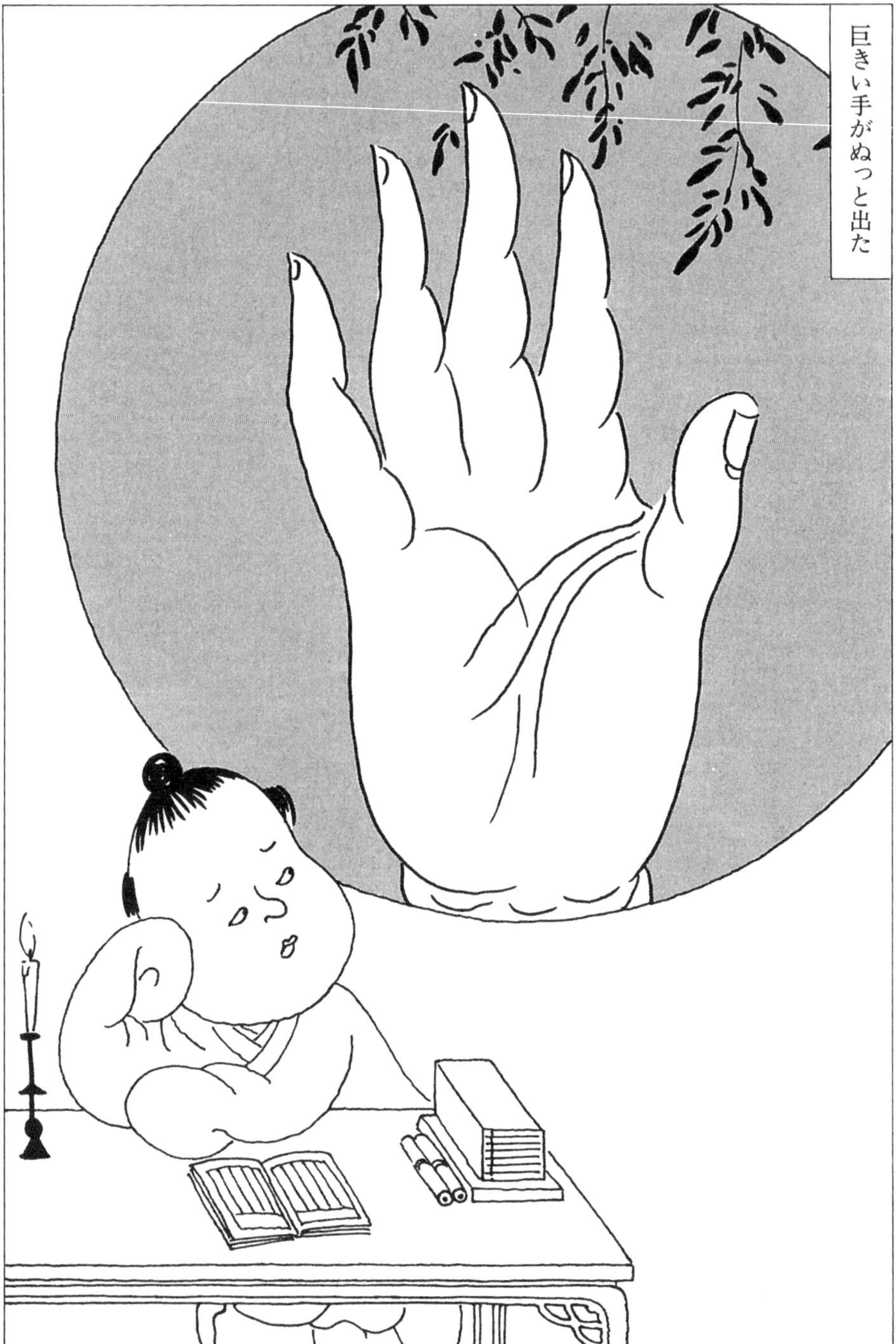
巨きい手がぬっと出た

公が自若として書を読み続けていると
その手は去った

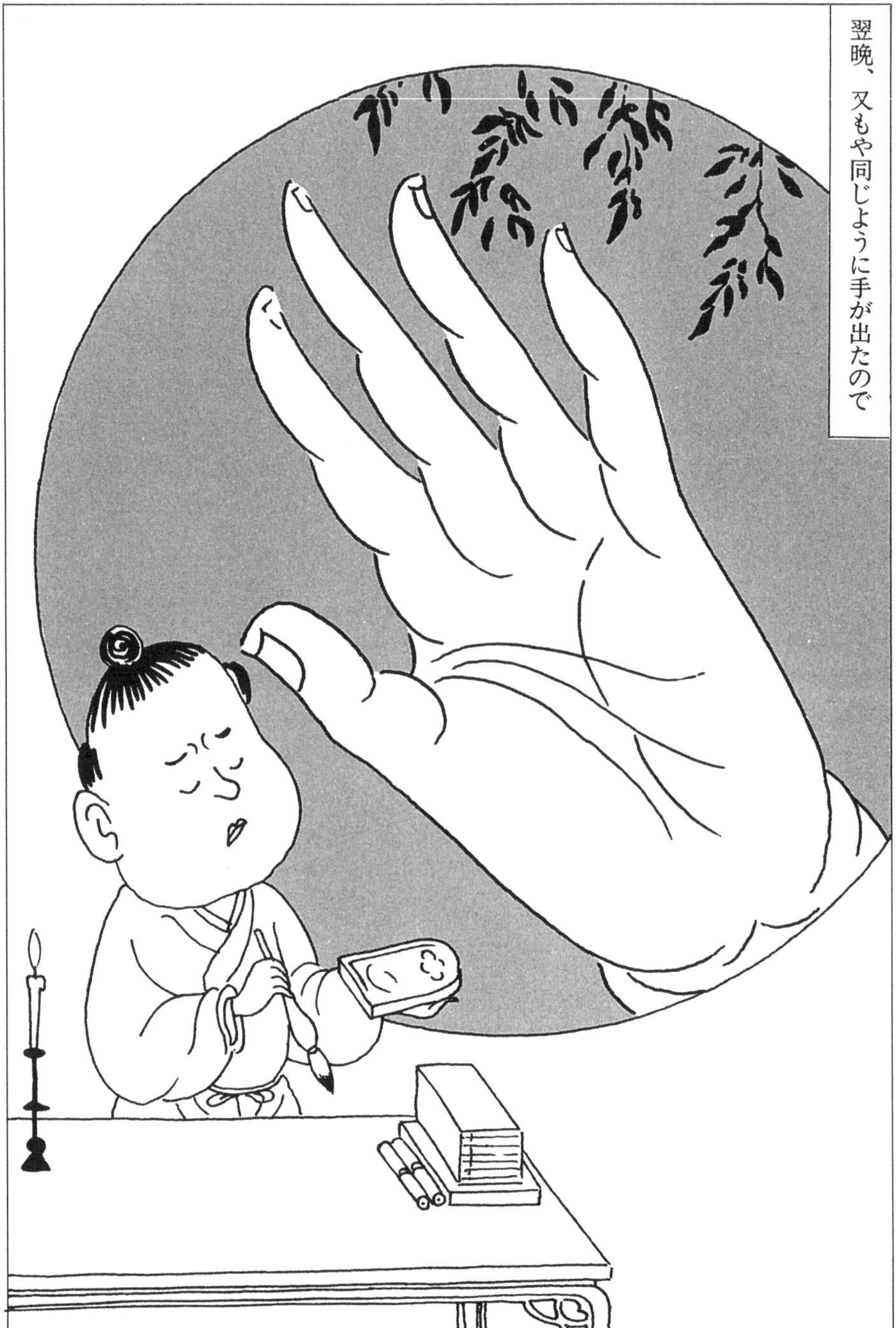
翌晩、又もや同じように手が出たので

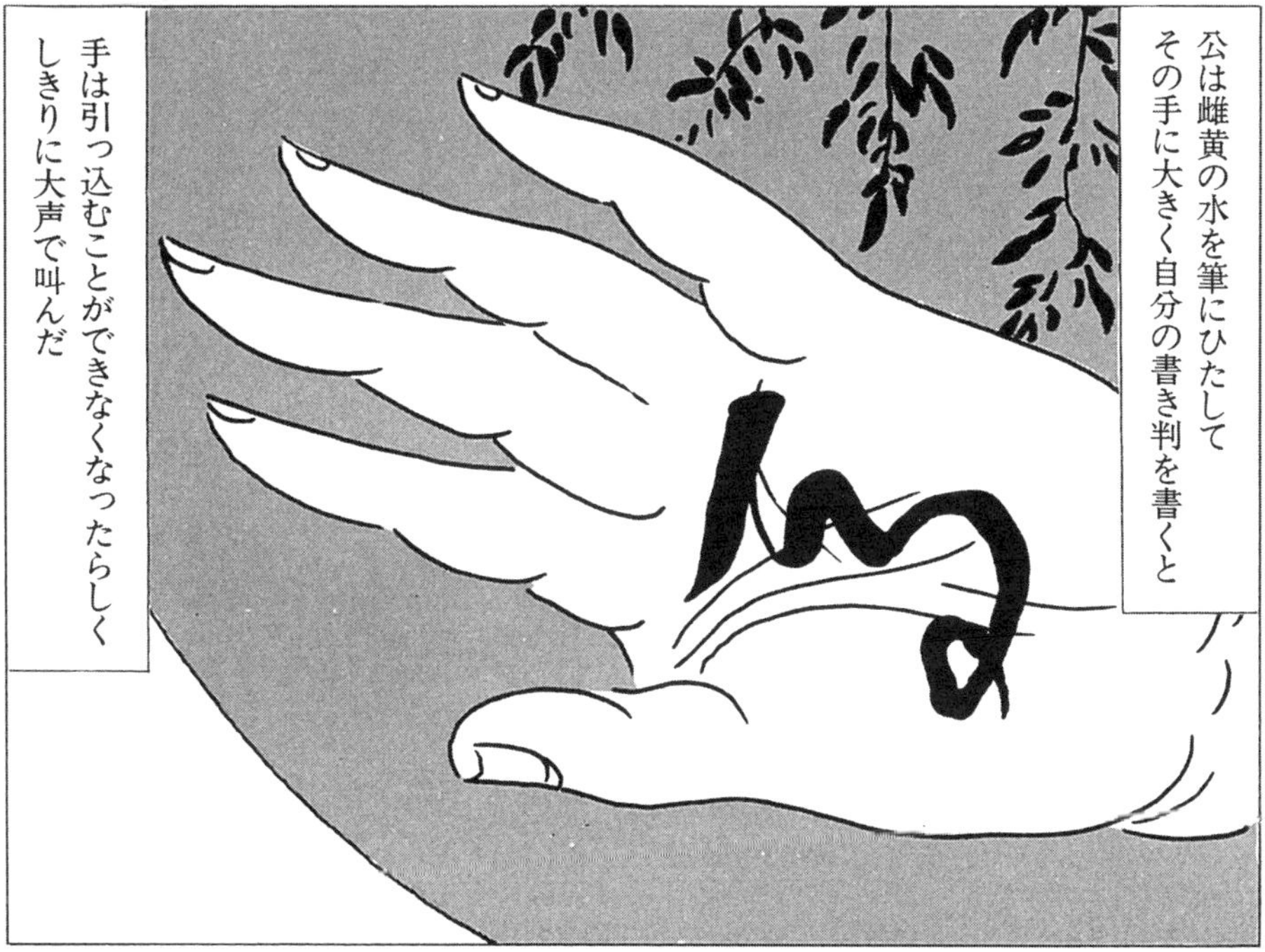
公は雌黄の水を筆にひたして
その手に大きく自分の書き判を書くと
手は引っ込むことができなくなったらしく
しきりに大声で叫んだ

早く洗ってくれ
洗ってくれ!
さもないと
お前のために
ならないぞ!
おい!
おいこれを
洗ってくれ!
たのむから
洗ってください
おねがいだから……
もういい加減にゆるして
くださいよう
貴公は今に偉くなる人だから
ちょっと試してみただけの事です。
私をこんな目にあわせるのは……
あんまりひどい……

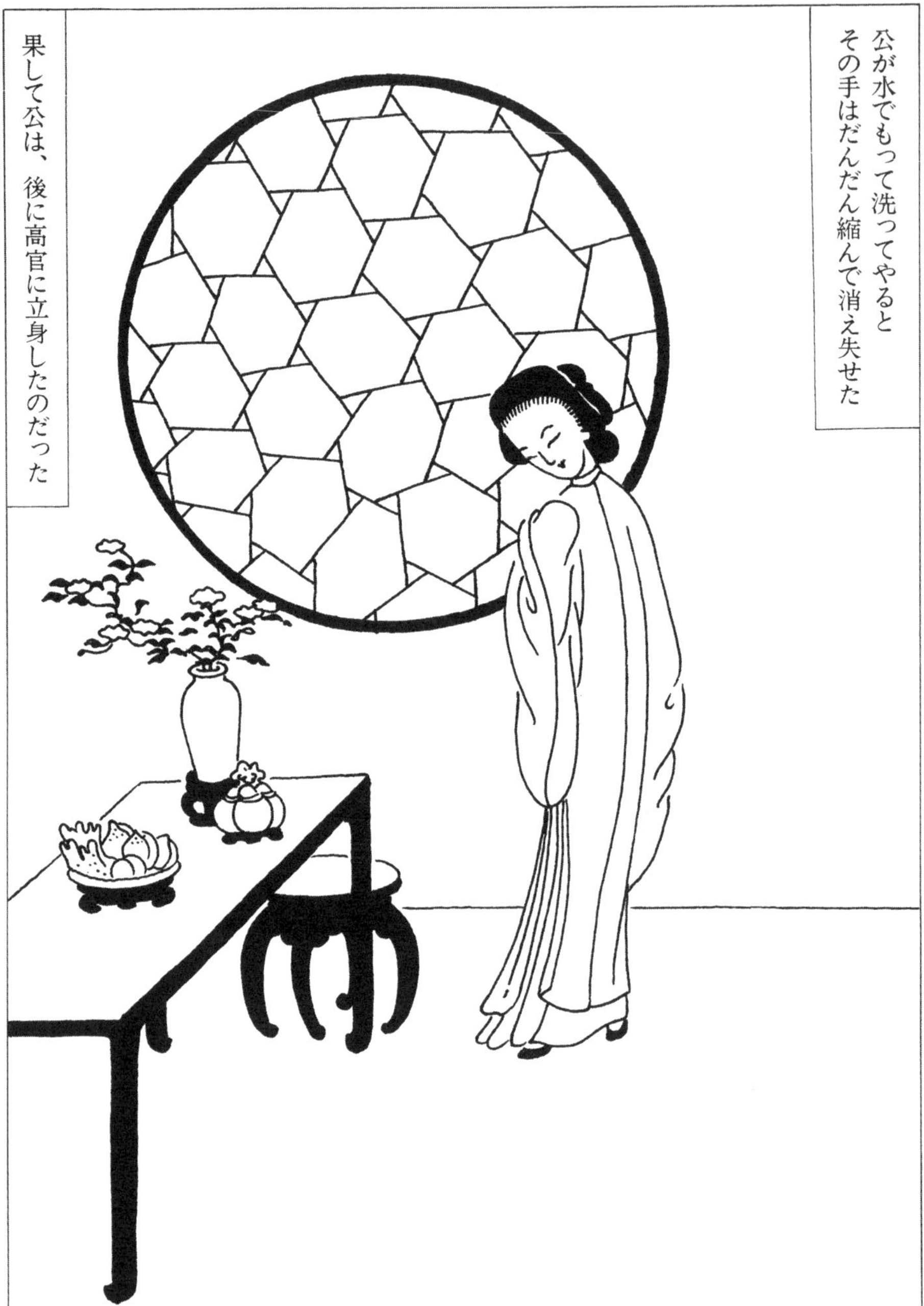
公が水でもって洗ってやると
その手はだんだん縮んで消え失せた
果して公は、後に高官に立身したのだった
完
『異聞総録』より

蛇足

『論語』の述而篇《じゅつじ》に「子は、怪、力、乱、神を語らず」とあります。孔子は怪異、怪力、無秩序、神について議論しなかった。

うっかりすると、孔子という人が、迷信を排した「科学的精神」の持ち主だったのだと思ってしまいそうですが、孔子様、紀元前五五二年の生まれです。つまり二五五〇年前の古代人です。現代の私たちと、同じような意識で、科学的であったはずはないでしょう。実際、孔子は巫祝《ふしゅく》という葬礼のスペシャリスト集団に属する、オカルト超能力関係者だったというのが最近の学問的常識のようです。

が、違う意味で孔子が現代人と非常に近い意識を持っていたと考える人もいます。『唯脳論《ゆいのうろん》』の養老孟司《ようろうたけし》先生によると、この二五五〇年前の中国人は、すでにして脳化社会の人だった。つまり都市の人だったという認識です。

都市というのは自然を排して、人工の環境をつくること、いいかえれば頭の中を外界に実現したものです。都市の人は闇《やみ》を追いはらうことで安心します。都市の人にとって、もっともコワイのはムキダシの自然です。

「自然」というのは、人間の思う通りにはいかないものです、予測のできないものです。「人工」に対する「自然」。人が頭で考えて作り出したものは、頭で理解可能ですが、その脳ミソも含む「人体」そのものや、手つかずの自然というのは、人間にとっては闇です。なにが起こるかわからないオソロシイもの。

これに、どう対するかといえば、なかったことにするということなんでした。

つまり、「語らない」ということです。

「女子と小人は養い難し」というのも同じ、女や子供というのは、より自然な存在で、人の作った約束事からハミ出している。

「人体」が自然のものなら「死体」も同様に自然のものです。これは速やかに、なかったことにしなくてはならない。「礼」をもって葬《ほうむ》る、その職業的葬礼集団から出てきた思想家が孔子という人だったわけです。

日本でされる葬式の、こまごましたしきたりも、多く儒教に発したものだそうです。葬式といえば仏教と私達は思うけれども、仏教には本来、葬礼というような考えはなかったのだといいます。

儒教が強大な影響力を持った中国では、その親玉の孔子様が「怪力乱神」を語らなかったということで、「怪力乱神」を語るというのは君子にあらざる者になる、ということを意味します。

しかし、実際にワケのわからないことというのはあるのだし、そのことを考えたり、語ったりしないでいるというのは、文字通り、不自然なことである。

語らずにいられない、というので「志怪小説」というのも出るべくして出てきたのでしょう。謎というのは、人間にとっては、娯楽でもあったのじゃないか？と私は思います。謎は、おそろしいことであると同時に、ワクワクさせる魅きつけるものでもあります。

禁じられていたから、余計に弾みもついたかもしれない。中国人は、奇妙な謎のような話を、人一倍好きなようです。

馬亮公の話は、宋代の怪談集『異聞総録』に収録されたものですが、清末《しんまつ》の点石斎画報という絵入り新聞に、おそらくこの話の焼き直しではないかと思える話が載っています。

南京《ナンキン》の街はずれにある蔡《さい》氏の庭の土塀から箕《み》ほどもある手の平がにゅっと突き出た。酒の肴《さかな》の肉を与えると、ひっこんで、外でムシャムシャ食べるようだ。しばらくして、再び手が出てきたので、今度は爆竹に火をつけたのを渡すと、バァーンと爆発して、同時に外でなにかがドッと倒れた。見ると大きな銀杏《いちょう》の木が、まっぷたつに割れていて、折れたところに血が滴《したた》っていた。さては銀杏の木の妖怪であったか、というので、みんなで木を引き抜いて、燃やしてしまった。

と、いうのですが、まァ、あいかわらず妖怪に乱暴です。こうなると、謎の解明とかというよりも、なにかコワガリの逆ギレって感じもしますね。

変貌

河東《かとう》の賈弼之《かひつし》は義熙《ぎき》年間に琅邪王《ろうやおう》の参軍となった人である

ある晩、弼之が兵舎で寝ていると夢に見知らぬ男が現れて大声で言った
貴下の顔が気に入った首をとりかえてほしい

弼之は驚いたが、落ち着きはらって
人はそれぞれの顔を持ってそれぞれの人なのだそんな馬鹿げた相談にはのれませんな
と断った

妙な夢を見る

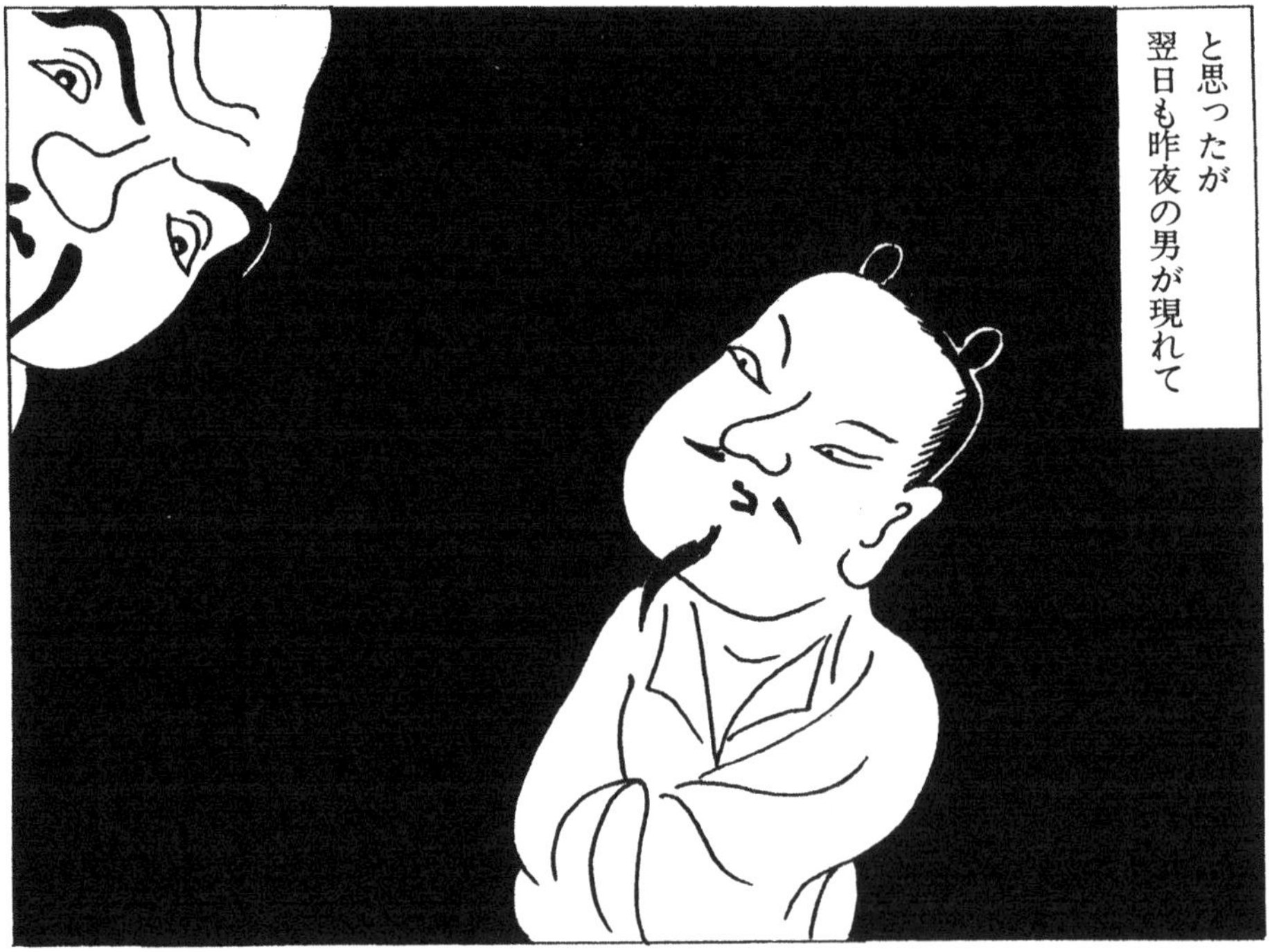
と思ったが
翌日も昨夜の男が現れて

どうでも貴下の首を
頂戴いたしたい
殺そうとはいわぬ
是非にと執拗である
いずれ夢の中のことだと
押し切られて承諾した

翌朝、起きてみると
兵が弼之の命令を聞かぬ
のみならず、捕えて琅邪の前にひきすえた
私は賈弼之である
と何度も主張したが容れられない

鏡を見て弼之は初めて異変に気がついた

弼之は時間をかけて
いきさつを話し、ようやく
本人であることを認められたのだ

首が変わってからの弼之は
顔の片面で泣きながら
顔の片面で笑うことができ

また、両手足と口にそれぞれ
筆を持ち同時に異なる文章を
書くことができた。文章はそれぞれ
みな出来ばえも優れていたのである
これらのことが変わった以外は
元の通りの弼之であったという
完

蛇足

この話は、劉義慶《りゆうぎけい》作の『幽明録』に「首のすげかえ」という題で採録されているものです。

夢の中で首を交換してくれと、何の条件もなしに強引な申し出を受けるという話で、夢とはいえムチャな話であります。

あんまりうるさいのと、どうせ夢の中だと折れてしまったのが賈弼之《かひつし》の敗因ですね。なにしろ、こんな顔になっちゃって、結果、奇妙な曲芸ができるようになったらしいですが、顔の左右で異なる表情が表わせたり、手足や口で一時に文章が書けたといって、いったいそれがなんになろうか？　とは思わないのでしょうか？

さらに「これらのことが変わった以外は、元の通りの弼之であったという」という結びのコトバに、私はどうしても首肯できない。

顔と人格というのは、もっと深くむすびついたものであるはずだ、という信念を私が持っているためでしょう。

若い友人と話していた時に、ある種実感のある幻想として、雑踏で他人の心と自分の心がヒョンな拍子に入れ替ってしまうという、不安があるというのです。

私にはこの実感が全く理解不能です。おそらく私の顔が特徴的であるために、人格と顔があまりにも緊密に結びついてしまっているせいであろう、と考えています。

ある席で、余興に松田優作の顔マネをしてみよとリクエストされました。私と松田優作では、あまりにも形態上に類似するところがありません。顔マネは不可能だからと私がしたのは、ある朝、気がかりな夢を見た松田優作が目を覚ますというシチュエーションでなら、と前置きいたしました。

松田優作は、例のモジャモジャ頭をかきむしりながら、まず冷蔵庫の牛乳を呑み、タバコを一服つけてから、顔を洗おうと鏡を見たところで、大声を出します。

「なんじゃこれは‼」

つまり自分の顔が南伸坊になっていたというワケで
「松田優作の動揺はいかばかりであったろう」

というなかなか深遠な芸でしたが、もちろん、まるきりウケませんでした。

しかし、これがいわば私の実感というものであって、私は私以外の顔の自分というのを、想像できません。この顔であるから自分なのであって、もしある朝、私の顔がキムタクになっていたとして、私は私として一秒たりとも自分の考えを考えられまいと思っています。

整形手術で美人になる、というのはこれとはやや質が違います。いくら整形で形を変えたといっても、どこかに自分らしさは残っているもので、まるまる首をすげ替えたのとは違うからです。

しかし、それであっても、整形して変貌した人の心理というのは、これから精神医学のテーマとして深められる必要のある分野でしょう。少なくとも、自分が自分に見えないほどの改変は、その人になんらかの悪影響をおよぼすのではないか？　と私は考えています。

息子の壺

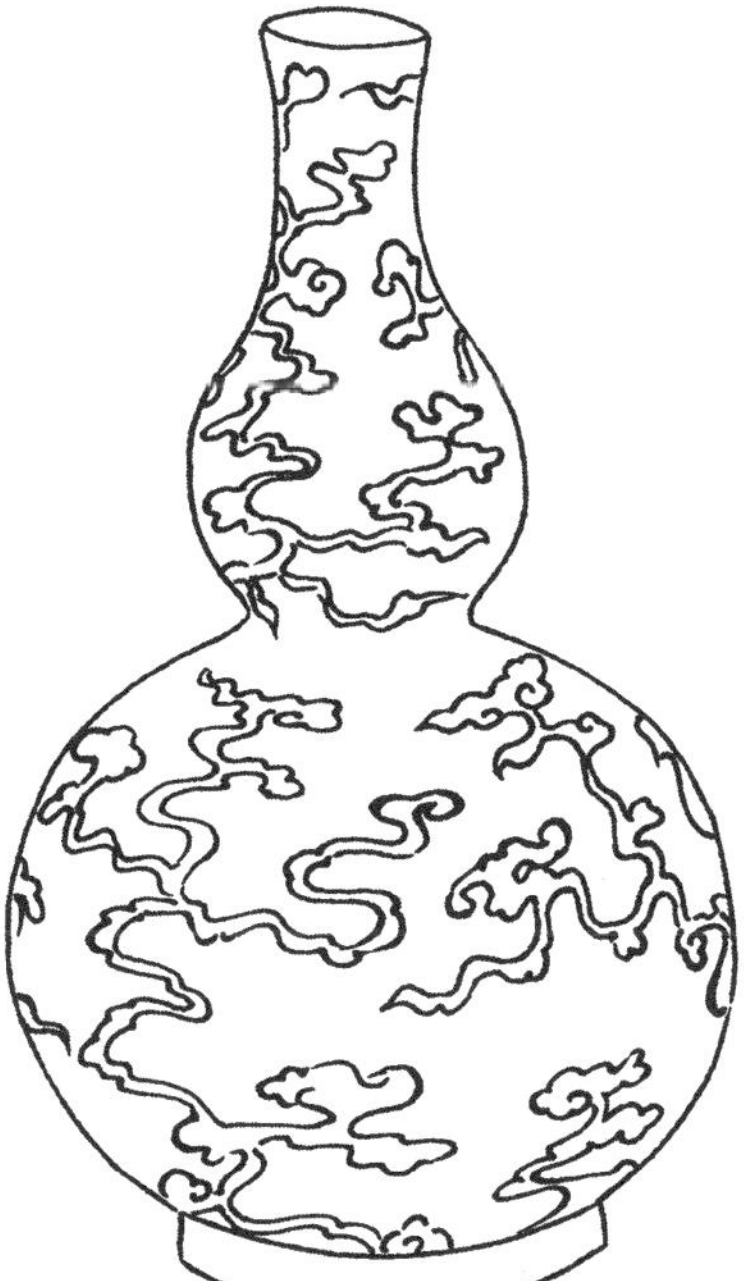

元嘉《げんか》の初めのことである
丹陽郡《たんようぐん》の劉儁《りゅうけい》の家の庭先で

六、七歳の子供が三人
はしゃぎまわっている

大雨の中であるのに
すこしも雨に濡れていないのが
不思議である
何かの物の怪でもあろう
と思って見ていると

急にひとつの壺の奪いあいを始めた

儁が弓でねらいうってみると
壺に命中して

子供たちの姿が、ぱっと消えた

儁は壺を手に入れたので
部屋の棚に飾っておいた

翌日、ひとりの婦人が訪ねてきて
壺を手にとって泣いた

わけをたずねると
これは息子のものですのに
どうしてここに
あるのでしょうか
と言う

事情を話したが
婦人は泣くばかりだから
しかたなしに儁は壺を
彼女に渡すしかない

一日おいて
またあの子供が
壺をもってやってくると

さしあげて見せながら
おいらはまた
壺をとりかえしたぞう

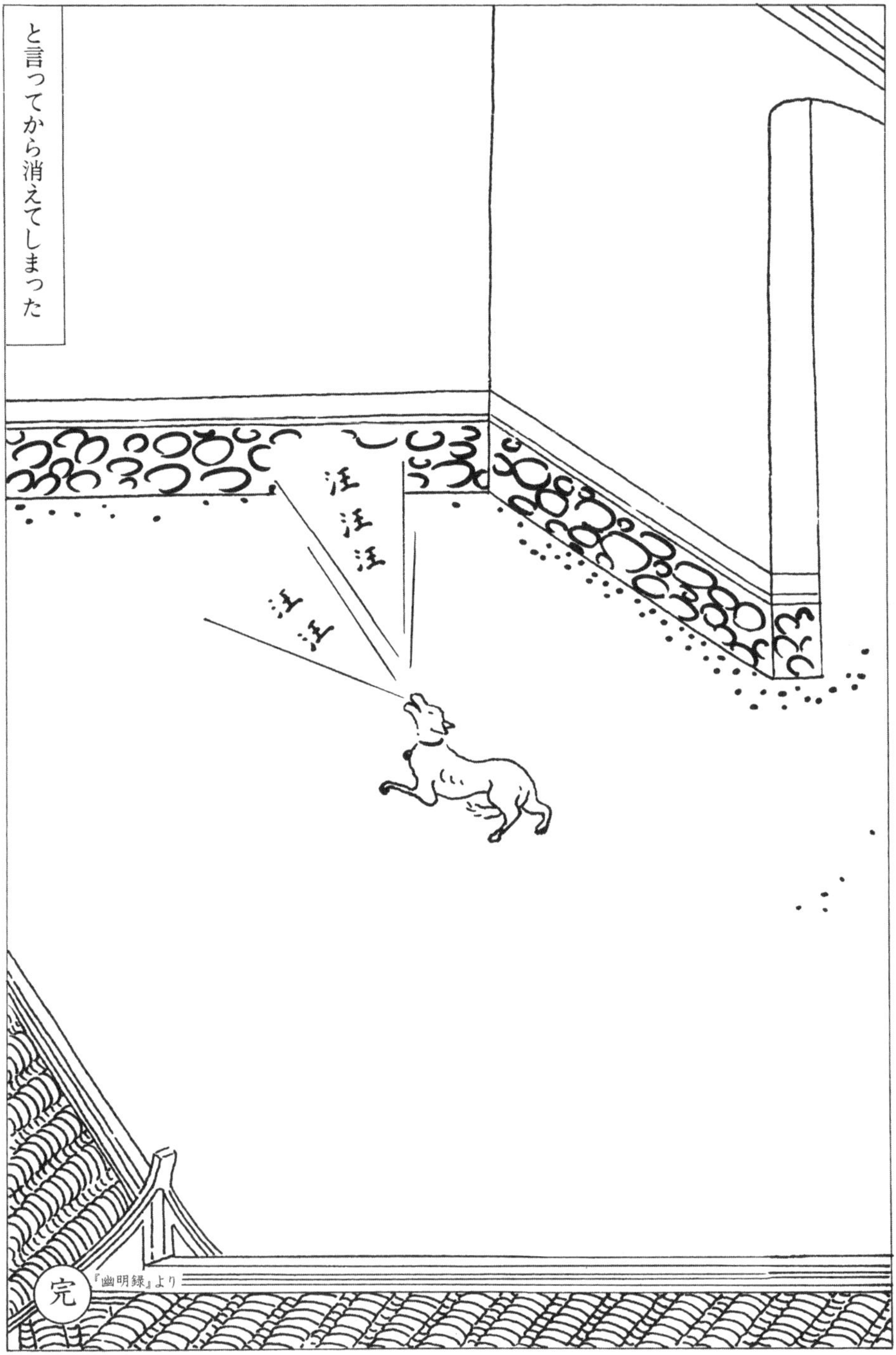
と言ってから消えてしまった
汪
汪汪
汪汪
完
『幽明録』より

蛇足

元嘉《げんか》というのは、宋の文帝の年号。四二四〜四五四年のことだから、この話は四二〇年代のことになる。

「変貌」「二本の箒」と同じ劉義慶の『幽明録』におさめられた話です。幽明とは、暗いことと明るいこととの意味。幽界と顕界《げんかい》、つまり冥土《めいど》と現世を表わしています。

「幽明界《さかい》を異《こと》にす」というのは、だから死別して住む世界の変わったことを言うわけですが、息子の壺を見て涙した母は、つまり死んだ子供に持たせてやったはずの壺が、他人の持ち物となっていたので泣いていたわけです。マンガでは、婦人が壺をもって帰り「息子の墓前に埋めた」という部分を省略しましたが、それは、私が主にこの話の、姿が消えたり、雨に濡れなかったりするイメージに、興味を持って、そちらに焦点がいったためです。

息子たちは、物質感がなく、ちょうどホログラフィかなにかのようなのに、壺だけは矢を射るとカチンと音がする、物体である。

水に入っても水に濡れず、火に入っても火に焼かれない。という表現は、物《もの》の怪《け》や仙人など、人にあらざる人が登場するシーンによく出てくるんですが、この古人にとっては、すこぶる奇怪な様子も「映画に撮ったら、アッケなく実現してしまうんだなァ」と思ったんですよ。

大雨のシーンに、晴れた日の映像を重ね焼きする、業火《ごうか》のなかを、平気で歩く人の映像もこうすればカンタンに出来てしまう。

そうして、そんな映像を見ても、だれも面白いと思わないでしょう。

もちろん、姿がパッと消える。なんていうのもぜんぜんビックリしません。

志怪や伝奇が「映画化」されないのは、案外こんなこともあるかもしれない。壁をぬけるとか、水たまりから魚を釣り上げるとか、仙人がする目ざましい術の、ことごとくが、「映画的」には、ごく平凡なシーンになってしまうんでした。志怪や伝奇の世界は、だからアニメーションや映画に向いていない。むしろマンガや、文章の世界の方が「説得力」があるというのがおもしろい。

ありえないことの起こることが、志怪や伝奇のおもしろいところなんですが、現在のワレワレのメディアでは、そんなことはトックに実現してしまっている不思議なんでした。

ひょっとすると、この時代遅れなところ、バカバカしいような、とぼけたようなところが、私の気に入っているところなのかもしれません。

未来の巻物

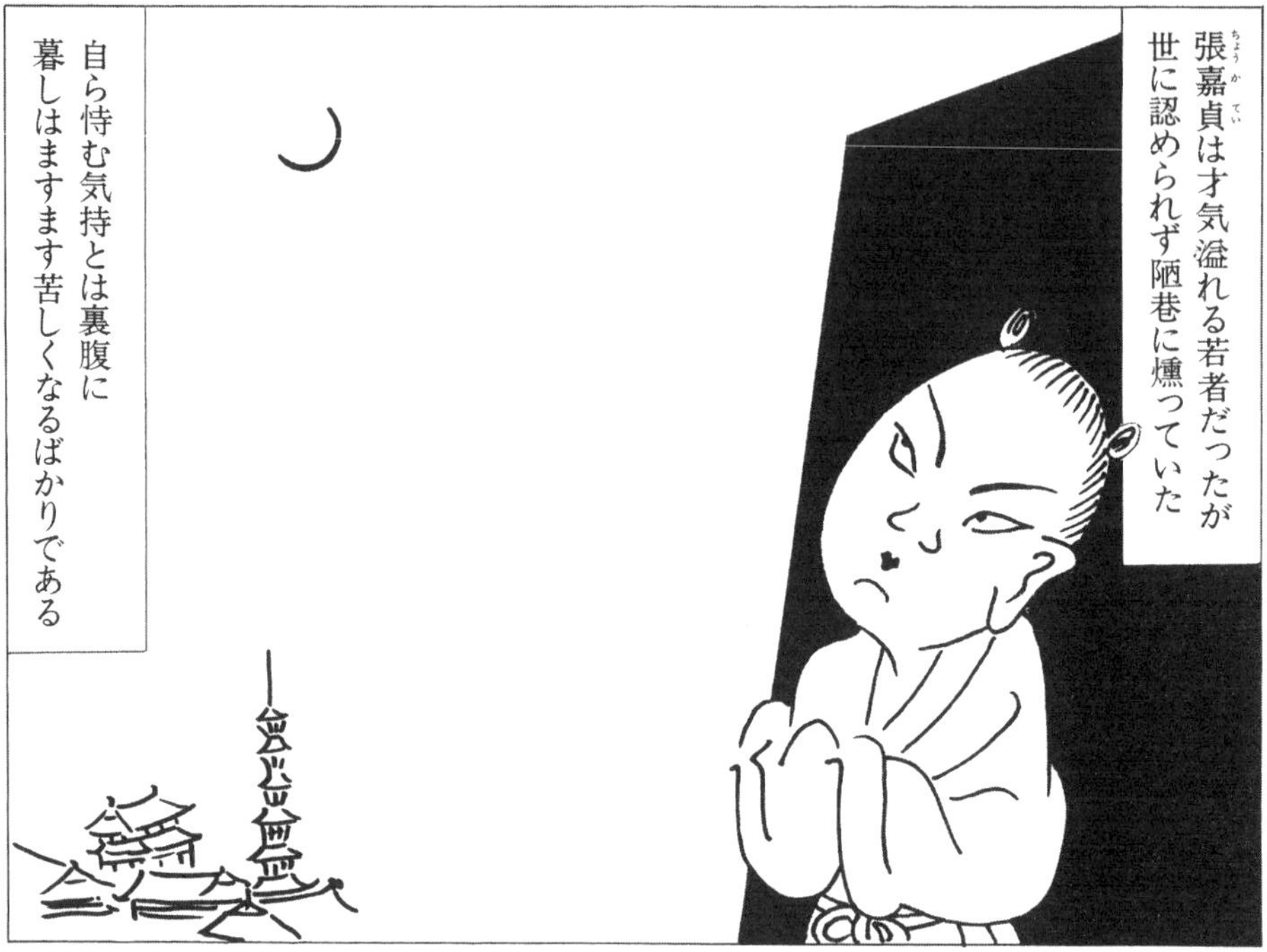
張《ちょう》嘉《か》貞《てい》は才気溢れる若者だったが
世に認められず陋巷に燻っていた
自ら恃む気持とは裏腹に
暮しはますます苦しくなるばかりである

知らずのうちに
うなだれて歩いてしまう
都の東門の雑踏である

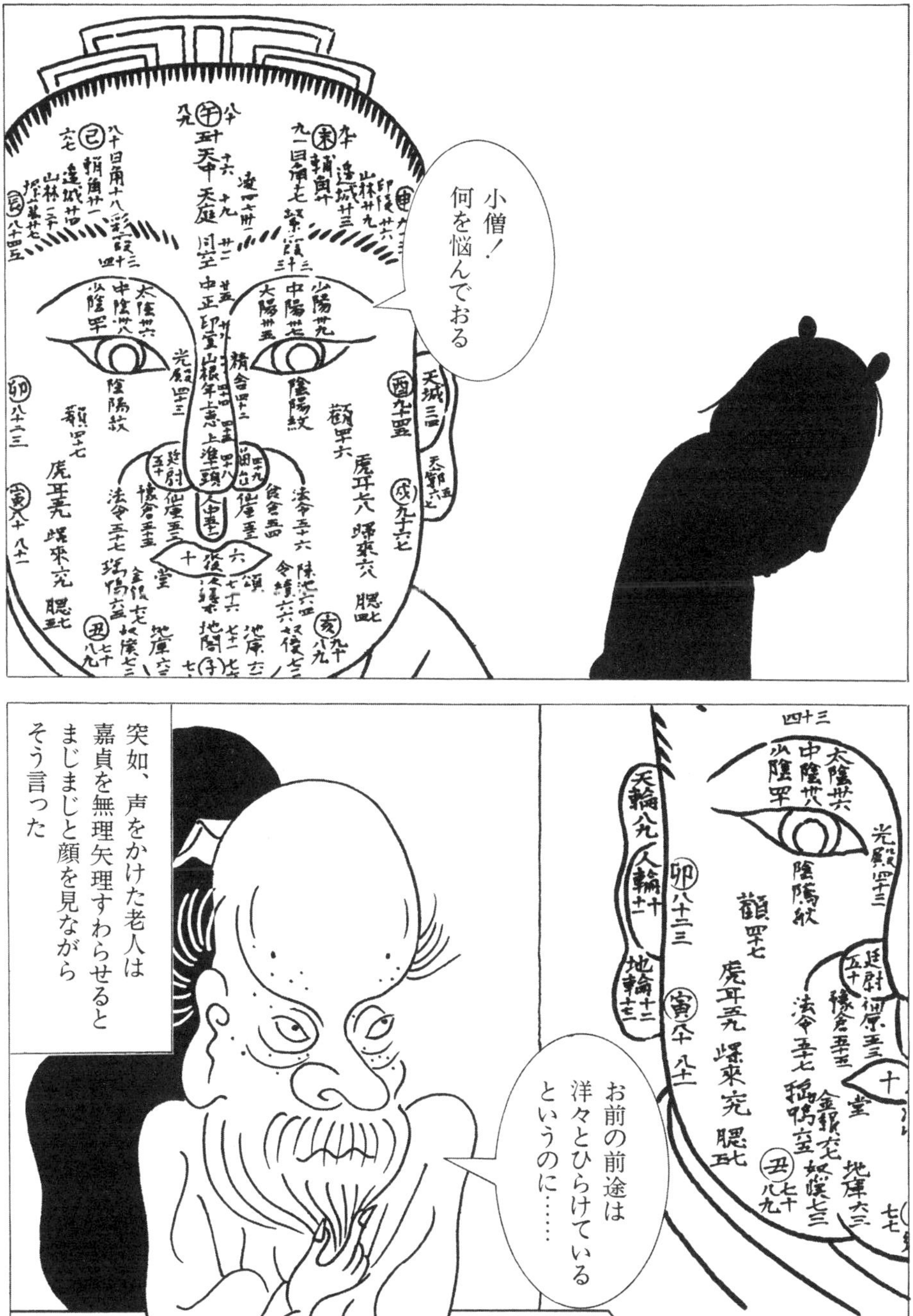
小僧！何を悩んでおる
お前の前途は洋々とひらけているというのに……
突如、声をかけた老人は嘉貞を無理矢理すわらせるとまじまじと顔を見ながらそう言った

見料なぞ要らん
じっとしておれ
どうせ急ぐ用もない
はずだ
言うなり老人は
紙をつないで二巻の巻物にし、
そこになにやら書きつけていく
書き終わり巻物に封をすると
睨むようにして手渡しながら
ここにはお前の官職名が
その順に書き込んである
任期の終わるまではその先を
決して開いてはならぬぞ

不思議なことに
老人に出遇ってからの嘉貞は
次々に運がひらけて
美しい娘を嫁にもらい
進士の試験に合格し
まず秘書省の校書郎に就職した

まもなく監察御史に昇進した嘉貞は
ふと、あの巻物を開いてみる気になった

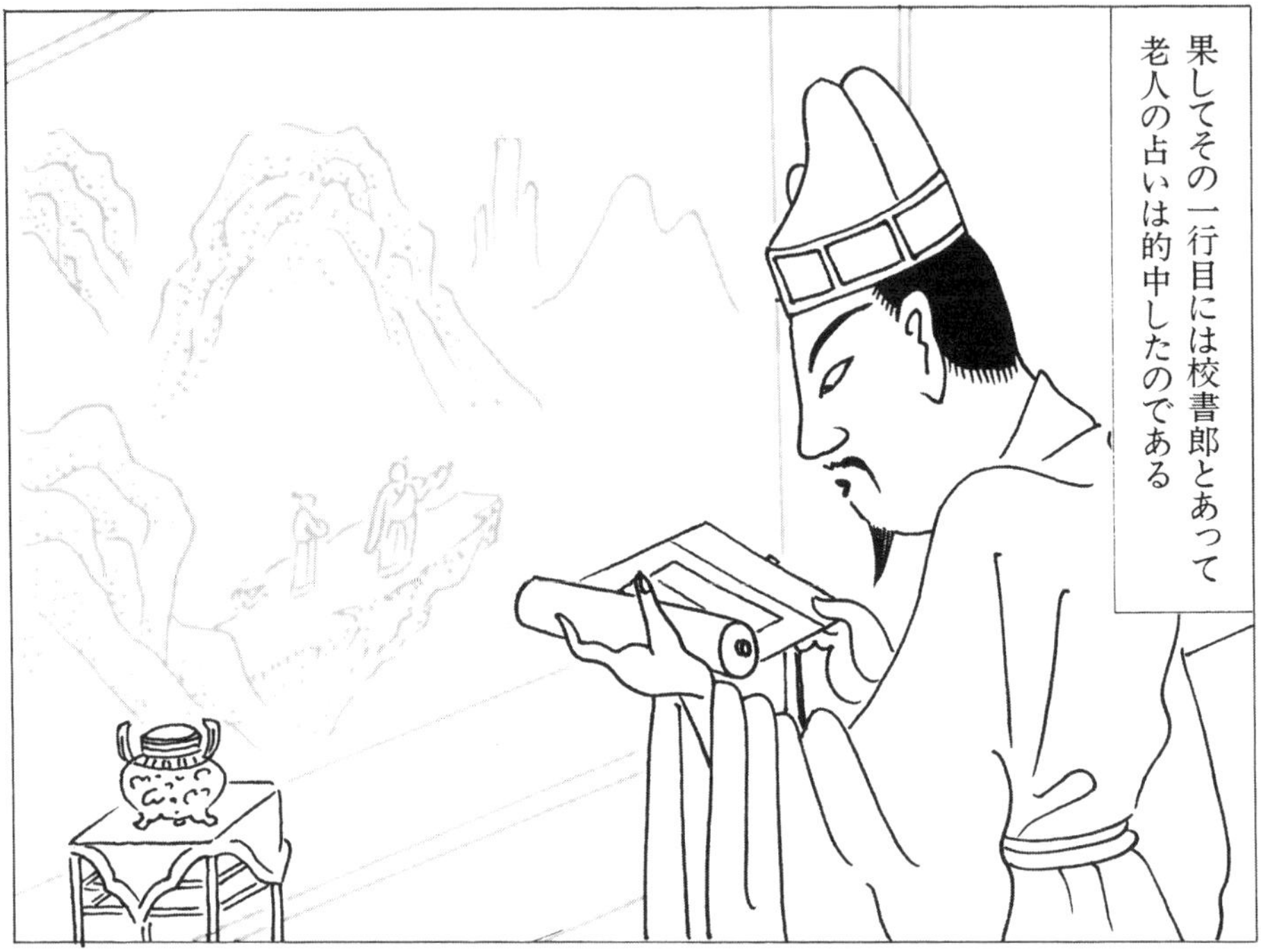
果してその一行目には校書郎とあって
老人の占いは的中したのである

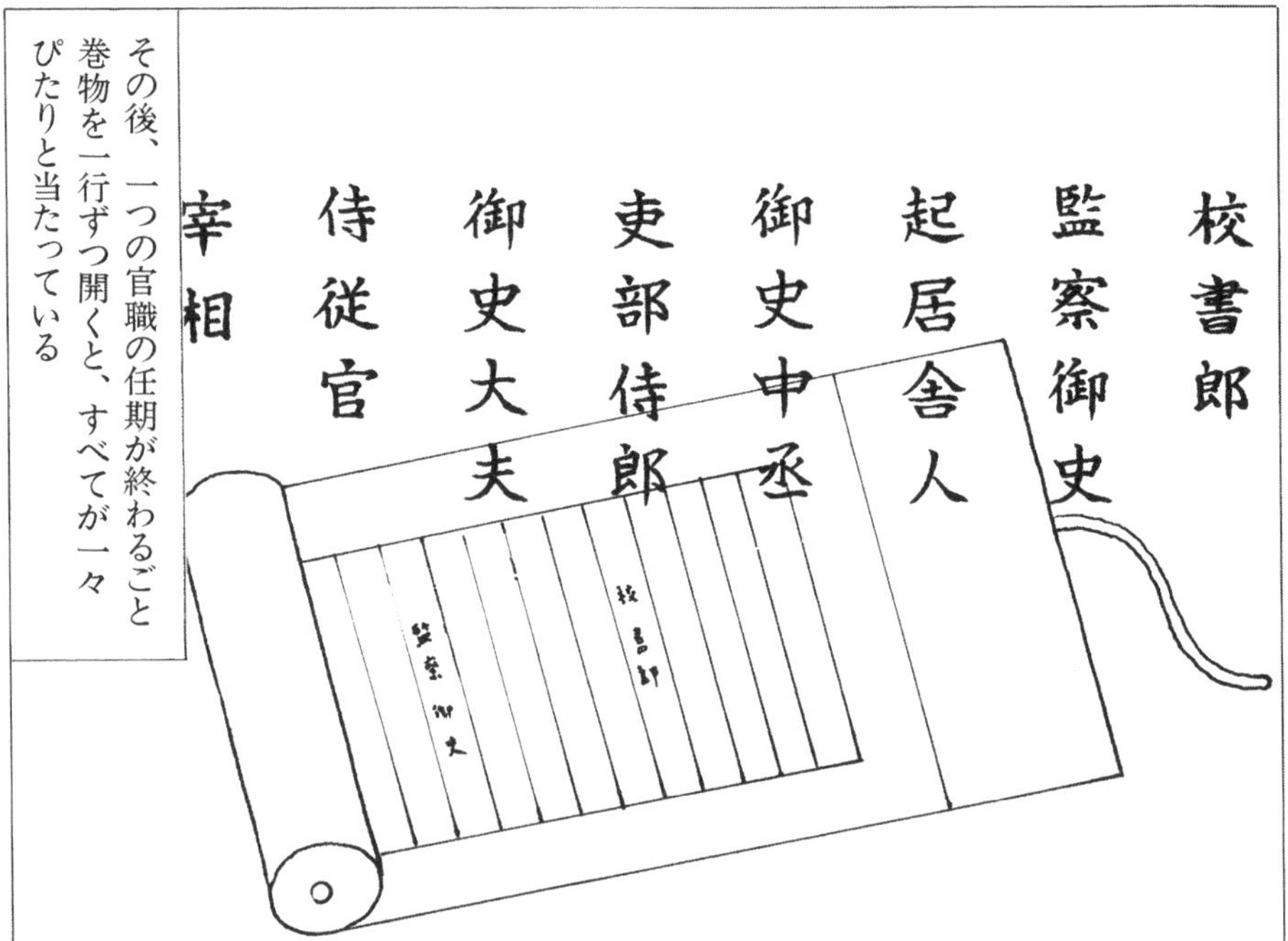
校書郎
監察御史
起居舎人
御史中丞
吏部侍郎
御史大夫
侍従官
宰相
その後、一つの官職の任期が終わるごと
巻物を一行ずつ開くと、すべてが一々
ぴたりと当たっている

宰相から定州の刺史となった時
嘉貞は重病に罹って今にも危うく見えた

だが、わしにはまだ
たっぷり一巻分の官職がある
まだ死ぬ気遣いはない
と、嘉貞はついに禁を破って
残りの一巻を開いてみた

巻物は白紙であった

完

『定命録』より

蛇足

この物語は、趙自勤という人の著わした、『定命録』という本の「宿命」と題する話です。マンガでは残りの巻物を「白紙」としましたが、オリジナルは「残りの一巻の中には全部『空』という字が書いてあった。そしてそのとおり、嘉貞は死んでしまった」となっています。

なんだか、ずいぶん率直簡明ないいようで思わず笑ってしまいました。なるほど「死んでしまった」か……。

人々は占いを好きです。のみならず、占いの当たった話が好き。

「ノストラダムスの大予言」が、片っぱしからハズれているという話を、もしだれかが、逐一詳細にわたって論証した本を出版したとして、それはきっと売れないでしょう。

人々は占いがピタリと的中するのが好きなのです。

未来のことはワカラナイ。わからないから面白いのだと言われれば「それはそうだ」と思う人も、それは「正論なのであって」それよりは「稀《まれ》に未来のわかる人がいる」と思うことの方を喜ぶのでした。

同じように、人はすべて平等であって、未来を拓《ひら》くのは自分自身であると、自分の努力いかんにかかっているのだと言われれば「それはそうだ」と思っていながら、生まれながらに「特別の星の下」にある、貴人、天才、強運の人という別格の存在にいてほしいと思う心理もあります。

中国の神話に、女媧《じょか》という女神が、人間をこしらえた時の話があります。

天空と大地を作った女媧は、どうも物足りないので、人間を黄色い土に水をまぜて、こねあげ、こしらえはじめた。

一人一人細工をしていたが、なにしろ女神さまも、人間をこしらえるのは初めてだったから、まず男をつくって、そのアバラを一本抜きとり、それを女にしたところで、あとはその男女にまかす、というような「ウマイ手」を思いつかなかった。

かといって、一つ一つバカテイネイにつくってるのも骨が折れるから、なんとか一時に沢山の人間をこしらえる方法はないか？　と考えたのだった。

この工夫というのが実にズサンです。女神様、縄をもってきて、どろどろの土にひたし、十分泥をふくましたところで、ブルンブルンとふりまわす。とびちった飛沫《ひまつ》に「人間になれ」と命じると、それがみな人間になったという。

そういうわけだから、人間の中には、丁寧にこしらえてある出来のいいのと、いいかげんな、泥のかたまりのようなのと二種類あるというのです。

ずいぶん人をバカにしたような話ですが、相手は神様で、しかも女のですから「逆らわない方がいい」とでも思うのか、すんなり信じられてきたようです。

もっとも「自分は丁寧につくった方」と思うのかもしれませんが、それよりも現実を見るなら「人間はすべて平等」に見えない、という観察があるからでしょう。

　のちのちエラくなった人の話に、必ず人相見や手相見が、それを予見していた、といった話も好まれる。好まれるから、そうしたエピソードをネツ造する人もあるでしょう。

　それもこれも、運命というものがあってほしいと、未来が「ワカラナイ」だけのものであってほしくないという願望なのでした。

玻璃の中の仙人

玄宗皇帝は
唐の仙人羅《ら》公《こう》遠《えん》に隠形の術を学んだ
が、公遠は奥義を秘したので

帝の術はいつも少しずつ完成しなかった

帝は羅公遠を召して詰問した

仙人はそっけなく答える
陛下は天下を捨て去ることもできず 道術を遊戯にされております もし術を全てお伝えしたならば きっと璽《じ》を懐中に微行して人家に入られ 人々は戦々兢々して苦しむでしょう

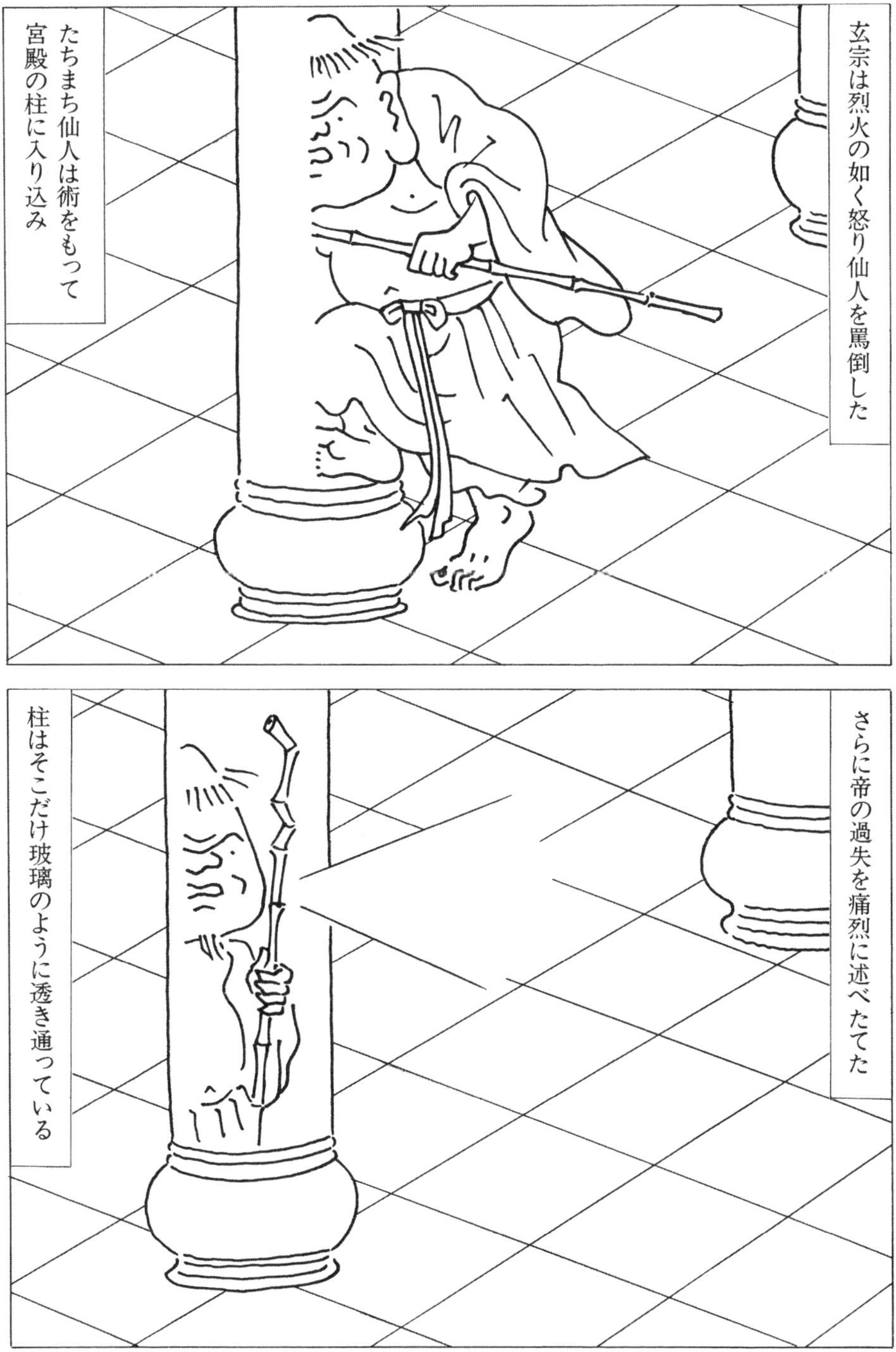
玄宗は烈火の如く怒り仙人を罵倒した
たちまち仙人は術をもって
宮殿の柱に入り込み
さらに帝の過失を痛烈に述べたてた
柱はそこだけ玻璃のように透き通っている

帝が柱を破壊させると
礎石に移って大言を吐く

礎石を砕いて粉々にすると

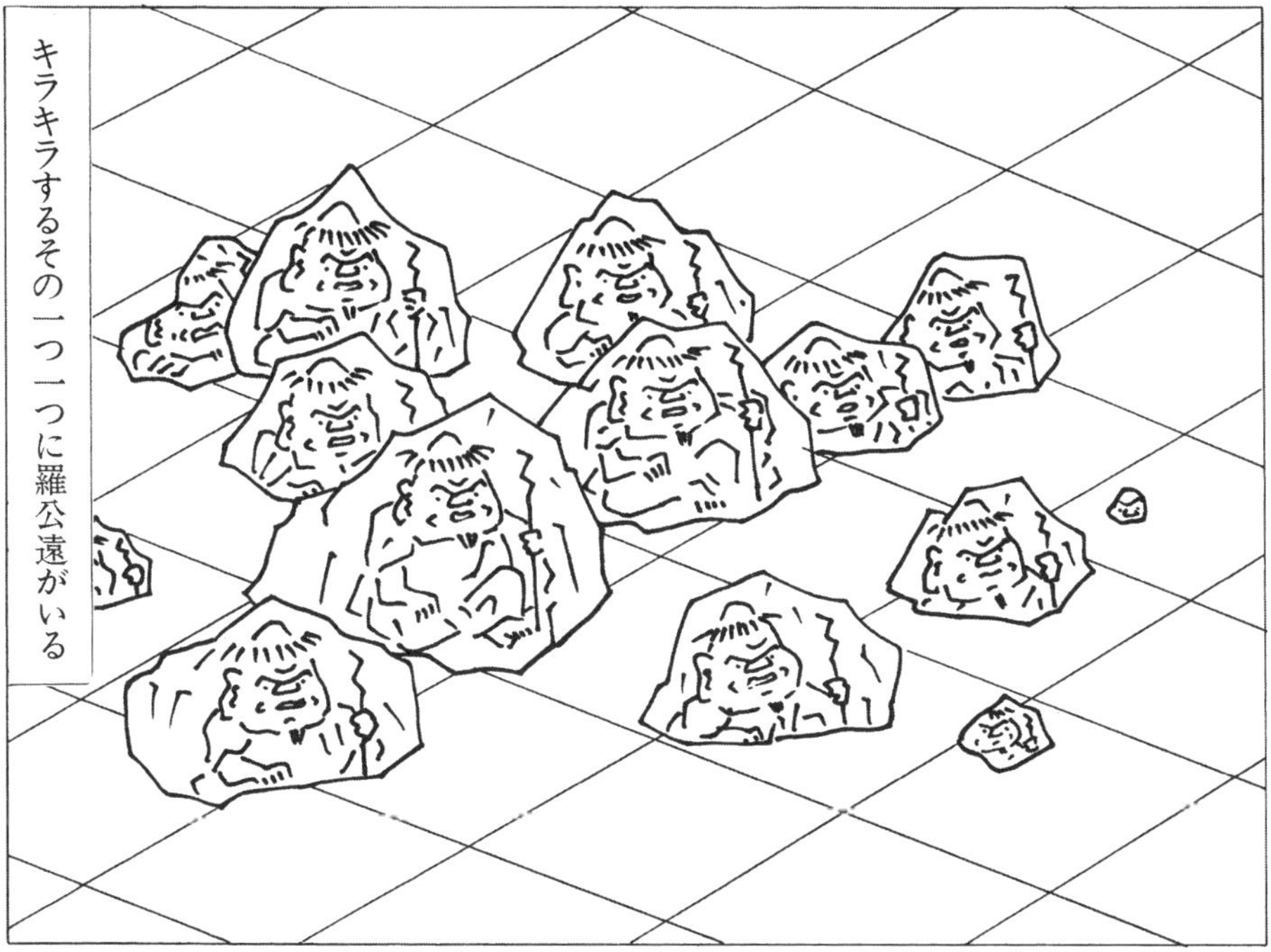
キラキラするその一つ一つに羅公遠がいる

帝はおびえてついに仙人にあやまった
すると一瞬に姿は消えて
それはただの石の破片であった

その後、中使の輔仙玉《ほせんぎょく》が
蜀に使者として赴いた時
黒水道で羅公遠を見かけたという
ははは、ワシに代って貴公から
陛下におわびしておいてくれ！
完
『酉陽雑俎』より

蛇足

この話は、『酉陽雑俎《ゆうようざっそ》』巻二、壺史（七九）の記述です。

『酉陽雑俎』は唐代の文人、段成式《だんせいしき》が古今の事象を網羅した大博物誌ですが、仙人や仙術についてもふれられています。

仙術好きの皇帝・玄宗《げんそう》も、現実的には、単に不老不死の薬を欲しがる、ガリガリ亡者《もうじゃ》にすぎなかったのでしょうが、いくぶんユーモラスに皇帝の失敗が語られているのが、私の好みです。

私はコドモの頃から仙人の話が好きで、

「いずれは研究して仙人になってやれ」とも思っていたけれども、大人になって、ばかに厚くて立派な「仙人の本」を読んでみると、なんだか長生きするのにキュ―キュ―として、老《ふ》けないように老けないように、チビチビ生きてるような、しみったれた話ばかりですっかり幻滅してしまいました。

コドモがよろこんだのは、自由に空を飛んでみたり、壁を抜けたり、その姿が見えなくなったり、虎や美女に変身したりと、おもしろおかしいことをするからだったので、そんなに地味に「ただ長生き」したところでつまらない。

まあしかし、仙人というのは、普段はひどく地味で、というよりまるで乞食のような汚ないナリをしている場合が多いんですが、そのまま正体をあらわさなければ、ホントにただの乞食同然ですから、そうそう謙遜《けんそん》なばかりじゃ面白くない。時折に自己顕示欲をあらわしたり、凡庸な俗人どもを、ビックリさせてくれないことには仙人譚《せんにんたん》になりません。

日本人の仙人は、飛行中に洗濯中の若い婦人の大腿部《だいたいぶ》に気をとられ、落下事故を起こしてしまった久米《くめ》の仙人ばかりが有名で、めざましい活躍をするのがいなくて、ナサケナイような気がしていたけれども、大人になってみると、このイロッポイようなフガイナイような、ダラシナイような仙人というのも、なかなかいい味でてると思えてきます。

この空中飛行にかぎらず、仙人は普通人がしばられている時間や空間の制約から自由である、というところが不思議でもあり、魅力でもあるようです。不老不死のイメージの魅力も、コドモにとっては「時間からの自由」に力点があったのじゃないでしょうか。

空を飛んでみたい、と思った人間は、飛行機やヘリコプターを発明した。発明して空を飛べるようになったのに、まだなんだか満足していないらしい。実現したかったのは、空を飛ぶというそのこと自体じゃなかったのかもしれない。飛べない宿命から自由になりたい。

世の中は、なかなか思ったとおりにはいかないものだ、というのは、ちょっと人間をしていればわかってきます。

世の中は、自分の思い通りにはいかない。とわかることを「大人になる」と言うけれども、コドモにだってそれはわかる。
「大人になる」というのは、ほんとうは、「思い通りにしたい」と思うことから自由になることなのだろうと思うけれども、そうなると、世の中にいる人のほとんど全部は、大人じゃないことになる。
仙人は、おそらくそうしたコドモたちが、思いえがく理想の状態です。
思い通りに、好きなだけお菓子を食べて、
思い通りに、好きなだけ寝ていてよくて、
思い通りに、好きなだけＳｅｘできて、
思い通りに、好きなだけ他人を支配できる。
しかしそれは、それらすべてを断念したときに、どうも実現できるらしいのでした。

北斗の謎

唐の玄宗皇帝の代に
一行という高僧があって
皇帝の信がすこぶる厚かった
一行は幼い時はなはだ貧しく
隣家の王という老婆にひとかたならず
世話になったが、その恩に報いたいと
つねづね思っていたのである

ある時、王婆の息子が人殺しの罪を問われた

婆は一行のところへ駆けつけて
泣いて我が子の救いを求めたが
明君が世を治める今の世に
人殺しの罪を赦すなどは無理な話だ
もし金や帛《きぬ》がほしいというならば
どんなことでもきいてあげるのに
と断るほかにないのだった

なにかの役にも立とうと思えばこそ
久しくお前の世話もしてやったのだ
まさかの時にそんな挨拶を聞くくらいなら
お前なんぞに用はない
一行はよんどころない事情を頻《しき》りに説明するが
王婆は見返りもせずに帰ってしまった

思案の末に一行は
何事か思い付いた
都の渾天寺《こんてんじ》の一室に
大きな甕を据えさせて
下僕に布袋を授けて言う

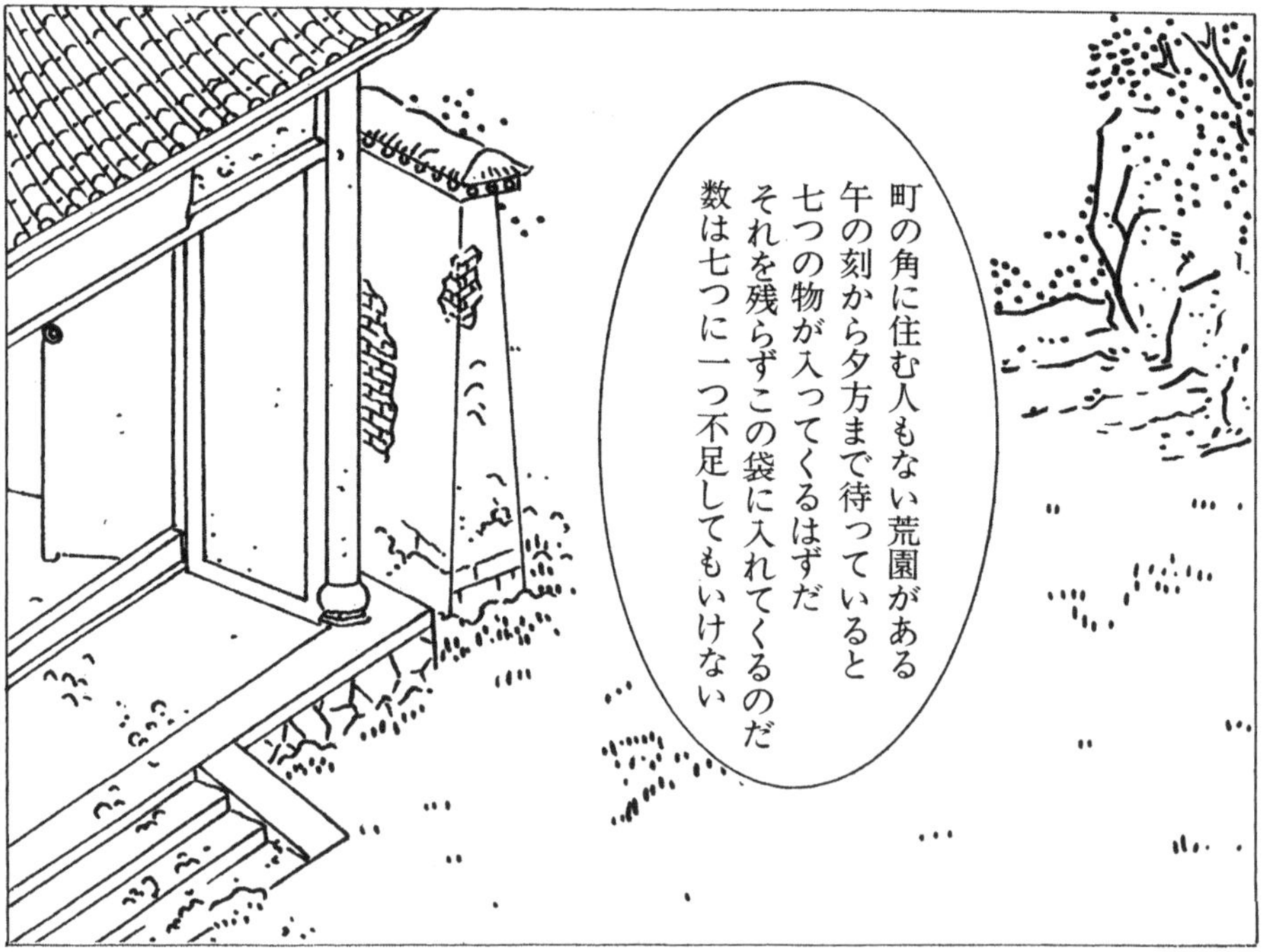
町の角に住む人もない荒園がある
午の刻から夕方まで待っていると
七つの物が入ってくるはずだ
それを残らずこの袋に入れてくるのだ
数は七つに一つ不足してもいけない

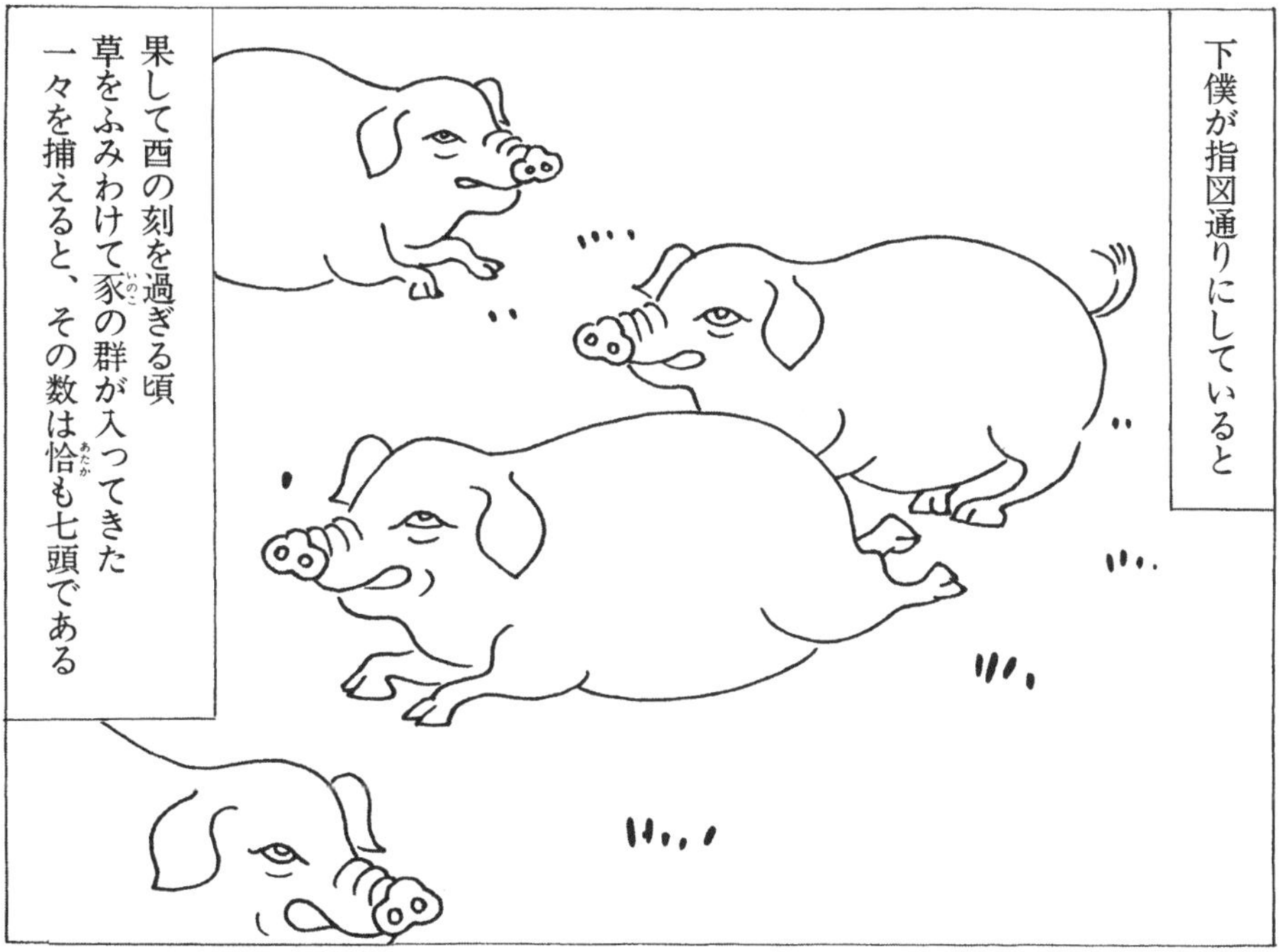
下僕が指図通りにしていると
果して酉の刻を過ぎる頃
草をふみわけて豕《いのこ》の群が入ってきた
一々を捕えると、その数は恰《あたか》も七頭である

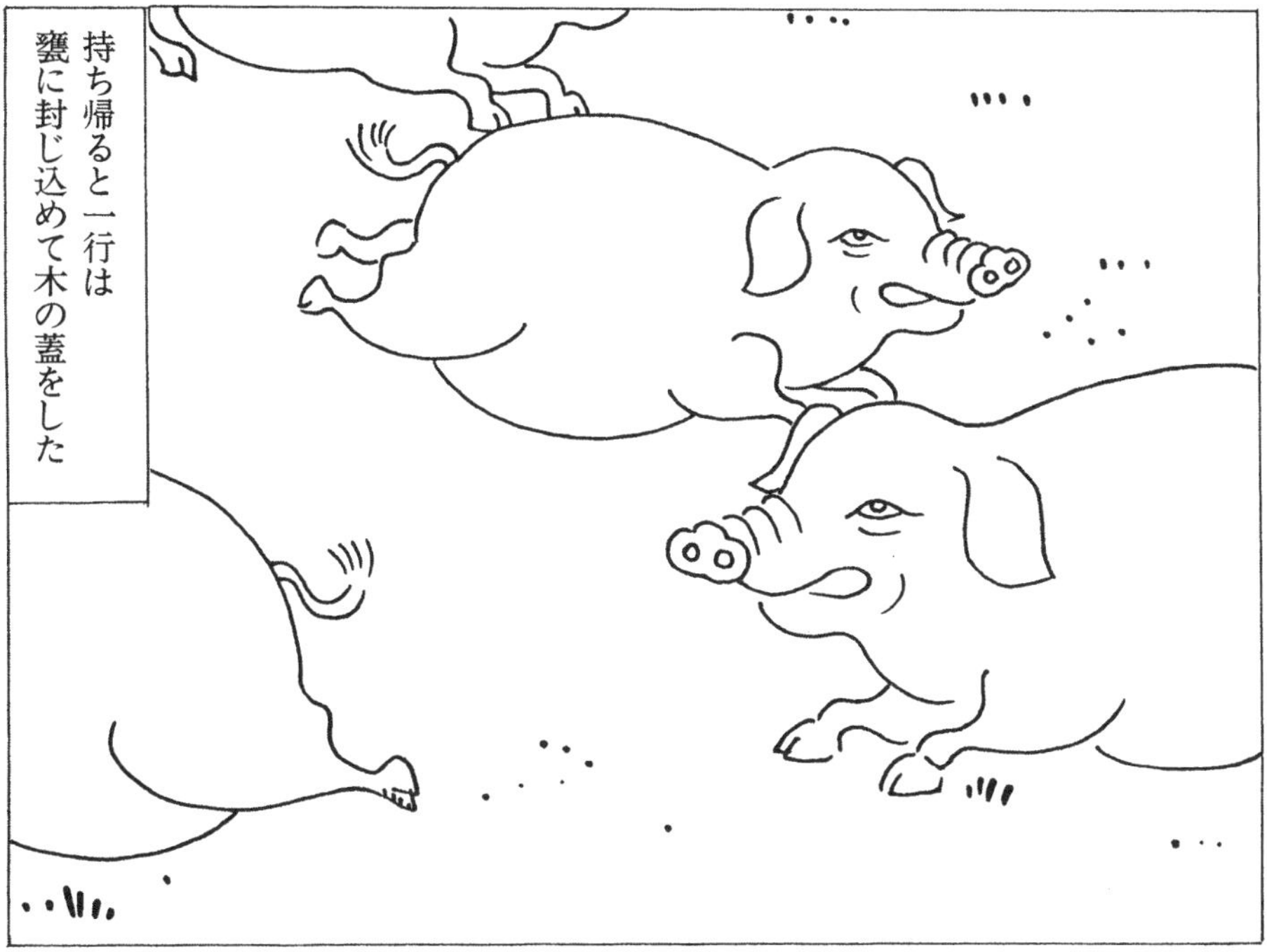
持ち帰ると一行は
甕に封じ込めて木の蓋をした

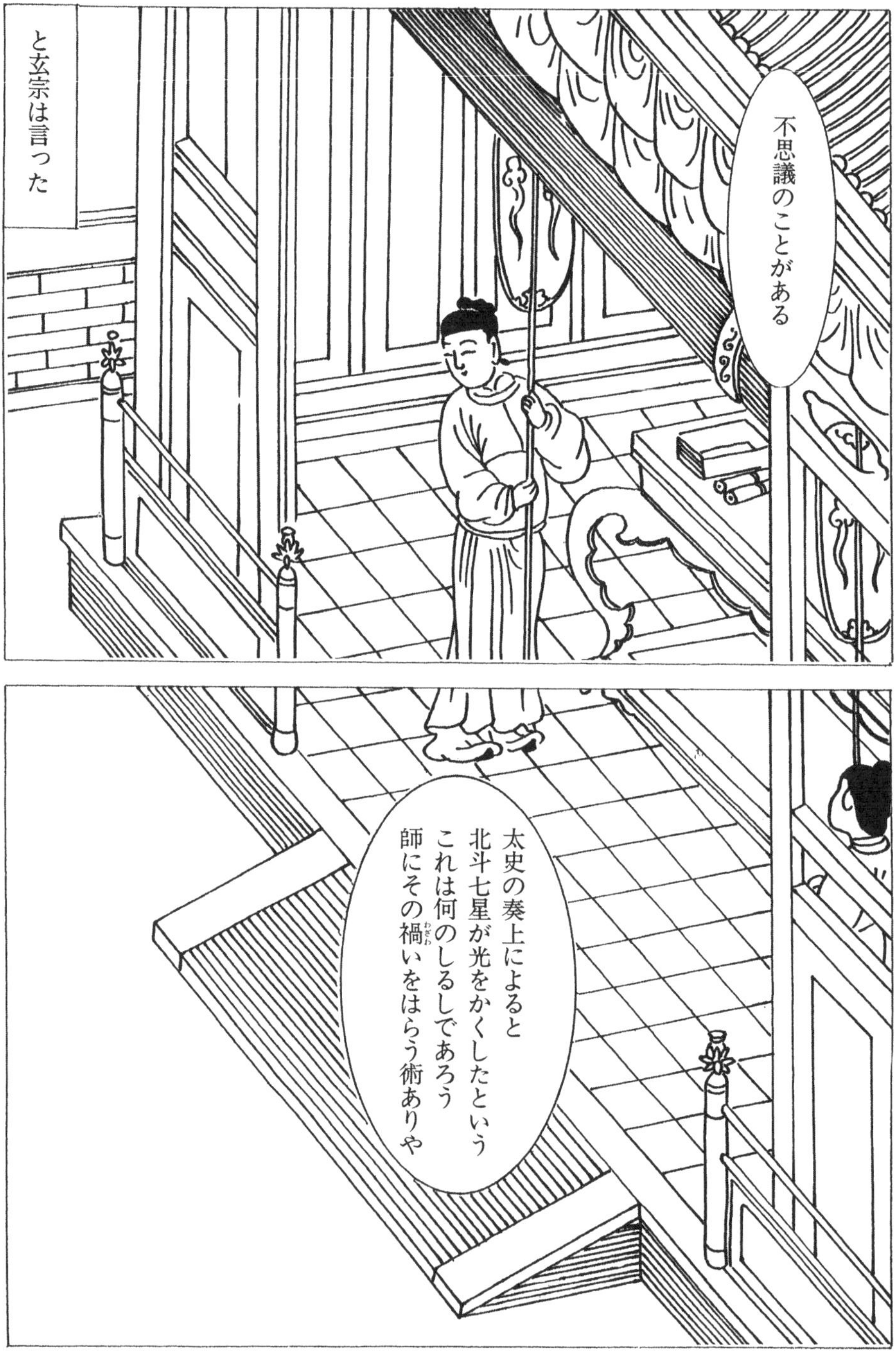

不思議のことがある
と玄宗は言った
太史の奏上によると
北斗七星が光をかくしたという
これは何のしるしであろう
師にその禍《わざわ》いをはらう術ありや

北斗が見えぬとは容易ならざることにございます
匹夫《ひっぷ》匹婦《ひっぷ》もその所を得ざれば夏に霜を降らすこともあり大いに旱《ひでり》することもございます一切の善慈心をもって一切の魔を降すの外はありませぬ天下に大赦の令をお下しになられますよう
皇帝が一行の言にしたがったその晩また太史から奏上があった
北斗星が一つ現われましてございます

それから毎晩、一つずつの星が現われて
七日の後には七星が今まで通り輝いた
大赦の令で王婆の息子が救われたのはいうまでもない
完

蛇足

私がこの話のもっとも好きな箇所は、北斗七星が七頭の豕《いのこ》だったというところ。実に意外な秘密じゃありませんか。

この話を読んで即座に連想したのは、稲垣足穂の小説にでてくる土星の話です。もっとも、こちらにでてくる土星は、別にアルマジロにもアリクイにも変身したりしません。どうやら土星のまま、しかし手足はあるようなものとして街のBARにテクテクやってくる。

戸口で環っかをよいしょと脱いで立てかけて、中で一杯ひっかけるんですが、つまり環っかがあると、入口につかえて中に入れないかららしい。

自動車のタイヤをパンクさせてしまった人が、これをちょいと失敬して間にあわせに車にはかせ、そのまま走り去ってしまう。みたいな話でした。

ちょっと顔の赤くなった土星が、店から出てきて、環っかのないのに気がつくと、カンカンになって怒るっていう話です。

稲垣足穂には、ひどく乱暴な「お月様」というのもよく登場する。このお月様が街のゴロツキみたいで、イキナリ人を殴ったり、二階から突き墜としたりして愉快です。

落語のお殿様はお月様を「お月様」と呼んで三太夫にたしなめられます。

「三太夫、お月様は出たか?」

「殿、月におと様は余計にございます。月は月とだけ、おおせになるのがよろしいかと」

「お月様はまずいか?」

「ハハッ、月とだけ……」

「ウム、相分かった。三太夫、月は出たか?」

「中天高く……」

「して、星めらは」

どうもお月様だの星めらだのは、実はそこらをウロウロしてるようじゃありませんか。曇ったり雨が降ったりしてる晩はとくに怪しい。お月様が雨の晩に、暗い公園のベンチで一人光って座ってたりするなんてのは、なかなかいけます。

そんなわけで、この話は北斗七星をつかまえて甕《かめ》に封じこめ、すなわち天変をおこし、皇帝に大赦令を出させるという策略で旧恩に報いたというお話です。

北斗星の斗とは、ひしゃくの意。このひしゃくの柄が一昼夜に十二方を指すために、古来これによって時を測った。と辞書に載っています。

中国では、皇帝は天命にしたがって決められることになっていましたので、天文学は、天の意志を推し測るために、是非とも必要な学問でした。

だからこそ、このようなストーリイも可能となったわけです。

日本では一晩中星を眺めているようなヒマ人がいなかったせいなのか、日本に固有の星座名はひどく少ないようです。オリオン座を、鼓星《つづみぼし》と呼ぶなどは、よほど納得のいく命名ですが、私が知っている、日本固有の星の名は、あとはスバル星くらいなものです。

スバルについては、私はあれを夜空に見るたび、？のマークに見えて、宇宙が何か腑に落ちないでいるように思えてしかたありません。

日本にもともと、星を見る習慣が少なかったのだからしかたのない話ですが、星の話となると、ペガサスだのペテルギウスだの、カシオペアだのと喫茶店かマンションの名前みたようなことばっかりになってつまらない。

日本の神話でさえ知らないのに、なじみのないギリシア神話を聞かされても、チンプンカンプンです。

それにくらべたら、北斗七星が七匹のイノシシだったなんて話は、とてもおもしろい。プラネタリウムでは、こんな話ついぞ聞いたこともないけれども、あるいは私のいないところでしていたんでしょうか。

鏡の人

庶民の夫婦とあるのみで
姓名は記録されていない
前夜、夫婦は同じ部屋に寝た
妻が先に起き出して階下へ下りる
つづいて夫も起き出した様子だったが

妻が戻ると
夫は蒲団の中で眠っている

奥さま、旦那さまが階下《した》で鏡を持って来いと言っておいでです
何を言ってるのかお前 旦那さまは、そちらでお休み中です

でも
でも奥さま、階下で確…かに 旦那さまが鏡を持って来いと そう言われましたので まちがいはありませんので
下男があまりに執拗に真剣なので しかたなし階下へ降りて

見ると夫がいる

とりあわなかった夫が

ふと真顔に変わっ
て寝室へ

来てみれば自分がスヤスヤ眠っている

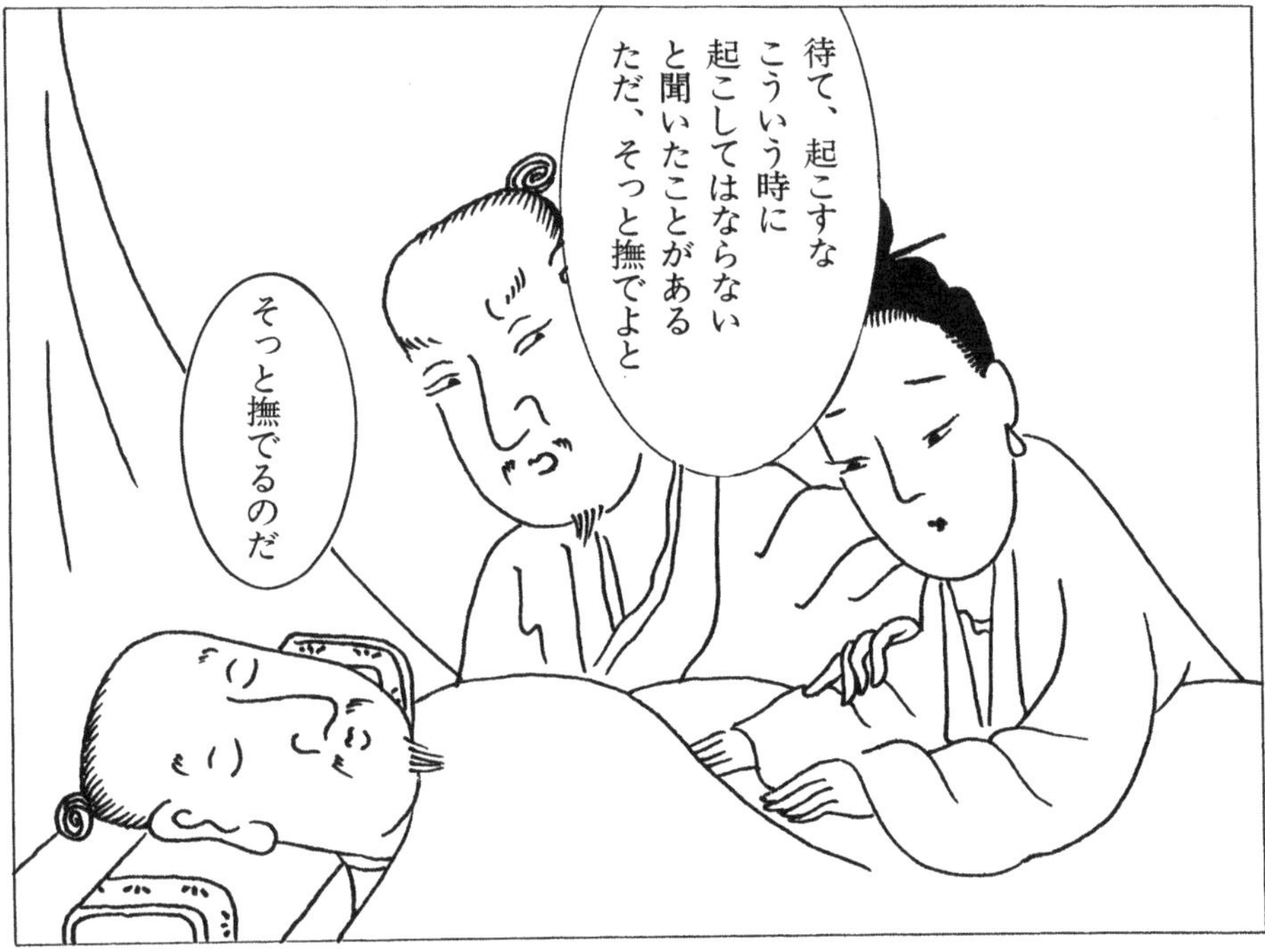
待て、起こすな
こういう時に
起こしてはならない
と聞いたことがある
ただ、そっと撫でよと
そっと撫でるのだ

二人で懸命に
そっと撫でた

撫でるうち眠っている自分は
少しずつ少しずつ蒲団にめりこんでいき
消滅した

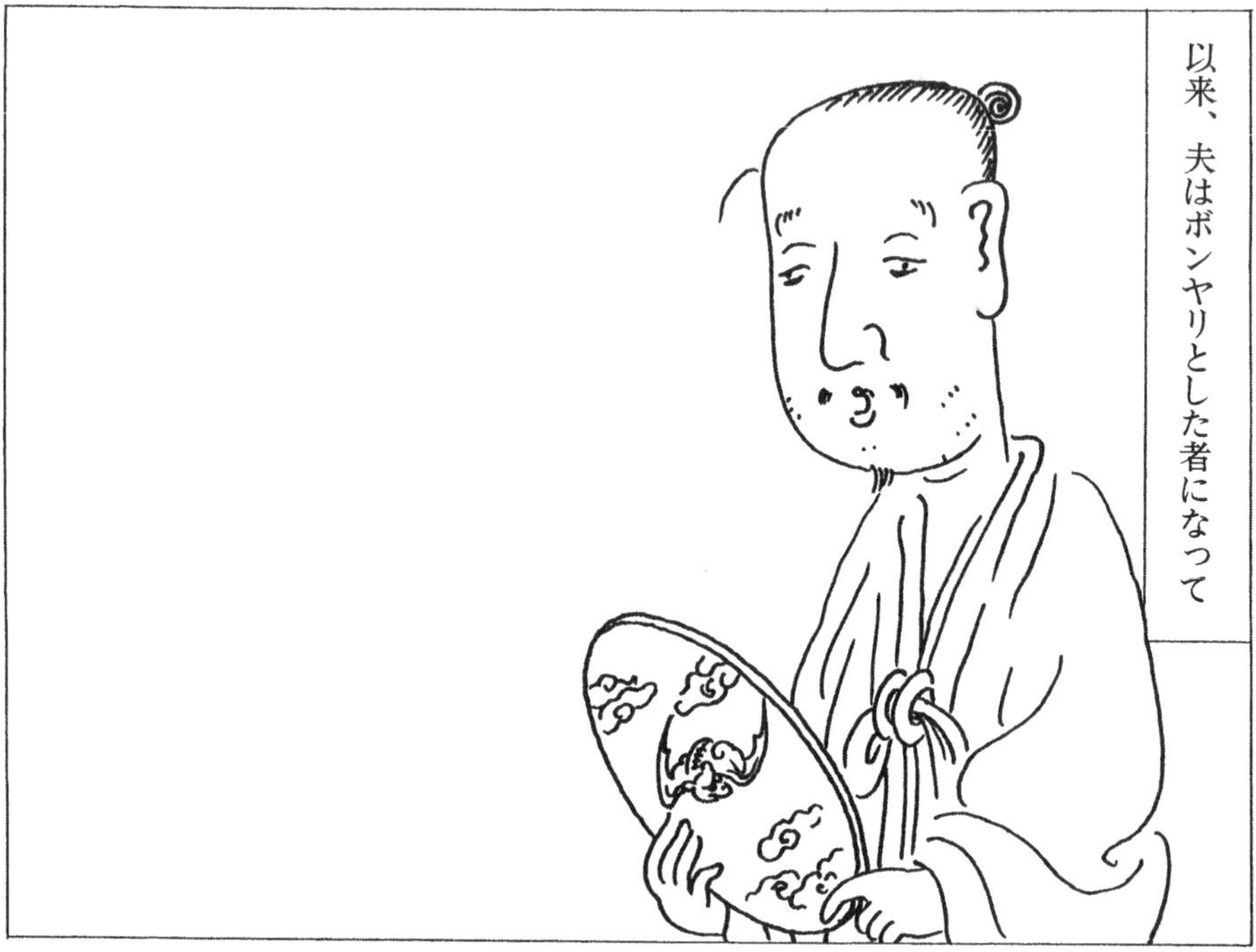
以来、夫はボンヤリとした者になって

死ぬまでそれはなおることがなかった
完

蛇足

この話は『捜神後記』に、「もう一人の自分」というタイトルで載っています。

「もう一人自分がいる」というのは、そもそも命題としておかしいわけですが、だからこそ、奇妙なおそろしさもあるわけです。

こうした幻想のパターンは珍しくないらしく、「自己像幻視」とか「オートスコピー」といった名称までついています。

江戸時代に只野《ただの》真葛《まくず》という人が書いた随筆にこのオートスコピーの例が出ている。と『東西不思議物語』で澁澤《しぶさわ》龍彦《たつひこ》先生が紹介しておられます。この話は、オートスコピーに悩まされたという芥川龍之介が、その創作ノートに書き写していたのだそうです。

北勇治というひとが、外から帰ってきて自分の部屋の戸をあけてみると、机に寄りかかっている男がいる。誰だろうと思って、よくよく見ると、髪の結い方から着物や帯にいたるまで、自分がいつも身につけているものと寸分変わらない。自分のうしろすがたを見たことはないけれども、これはどう見ても自分としか思えない。「よし、顔を見てやろう」と思って、つかつかと歩み寄ると、その男はうしろ向きのまま、細くあいた障子の隙間から、すっと外へ走り出てしまった。

勇治は追いかけて行って、障子をあけてみたが、その時にはもう男のすがたはどこにも見えなくなっていた。あんまり不思議なので、このことを老母に話すと、老母はだまって眉をひそめるばかりだった。その時から勇治は病気になり、その年のうちに死んでしまったという。奇妙なことには、この北家では三代もつづいて、一家の主人が自分自身のすがたを見、しかも見れば必ず、その直後に死んでしまうのだった。

これが『奥州波奈志』にある「影の病」というエピソードです。

こうした現象に「名称までついている」と前述しましたが、名称がついたからといってそれが「実在する」ということとは、別の話です。

たとえば「幽体離脱」というコトバも、オカルト流行《ばや》りの近頃では、日常語になってしまっています。

「お前、今、幽体離脱してただろ?」なんて、ちょっとボーッとしてただけで言われてしまった人もいるでしょう。

「幽体離脱」はいわゆる「臨死体験」とカップリングで言及されます。手術中の自分の様子を、ちょっと上空(というより天井近辺)に浮かんだ自分が逐一眺めていて、すっかり、その様子を記憶している、といった類。

「たしかに浮かんでた証拠に」執刀医の頭頂が禿げていただの、ロッカーの上にだれかの置き忘れた風呂敷包みがあっただのというのが、確かめてみるとホントだった!! とかいって騒ぐわけですが、これは「変性意識」という、脳の特別な状態で、外界から入ってくる、聴覚情報を視覚情報ととりちがえたのだと説明されています。

まァ、こんな妙な話を面白がっているくせに、変に科学的な解釈をするじゃないか、とお思いの方もありましょうが、私はなにも、こうした奇妙な話を、迷信だから科学的にとらえ直しましょう、とケーモーしたいわけじゃありません。

それよりも「臨死体験」にせよ「幽体離脱」にせよ「自己像幻視」にせよ、同じように幻想し同様のパターンを示す、その人間の脳ミソというものに興味があるだけです。

自分は自分である。自分というのはこの世に一人きりしかいないのである。という信念は脳ミソのどのへんで、どういう具合につくられるものなのか、どういうしくみで「自己像」というものが生まれるのか？　といった興味にはじまっているようです。

自分は自分だ、自分は自分一人きりだ。という確信はそもそもどこからやってくるのかアヤフヤで、どうやらだれもが、そのへんに自信がもてないのじゃないでしょうか。

夜の蝶

晋の義熙《ざき》年間のことである

烏傷《うしょう》の葛輝夫《かつきふ》という人が
妻の実家に泊まった

夜半、胸騒ぎがして目を覚まし
眠れず庭を茫然と眺めていると

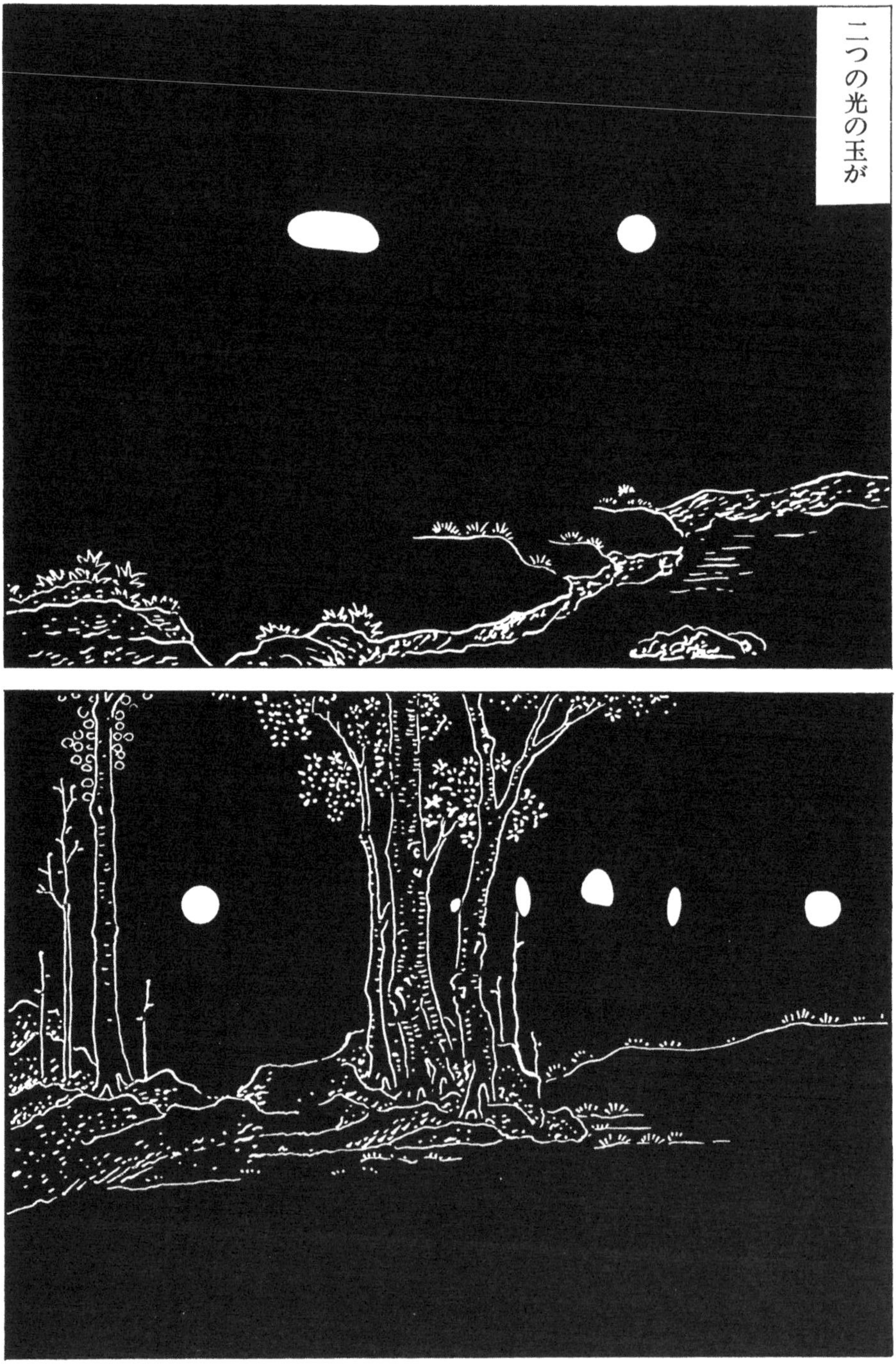
二つの光の玉が

ゆらゆらと近づいてくるのが見えた

目を凝らすと光は
二人の男が灯を持っているのだった
こんな刻限に……
と見る間に二人は縁先まで近づいてくる

輝夫は杖をとると進み出て打ちかかった
賊め！
と、ふりおろした刹那
二人は蝶に変わっていて
ひらひらと舞い散った

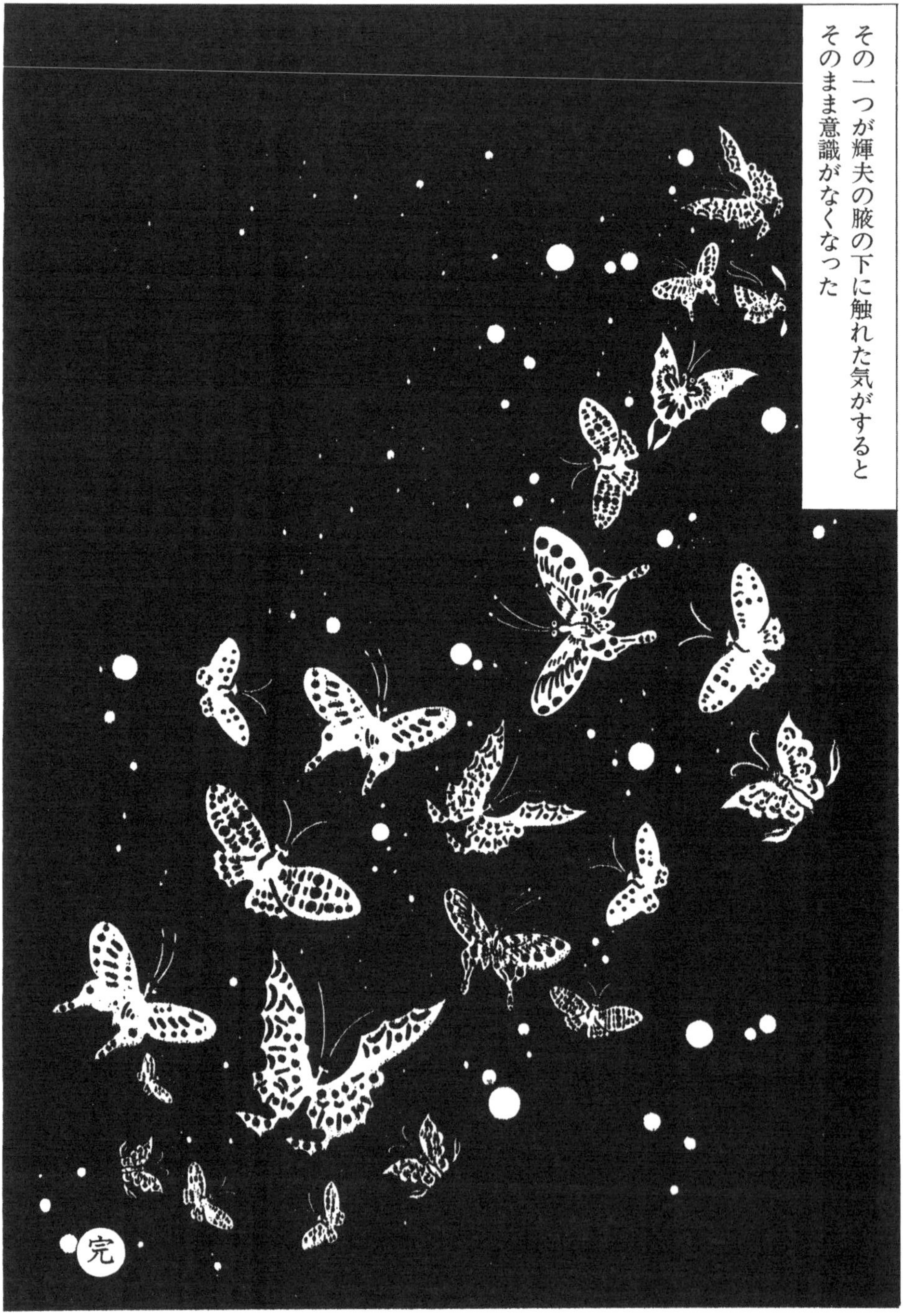
その一つが輝夫の腋の下に触れた気がすると
そのまま意識がなくなった
完

蛇足

妙な話です。夜、二人の賊が提灯《ちょうちん》下げてやってきて、杖で打ちかかると二頭の蝶だった。その一頭に腋《わき》の下にとまられたら、意識がなくなった。

って何ですか？　大体「夜の蝶」といったら、キレイなおねえさんのことであって、おっさん二人というのが非常識です。

盗賊ならば提灯なんかぶら下げてくるない！　と指摘したいし、なにからなにまでとにかくわけのわからない話です。しかしなんだか気になることもたしか。

この話も陶淵明の『捜神後記』にのっています。

マンガでは最後を「意識がなくなった」とぼやかしておきましたが、原作ではこの主人公いきなり絶命します。そのほうがさらに不条理感は増すんですが、いくらなんでも、あまりに唐突なので、このようにしたのです。

唐突好きの方のために、原文を紹介しましょう。

四五　蝶の怪

晋の義熙《ぎき》年間のこと、烏傷《うしょう》（浙江省義烏）の葛輝夫《かつきふ》が妻の実家に泊まっていると、真夜中ごろに、二人の男があかりを持って縁先まで近づいた。悪者ではないかと思ったので、進み出て打ちかかったが、杖をふりおろそうとしたとたん、二人とも蝶に変わって、ひらひらと舞い散った。その一つが輝夫の腋の下にぶつかったため、輝夫はばったり倒れたが、ほどなく息が絶えてしまった。

唐突でしょう。「腋の下にぶつかったため、」って、妙な書きようです。腋の下に蝶がぶつかったからって、何ともないでしょう、普通。しかし、事実はバッタり倒れたのみならず、「ほどなく」死んでしまった。

まァ念のため、夜、蝶々がまぎれ込んできたら腋の下にとまられるのだけは防いだほうがいいかもしれない。

腋の下というのは、どうもあやしい人体の部位ですね。そこに蝶がとまっている状態というのも、さらにあやしい。

奈良の興福寺に、阿修羅像という美しい顔をした仏像があります。私はあの像がエロチックで、とても好きですが、どうもそれは、沢山の腋の下を持っているからではないのか？　と疑っています。

蝶といって、すぐに思い出すのは、荘子の胡蝶の話でしょう。『荘子物語』で諸橋轍次先生は次のように書かれています。

あるうららかな春の日に、荘子は日当たりのよい縁にでも机によっておったことでありましょう。いつかしら、ウトウトと夢路に入りました。

ところが、眠っているうちに、いつかしら自分が胡蝶になってしまった。すると、その胡蝶がもう荘子自身でありまして、荘子が胡蝶になったという考えは全くなってしまいました。

　ところがしばらく時がたちますと、その胡蝶がまたパッと目が覚めて、いつかしら元の荘子に立ち返りました。

　そこで初めて自分が気がついたのでありますが、いったいこれはどうしたことであろう。荘子が胡蝶になったのであろうか、胡蝶が荘子になったのであろうか。夢と思うのが現《うつつ》であろうか、現と思うのが夢であろうか。どうもその点がよくわからないというのであります。

　この話は、奇妙な説得力を持っています。ようするに寝呆けているわけで、誰でも寝呆けた経験はあるから、その気分を理解できるためでしょう。

「寝呆けたようなこと言ってんじゃない」といって叱る人がありますが、どうして寝呆けていちゃいけないのか？　私はぜんたい寝呆けたような人間なので、実は寝呆けた時にしかわからない、この世の秘密というのがあるのだ、と思っています。

隠された沓

浙江《せっこう》の李汾《りふん》は
人中に住むことを嫌い
四明山に居をかまえて
山水を賞でる日々を送っていた

時に豚飼の張爺とよばれる老人と
ふもとで出会うことのあるくらいで
挨拶はしても煩わしさを避けて
それ以上はつきあうこともない

中秋の晩のことである
銀の布をなげかけたような満月の光に誘われて
李汾は庭に琴を持ち出し一人弾じて楽しんでいた

ふと気がつくと、人の気配がする
李汾の琴の音に頻《しき》りにうなずく様子である

こんな夜更に山中の一軒家を訪れるのはどこのどなたですか
月の光に浮かれ歩いておりましたら妙なる琴の音に足が止まりました女だてらにはしたないことをいたしましたどうぞおゆるしくださいませ

美しい……
あなたは西王母にお仕えする仙女ですか?
まァ、お上手を……わたし仙女なんかではございませんこの山のふもとに住む張家の娘でございます

いつぞや道で
あなた様をお見かけしてから
恋い患う身になりました
娘の話しぶりは機智に富み
読書人の李汾と詩を談じ、
音楽を論じて飽きさせない
やがてどちらからともなく
身を寄せ合い帳《とばり》をおろして寝台に入る
…………

一番鶏が啼《な》いた
李汾は娘を帰したくない
別れを告げようとする娘の
沓《くつ》を隠して寝たふりをしていた

沓をお返し下さいまし
何度も娘は泣き声で懇願する
聞かぬふりをするうちに
ほんとうに寝入ってしまった

朝の光に目覚めた李汾が
あたりを見回すと娘はいない
そして寝台の下から点々と
血がしたたり戸外へと続いていた

跡をたどると、果して血は
張家へと続いているのであった

張家の庭に倒れていたのは
まぎれもなく昨夜の仙女だった
李汾の手の中で血塗《ちまみ》れの沓は
豚の蹄《ひづめ》に化していた
完

蛇足

夜中に見知らぬ美女が訪ねてくる。っていう妄想はおそらく日頃モテていない人のものだろう。と、日頃モテていない私にはよく分かります。

どうも志怪小説の類を書く人も、あまりモテていなかった模様です。

そんな話が実に多い。そうして主人公は必ず、やってはいけない失敗をしてしまいます。いつもモテていないもんだから、突然降って湧いたような美女を、放したくない。

それで、執拗に引き留めようとするわけです。必ず戻るから、今日はこのまま帰して下さい、決して後を追ってこないで下さいと言ってるのに、こっそり後をつけていって、しかも見失ってしまう。

空しく帰ってくる途中で、大きな百合の花を見つけて、それを引きぬいて持って帰る。その百合根を、晩の菜にとほぐしていると、先刻、婚約のシルシに渡したはずの玉の指輪がそこからポロリと出てくる。

引き留めても、今日は帰るといって聞かなかった美女は、実は白百合の精だったっていう話です。これは、「白い娘」という題でマンガにした話です。

「隠された沓《くつ》」の主人公も、朝になって帰ろうとする娘を、帰したくない。それで沓を隠して引き留めようとしたのでした。

娘の沓は、つまり豚のひづめだったというわけで、なんだかムゴタラシイような結末になって、あまり後味もよくありません。

この話は、鈴木了三先生の訳編である『中国奇談集』という本に採録されていたもので、巻末の解説によると、『捜神記』にあるということですが、平凡社版の『捜神記』には見あたりませんでした。

最初にこの話を読んだ時は、『聊斎志異』なんかにのっていそうな話だなと思い込んでいて、それで纏足《てんそく》の美女として、娘を描きました。豚のひづめが纏足に履かせた沓に見えるからです。しかし纏足の流行したのは南宋の頃からということで、『捜神記』の書かれた晋代とは時代があいません。

ところで、この『中国奇談集』でのこの話のタイトル、あまりにストレートで笑ってしまいました。ズバリ「豚の夜這い」とあります。私はマンガにするにあたって「隠された沓」としたわけですが、「豚の夜這い」ではまるで初めからタネ明かしをした手品を見るようじゃないですか。

しかも、娘は「絶世の美女」であって、それゆえ李汾《りふん》も、ポーッとなってしまったのだとしながら「口のあたりが幾分、黒いのが気になった」なんて描写があります。

これを絵にしたら、いっぺんでバレバレですから、もちろん私の絵には「幾分黒い」様子は描かないでおきました。

しかし、文章では、こういう部分も、奇妙な効果になる。そこはかとなく生々しいです。

この話のしめくくりも妙です。

「李汾は、どう考えてもおもしろくない。いくら化かされたのだからといっても、一晩でも豚娘にうつつをぬかしていた自分が腹立たしい。あれこれ悩んだあげく、山を捨てて人々と一緒に暮らすことにした」

ってていうんですけどねえ。なんか失礼なヤツじゃないですか、豚娘……って、そりゃあまァ、たしかにその通りではあるけれど、一時は「口の周りが幾分黒いの」も気にならないくらい気に入って、「絶世の美女」だの「西王母にお仕えする仙女」だの言ってたわけですから。

月下の怪

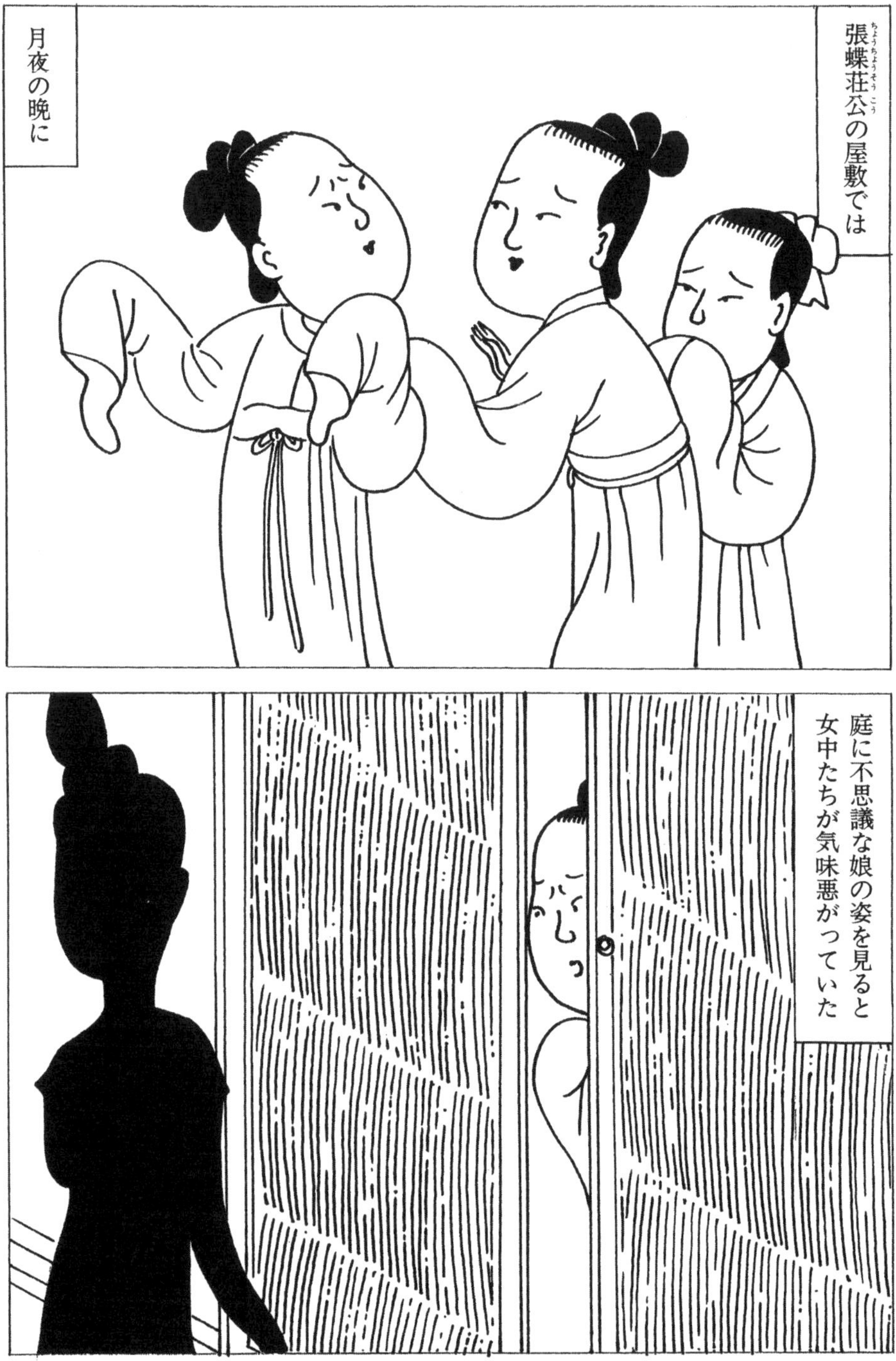
張《ちょう》蝶《ちょう》荘《そう》公《こう》の屋敷では
月夜の晩に
庭に不思議な娘の姿を見ると
女中たちが気味悪がっていた

現われて、人に害をなすことはなく

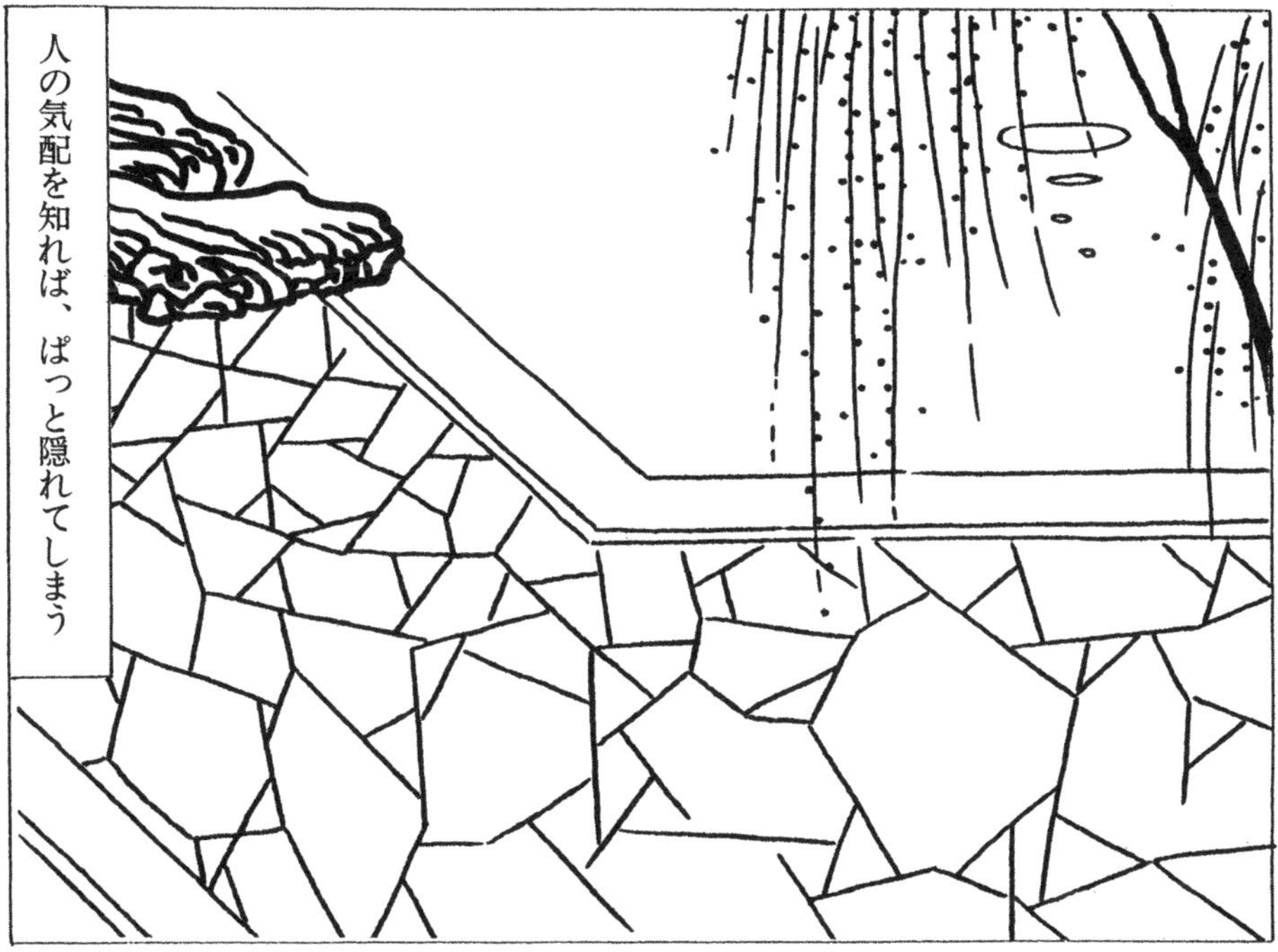
人の気配を知れば、ぱっと隠れてしまう

姿はあでやかな美人で
可愛らしい四、五人の子供を連れて
遊んでいるだけである

ただその頤《あご》には戟《ほこ》のような鬚《ひげ》があり

両の頬も蝟《はりねずみ》のような髯《ひげ》で覆われていた

連れている子供たちも
よく見ると手足を失くしていたり
目や鼻を失っている

なにものが怪異をおこすものか
わからぬまま
特に害もないから
捨て置かれていたのだった
が、ある時
雑物置場に入った女中が
虎丘山名物の泥人形を見つけて
怪異の因《もと》が知れたのである

姿は女中の見た通り
娘のヒゲは、子供たちのした
イタズラ書きであった
完

蛇足

以上は、清代の学者、紀昀《きいん》の書いた『閲微草堂筆記』におさめられた物語です。物語といっても著者の紀昀は、こういう話を創作したわけではなく、ほんとうにあった話を「記録」したのだと力説しています。

しかも、これは紀昀が祖母に聞いた話なのだと明記していて、張蝶荘公《ちょうちょうそうこう》とは母方の伯父にあたる人で、この話が「作り話」だということになると、祖母だの伯父だの、親戚じゅうをウソつきにしてしまう。

紀昀の生きたのは一七二四〜一八〇五年、カントや池大雅《いけのたいが》、アダム・スミスや鈴木春信の同時代人です。昔の人といえば昔の人だけれども、中国の歴史からいったら、ごく最近の人ということになる。

泥人形が夜な夜な、人間になって自分んちの庭をうろついてるなんて、まるで「作った話」のようだとわれわれは思いますが、いやいやそんなことがあるのだ。と「学者」が言ってるというわけです。

紀昀には人形にまつわる、こうした奇怪な話がほかにもあって、

「いとこの中涵《ちゅうかん》が旌徳《せいとく》の地方官をしていたころ」

と、またもや親戚を巻き込んで話をしています。

芝居好きな同僚がいて、職人に娘の像を作らせた。等身大で、五体のすべてから隠し所まで、まるで人間と同様にし、手足と目、舌には全部動かせるような装置をつけて、屈伸が可能にしてあり、着物や装身具も時期に応じてつけかえられるようになっていた。

この人形が果して、勝手に動き出したのだ。深更、下男が書斎の中でコツコツという音を耳にして、鍵はもうしまっていたから、障子に穴をあけて中を覗くと、

窓からさし込む月あかりに、その人形がふらふらと歩きまわっていたというのです。

怪を起こしたというので、この人形は焼きすてられてしまいますが、焼かれる時、か細く泣くような苦しみの声をあげたと書いてあります。

さらにおどろいたことに、紀昀自身も、人形にまつわる奇怪な「体験」をしているとも公言している。

自分は幼いころ母を亡くしたが、寂しい思いをすることはなかった。いつも五色の着物をつけ、金の腕輪をはめた数人の子供が遊びにきて、私を弟と呼んでかわいがってくれたからだ。

が、成長すると、子供たちはパッタリ姿を見せなくなった。

後年、父にこの話をしたところ、父は愕然としていった。

「亡くなったお母さんは、子供ができないのを苦にして、神廟に供えられた泥人形に五色の糸をかけたりしていたが、やがて家に持ち帰り、寝室に置くようになった。それぞれの人形に名前をつけて、我が子のようにかわいがり、毎日、お菓子や食べ物をやっていた。亡くなった後、裏の空地に埋めたのだが、きっとそれだよ」

きっとそれだよって……。この母、この父に育てられた紀昀が、そんな体験をしたと聞けば、さもあらんと思うしかありません。

いずれにせよ、中国の怪談の、こうした類を読んでいると、だんだん「それはちょっと」だの「そんなにうまい具合に……」だのと口をはさむ気が失せてくるのは奇妙です。

そんなことも、あろうかな、と。素直に納得してしまう。

だいたい情景がすこぶる美しい。月光のさしこむ中国式の書斎の中を、美女の人形がコツ、コツ、と歩いている。

静かな月夜に、美女が子供達をともなって庭園を散策している。そんな様子を家の中から覗いているなんて、なかなかオツだ、と私は思いますね。

巨きな蛤

日本のお伽話「桃太郎」は
子のない老夫婦に子が授かり
その孝行によって
めでたし一家は幸せに暮らす
というストーリイだが

この話がコドモを魅きつけるのは
なんといっても「桃太郎誕生」の
シーンがあるせいだろう
巨大な果物の中に
人の胎児がおさまっている

常ならず大きくなった作物は
なにか不思議の力を感じさせるものらしい

やもめ暮らしの若者が、ある時
お椀ほどに大きな田螺《たにし》を見つけて
甕に入れてそれを飼ううちに
美しい女房に変化して
めでたく結婚をするという話がある
この田螺もまた常の大きさではない

我が主人公が見つけたのは
大きな蛤《はまぐり》だつた

あまりといえば
巨大な蛤ではないか

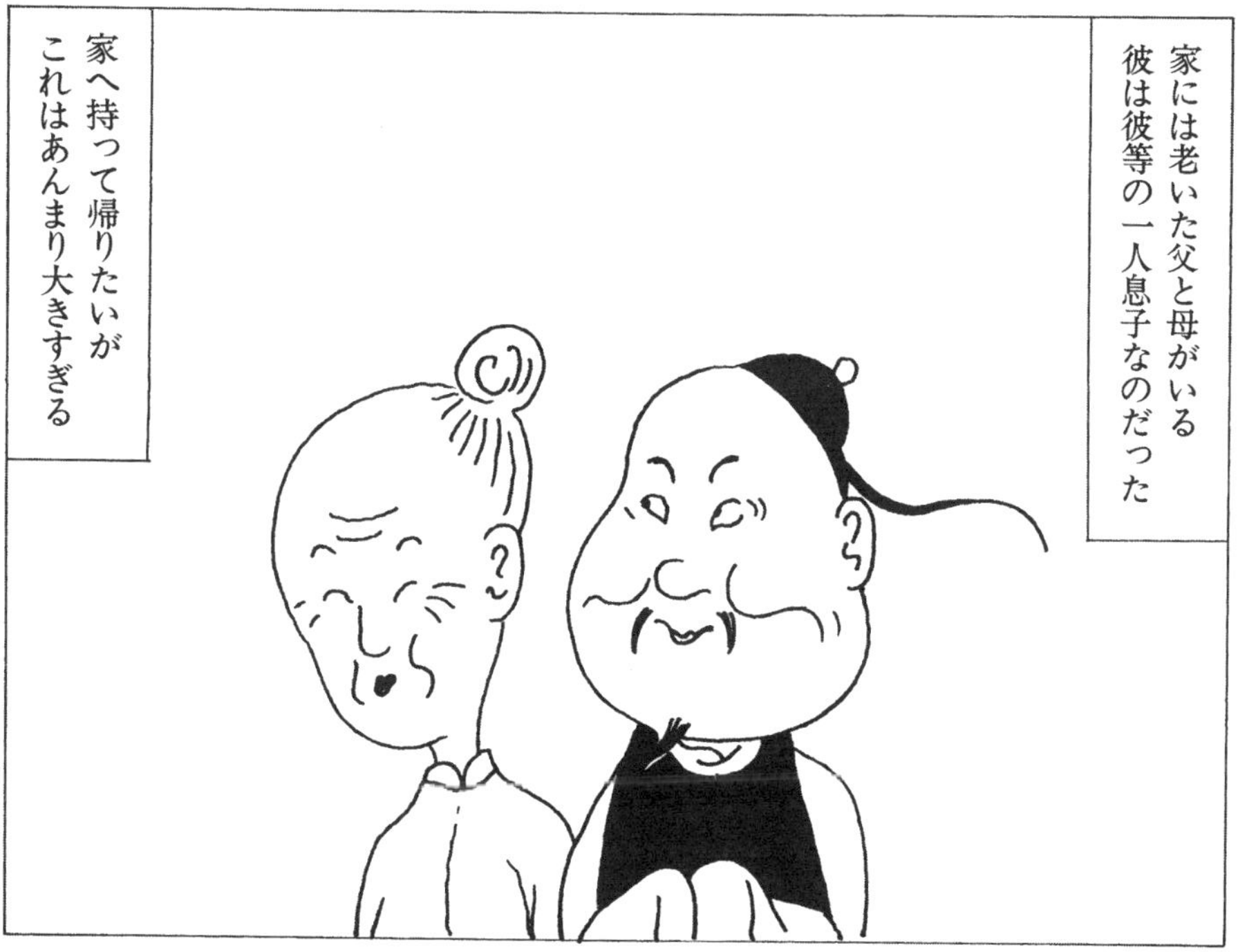
家には老いた父と母がいる
彼は彼等の一人息子なのだった
家へ持って帰りたいが
これはあんまり大きすぎる

彼は貝を
こじあけてみよう
と考えた
こじあけて
中身は刻んで
持ち帰ればいい

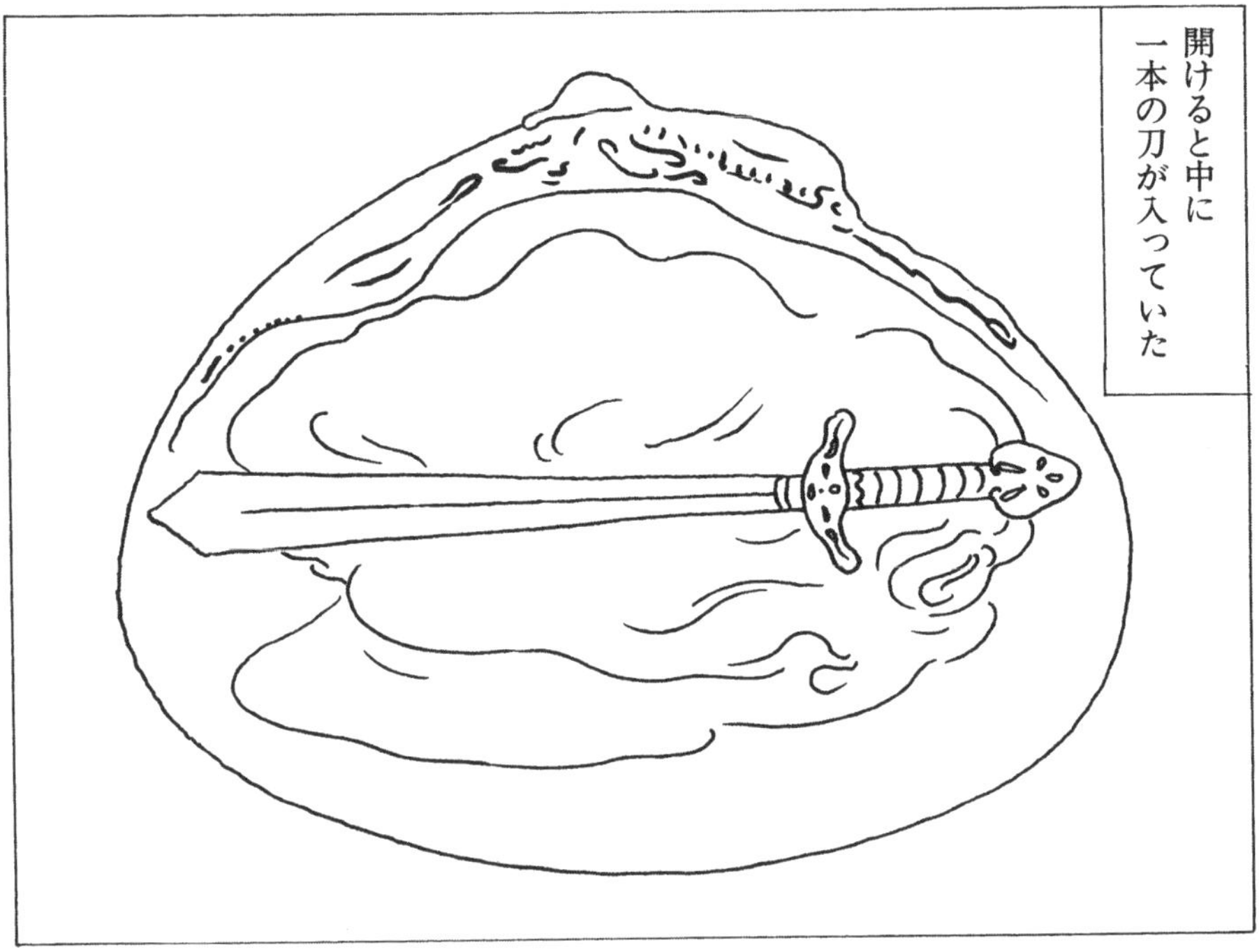
開けると中に
一本の刀が入っていた

彼は刀を手に
家へ戻った
おっ母さん
おっ母さん
大きな蛤をとったら
中に刀が一本入ってたよ

言った途端に
母親の首がポロリととれた
お父っつぁん
聞いてくれ!!
と息子は言った

大きな蛤をとったら
中に一本の刀があって
と、そこまで言うと
父親の首もポロリととれた
完

蛇足

桃太郎が、桃から生まれてくる時の件ですが、私はこれが昔から気がかりでした。大きな桃を持ち帰ったお婆さんは、お爺さんとこれを食べようと、包丁で真ッ二つに切ろうとします。

その時、桃がひとりでに割れて中から桃太郎が出てくるんですが、このあたりに関して非常に大ざっぱな表現をしている絵本が少なくないのです。

「お婆さんが桃を切ってみると、中から桃太郎が出てきました」

とアッサリすまされたりすると、「桃太郎にケガはなかったのか?」「血は出なかったのか？」「桃太郎は大丈夫だったのか？」と、コドモの私はたたみかけて問いたくなったものでした。

もし桃太郎が、うっかり眠っていたら大事故につながってしまいます。

一方、桃太郎が出てきたあとの「桃の実」について心配したのは内田百閒で、内田百閒はこの桃の実は近所の猪が食べたのだという話をつくっています。

お爺さんとお婆さんが、赤ン坊（桃太郎）にかかりっきりになって、かわりばんこにダッコをしたり、よろこんでばかりいるんですが、そのそばに、おいしそうな桃の実が、真ン中から二つに割れたまま、座敷にころがっている。

それで、猪は先《ま》ず、その半分の方を、大急ぎで食べてしまって、後の半分を口にくわえて、どんどん森の中に逃げ帰った。

大きな桃だったので、さっき食べた半分だけで、おなかが一ぱいになって、後の半分は今すぐに食べたくありませんでした。

と書いてある。ものすごく感じでてます。それで、猪は、桃半分をそこに置いたまま、ぐらぐう寝てしまった。

暫《しばら》くして、猪が目をさまして見ますと、さっき枕もとにおいて寝た桃の実に、小さな蟻が一ぱいたかっておりました。

猪はその実の残りを、蟻ごと食べてしまいましたとさ。めでたし。めでたし。ってていうんですけどね。この話、むかしむかし、ある所に……って途中まではまったく、昔話の桃太郎と同じです。桃太郎が生まれたところで、猪が登場して、話は桃太郎から、桃の方に中心がうつってしまう。

私がコドモだったら、この話ものすごく気に入ったろうなァ、と、今オトナで、しかもこの話をすごく気に入っている私は思います。蟻がついてる桃は、食べにくいですが、なにしろ、猪なのでそんなことお構いなしです。

桃太郎の話を、こんなにズルズルしたのには、わけがあって、実は、このマンガ「巨《おお》きな蛤《はまぐり》」の、もとになった話を、私は何という本で読んだのかすっかり忘れてしまったのです。

巨きな蛤から、剣が出てきて、それを持ち帰った息子が、それを口にした途端に、母の首がポロリと取れる。あわてた息子が、父にそれを説明しようとすると父の首もポロリと取れる。

なんという展開！　なんという不条理！　と私は思って、そこまでを「巨きな蛤」というマンガに仕立ててしまったのでしたが、実はこの話、この少年が偶然手に入れた剣によって、数奇な運命を引きよせることになる、長大なストーリイの、ほんの端緒に当たるところだったのです。

だから、物語は「巨きな蛤」よりも、中に入っていた「剣」をめぐるものだったはずですが、その話自体も忘れてしまったし、題名もどの時代の、どこの話だったのかも忘れてしまったというわけです。

百閒は、桃太郎の脱け出てきた「桃の実」にこだわって「お話」をつくったのでしたが、私は、物語の冒頭におこった「異常事態」の唐突で不条理な、この感じばかりを、大いに気に入って、そこまでの話にしてしまった。

なんのために、少年の父と母は、死ななければいけなかったのか？　なぜ少年は巨きな蛤に隠された剣と出会ってしまったのか？　すべては謎のままです。

落頭民

長股國丈在雄常相之北

其長脚惟過三

一目國一目中其面面

各在胸臆之業。

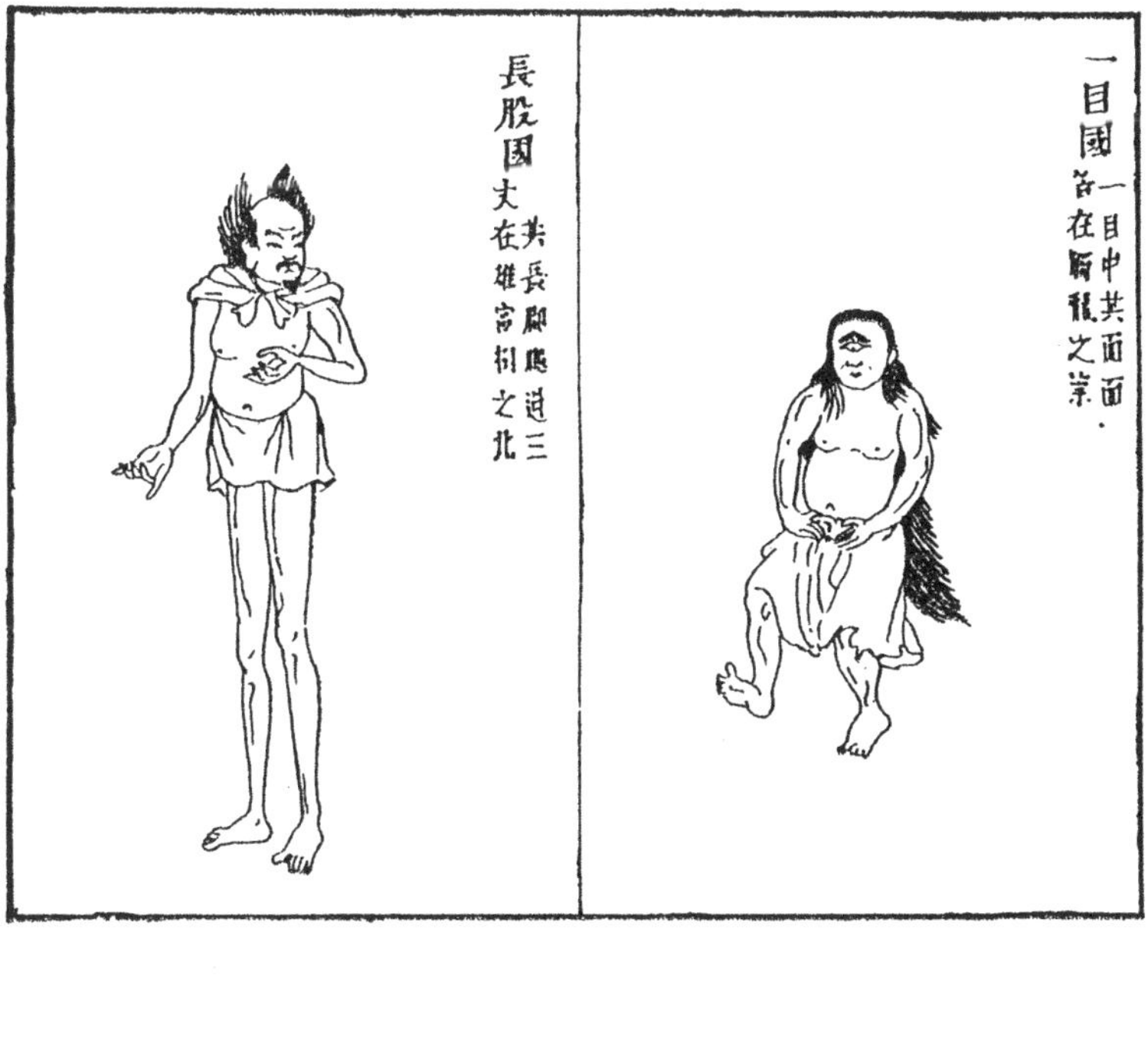

秦の時代、南方に落頭民
という人種があった
その頭がよく飛ぶのである

呉の、朱桓《しゅかん》という将軍が
ひとりの下婢を置いたが
その女が睡《ねむ》ると夜中に
首がぬけ出して窓から出てゆく

怪しんで寝台を照らしてみると
ただその胴体のあるのみで首がない
からだも常より少し冷たい

胴体に蒲団を着せておくと
夜明けに首が舞い戻ってきても
蒲団に阻まれて胴に戻ることができない
首は何度も地に堕ちて
その息遣いは苦しく急しく
今にも死んでしまいそうだ
あわてて取りのけてやると
首はとどこおりなく元に戻った

こういうことが毎夜くり返されるのだが
昼間は普通の人間と少しも変わらない

それでも気味が悪いので
主人の将軍も捨てて置かれず
ついに暇を出すことになったのである

が、だんだんに聞いてみれば
それは一種の天性で
別に怪しい者ではないのだった

南方に出征した大将たちは
往々こうした不思議に出逢ったらしい

試みに首のぬけた胴に
銅盤をかぶせた者があった

翌朝、女はことされていた
完

蛇足

この話は『捜神記』巻の十二にあるもので奇怪なことが淡々と告げられているのが私の好みです。

例えば冒頭の、「秦の時代、南方に落頭民という人種があった。その頭がよく飛ぶのである」であります。そうか、よく飛ぶのか……と思います。

同じことが『和漢三才図会《わかんさんさいずえ》』にも書かれていますが、こちらはさらに詳しく、さらに淡々としているので思わず全文引用してしまいます。

『三才図会』（人物十二巻）によれば、大闍婆《だいじゃば》国の中に頭の飛ぶものがあり、その人は目に瞳子《ひとみ》がなく頭はよく飛ぶ。そこの人々は虫落となづけられるものを祠《まつ》っているので、落民と号している。漢の武帝の時、因穉《いんち》国（西域の北にあったらしい国）が南方に使を出したとき解形の民があり、先ず頭を南海に飛ばす。左手は東海に飛び、右手は西沢に飛び、暮になって頭は肩の上に還る。両手は疾風に遇えば海水の外に飄《ただよ》う、という。

『南方異物志』によれば、嶺南（広東・広西・安南の地）の渓峒中に飛頭蛮というのがいる。項《うなじ》に赤い痕《きずあと》があり夜になると耳を翼として飛び去り、虫物《むし》を食う。暁になるとまた還ってきてもとのようになる、という。

『捜神記』（巻十二）に、呉の将軍朱桓《しゅかん》の婢のひとりに夜になると能《よ》く頭の飛ぶものがいたことが載せられている。

『太平広記』（巻四百八十二、蛮夷類）に次のようにいう。

飛頭獠は善鄯（鄯善か）の東、竜城の西南の地にあって、広さ千里、みな塩田である。旅人が歩いていくと牛馬はみな氈《もうせん》を敷いて臥している。その嶺南の渓洞の中には往々にして飛頭の者が住んでいる。頭の飛ぶ一日前になると紅縷《あかいと》のような痕が頸《くび》にでき、それは項をぐるっとまわっている。妻子が見守っていると、その人は夜になると病人のような状態になり頭は忽《たちま》ち身体から離れて去る。そして岸泥で蟹、蚓《みみず》の類を探し求めて食べ、暁方になると飛び還って夢から覚めたような風をしているが、腹は一杯になっている、と。

△思うに、以上の数説には異同があるが、これは闍婆国の中にいる飛頭人の種類による違いであろうか。そしてその国の人が悉《ことごと》く飛頭人であるのではない。中華や日本でも間々《まま》飛頭人があるというがそれは嘘である。単に一種の異人であるに過ぎない。

日本でいるといわれているのに関しては、アッケないくらいに「嘘である」と断じているのだが、本に書いてあることは、一応ちゃんと伝えますよ、という態度が、実に淡々としているのであって、すこぶる笑える。

『三才図会』（異国人物）には、どう考えても想像の産物と考えるしかない、奇怪な国々の人物が無邪気に書かれていて、私は好きですが、いい味が出てると思うのは、それがちゃんと調べもついて、まちがいのないところと平気で並列されているところです。

遠くへ行けば、想像もできない妙なことがあるはずだ。と思うのは、しかし今でも変わらないといえば変わらない。我々は宇宙人というのを、突拍子もないものとして描こうとします。

しかし、その一方で、金髪の美人の金星人（ほとんど白人と区別がつかない）がいたり、いちばん白人にとってナゾな存在なのか、しばしば日本人に似た宇宙人というものが白人によって造型されたりもします。

『三才図会』の異国人物も、基本的に風俗は中国人風の顔や服装をしているところがご愛敬です。大航海時代前の西洋人が想像した異国人物と、中国人の想像した異国人が、同じ格好だったりするのも、実に興味深い。そうしてそれらがいずれも妙になつかしいのが不思議です。

星に遇う

管輅《かんろ》が平原を通りかかった時
顔超《がんちょう》という少年の人相を見ていった
かわいそうだが若死にの相があらわれておる

父はなんとか子の寿命を延してほしいと懇願する

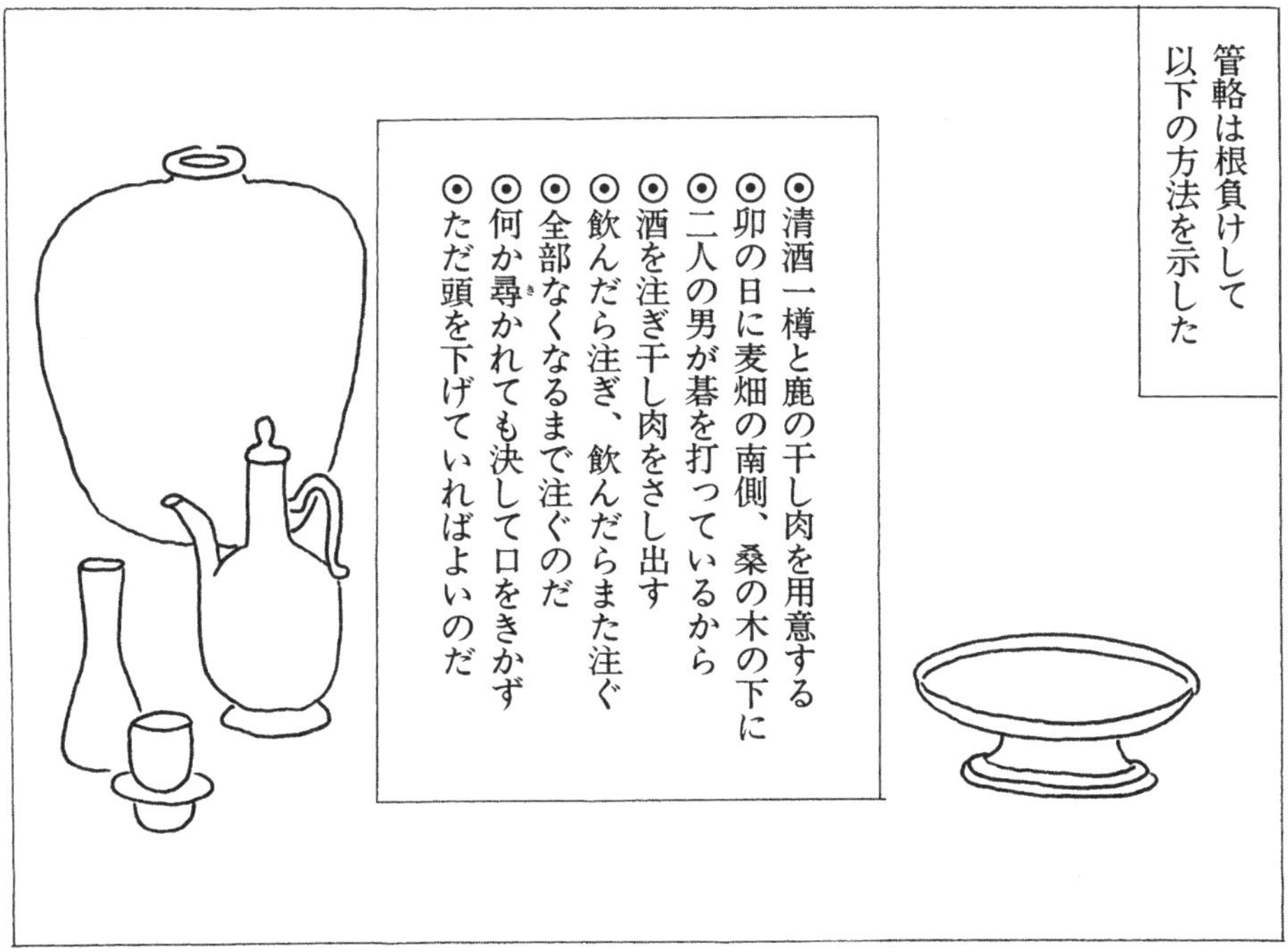
管輅は根負けして以下の方法を示した
◉清酒一樽と鹿の干し肉を用意する
◉卯の日に麦畑の南側、桑の木の下に
◉二人の男が碁を打っているから
◉酒を注ぎ干し肉をさし出す
◉飲んだら注ぎ、飲んだらまた注ぐ
◉全部なくなるまで注ぐのだ
◉何か尋《き》かれても決して口をきかず
◉ただ頭を下げていればよいのだ

いわれたとおりに行ってみると
果して二人の男が碁を打っている

少年は干し肉をさし出し酒を注ぐ

二人は勝負に夢中で
盃を口に運び干し肉をつまむが

少年には見向きもしない

小僧、なぜここにいる!?
おい待て、我々が先刻から飲んでいたのはこの小僧の酒だったようだぞ
……………
……………

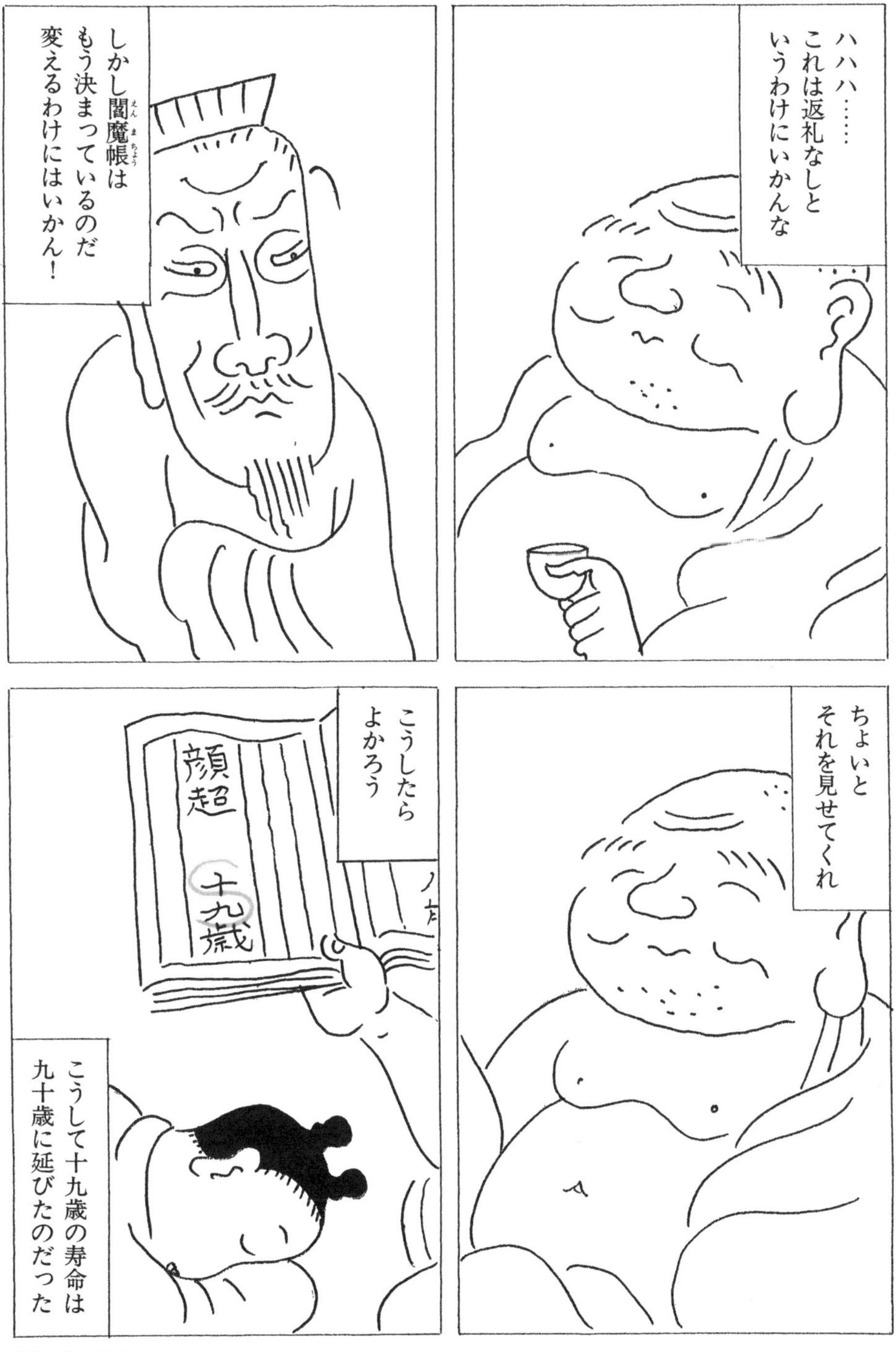
ハハハ……
これは返礼なしと
いうわけにいかんな
しかし閻魔帳《えんまちょう》は
もう決まっているのだ
変えるわけにはいかん！
ちょいと
それを見せてくれ
こうしたら
よかろう
顔超
十九歳
こうして十九歳の寿命は
九十歳に延びたのだった

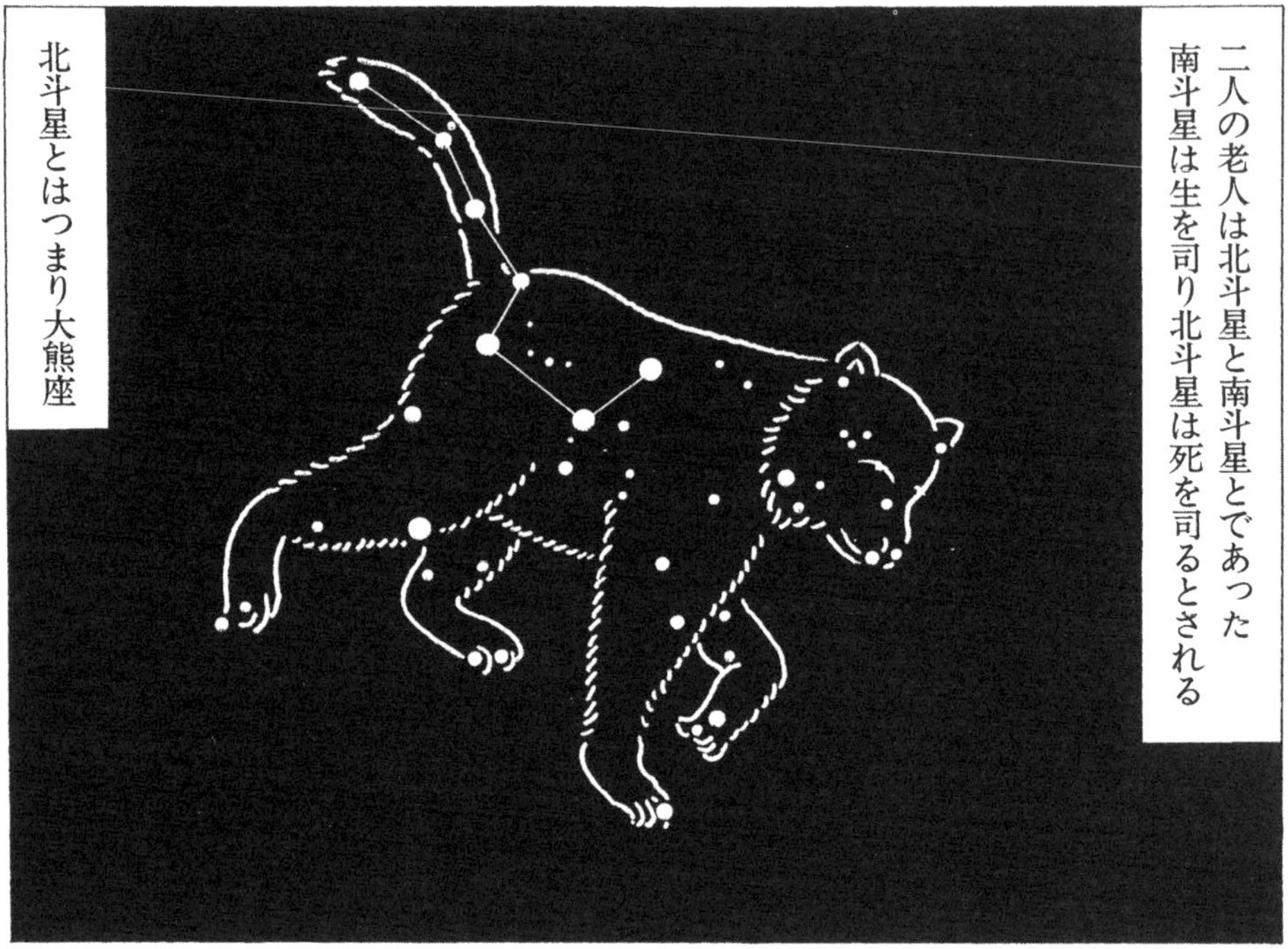
二人の老人は北斗星と南斗星とであった
南斗星は生を司り北斗星は死を司るとされる
北斗星とはつまり大熊座

南斗星とはつまり射手座のことである
完

蛇足

この話、原題は「北斗星と南斗星」。干宝の『捜神記』巻の三にある話です。

息子が十九で死ぬと決まっているとなれば、親としては、これをなんとかしたいと思うのが人情です。

カタイことをいいだせば、これは神様の収賄事件といえないこともありませんが、ワイロといって、それは碁をやってる間に、知らずに飲んだ清酒と、つまみの干し肉というわけで、問題とするにはあまりにささやかです。

しかし、このあたりつつかれたらマズイと思ったのか、テキストによっては、入れ知恵をした管輅《かんろ》が罰されるという結末になっているものもあります。

管輅は、二十歳前に死ぬ倅《せがれ》をかわいそうに思って、おもわず嘆息をしたのであって、倅の寿命が延びたと決っても、一両の金も受けとらなかったのですが、それでも罰せられるというわけで、そこまで書いてあると、まるでワイロを戒めるための説話のようです。

本書「北斗の謎」においては、北斗星の正体は、七匹の豖《いのこ》であったはずですが、この話では、仏頂面の異人ということになっている。北斗星は、どうも様々に動物に化けたり人に化けたりするもののようです。

水滸伝《すいこでん》の百八人の豪傑は、天罡星《てんこうせい》、地煞星《ちさつせい》の生れかわりとなっていますが、この天罡星というのが実は北斗星の異名であるともいいます。

「唐の太宗の時、七人の大和尚がいずこともなく西京に現われて、酒を呑み歩くこと二石に及んだ。同時に北斗七星が空から光を消したので、さてこそ、この七人の大和尚は北斗七星の化身に違いないということになって、太宗がそれを召して酒を呑ませようとしたが、いずこともなく姿を消した」

という伝説もあるそうです。どうも北斗七星というものは、なにかというと、所定の位置から逸脱しがちの星らしい。

しかし、七人の大和尚になって、大酒を呑み歩くというのはいかがなものだろう。一人でも目立つ「大和尚」が七人うち揃っていては、いやが上にも悪目立ちするリクツです。そうして噂になって、皇帝が酒を呑まそうとすれば、いずこともなく姿を消してしまうってんですから何をか言わんや。

星座に興味のない我々でも、北斗七星だけは見分けることができます。しかしなんだって大熊座の熊の尾は、あんなに長いのだ？　とギモンを感じるのは私ばかりでしょうか？

日本では北斗七星を「ます星」と呼んでいる、と「星の翁」野尻抱影博士は書いていています。ますといっても、柄のついた升であって、日本の星座はあくまで形そのままで納得がいきます。

古代ギリシア人のいうところの大熊は、長い尾と尻のあたりの、ほんのわずかな部分に七星が位置するのみで、しかも熊の尾はあんなに長くはないわけですから、私はどうも熊説に納得いかない。

ところが、北斗七星を熊と見るのは、ギリシア・ローマにかぎらないので、バビロニアでもフィンランドでも、熊だといいはるし、ネイティブアメリカンもイヌイットも、あれが熊に見えるというのです。

もっとも、ネイティブアメリカンやイヌイットは、七星を熊の一部とするのではなく、熊と猟師、三匹の子熊と親熊というような解釈だそうです。

となると、なんでまたそんなに「熊」なんだ？　という疑問もでてきますが、野尻博士によると、これは偶然ではなく、チグリス・ユーフラテスの伝説が四方に伝わったものであろうということなのでした。

いずれにしても、北斗七星というのは、天にある特別のものであるらしく、仙人の特別の歩行法、禹歩《うほ》というのも、北斗七星の形を踏むように歩くものですし、諸葛孔明の延命の法も北斗を象《かたど》る七盞《さら》の灯明であったりと、さまざまなシンボルになっています。

魂の形

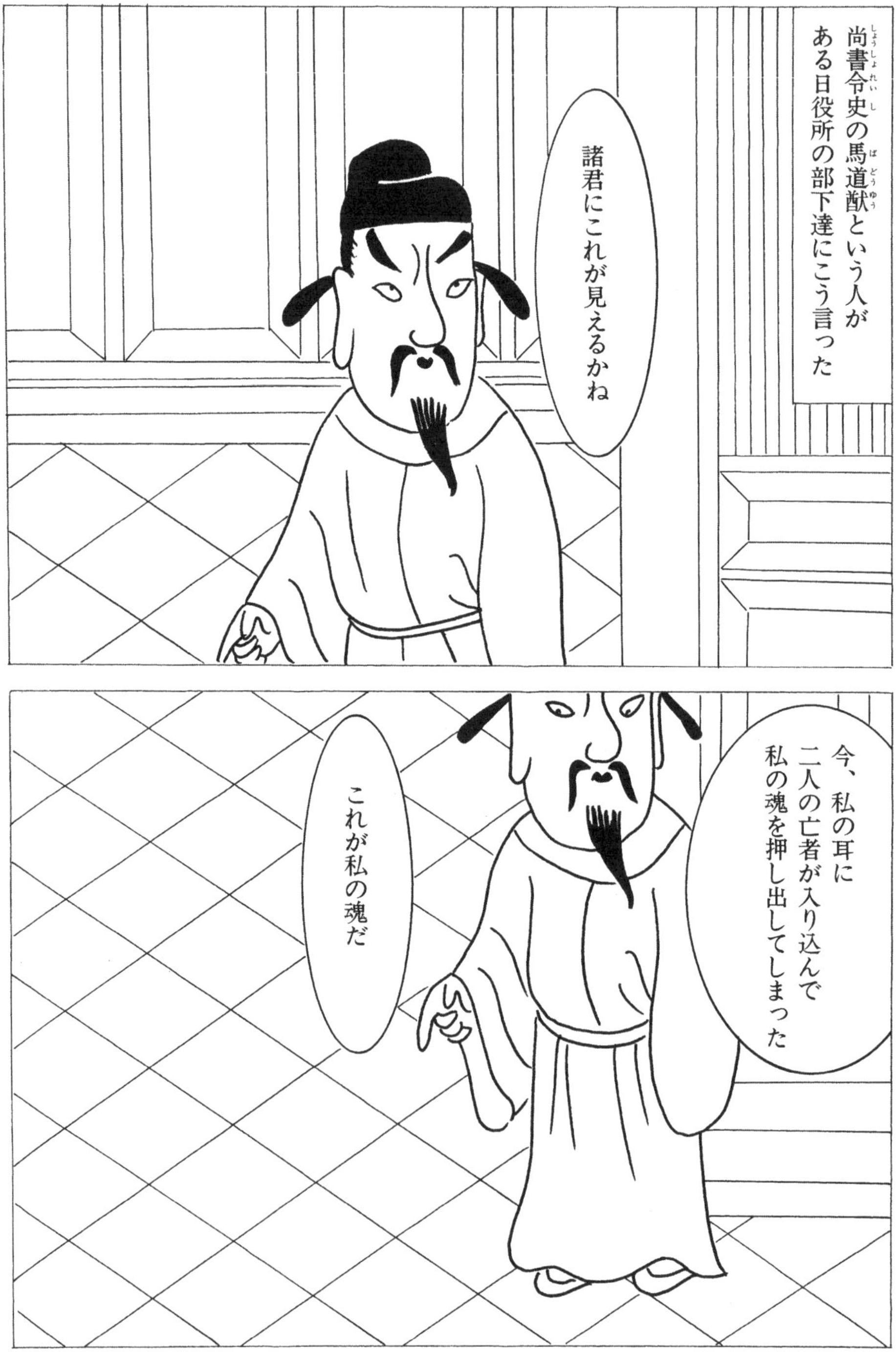
尚書令史《しょうしょれいし》の馬道猷《ばどうゆう》という人が
ある日役所の部下達にこう言った
諸君にこれが見えるかね
今、私の耳に
二人の亡者が入り込んで
私の魂を押し出してしまった
これが私の魂だ

令史、
私共には
何も見えません

それでは
ここに並んだ亡者達も
すっかり見えないのだね

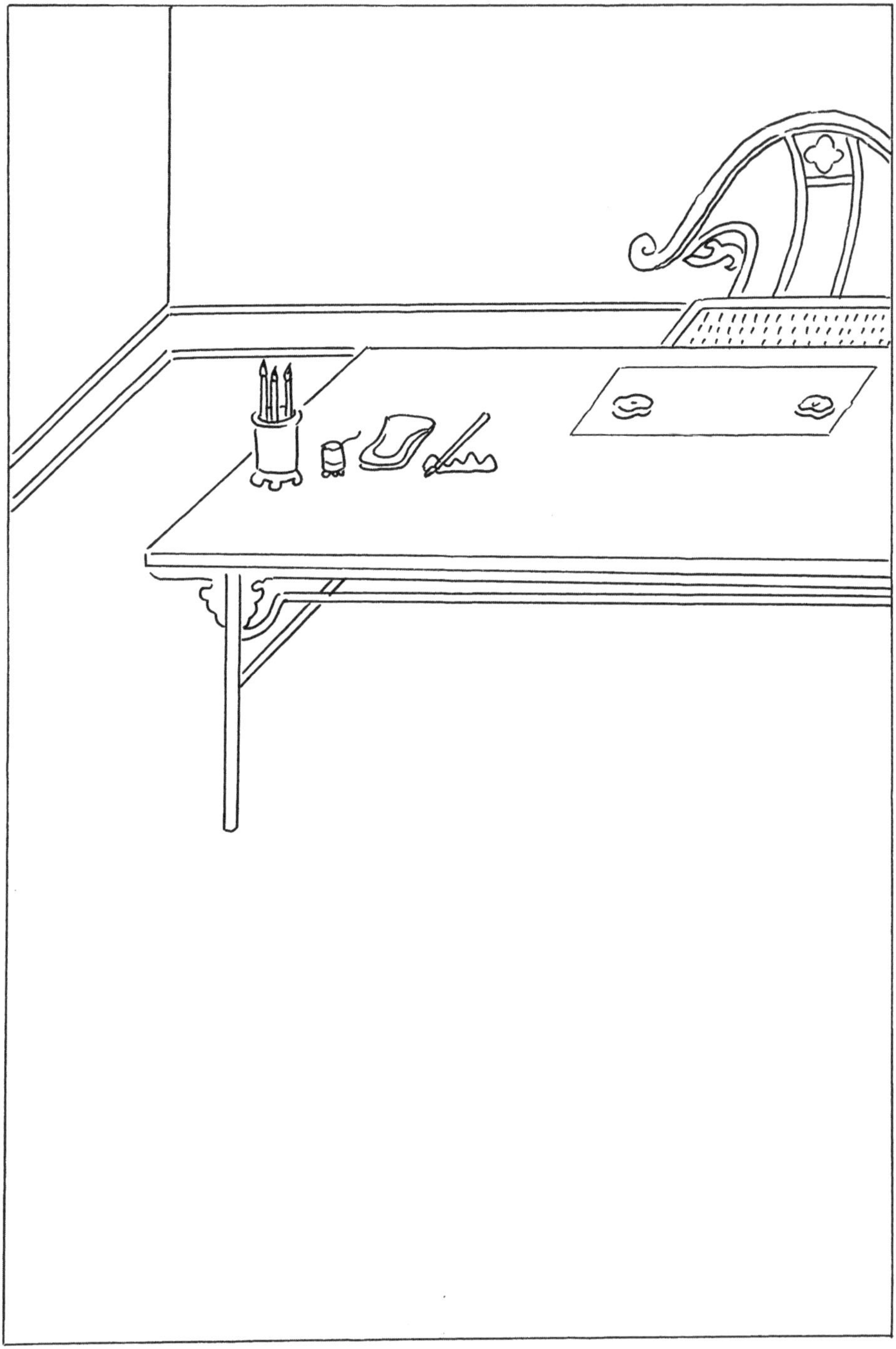

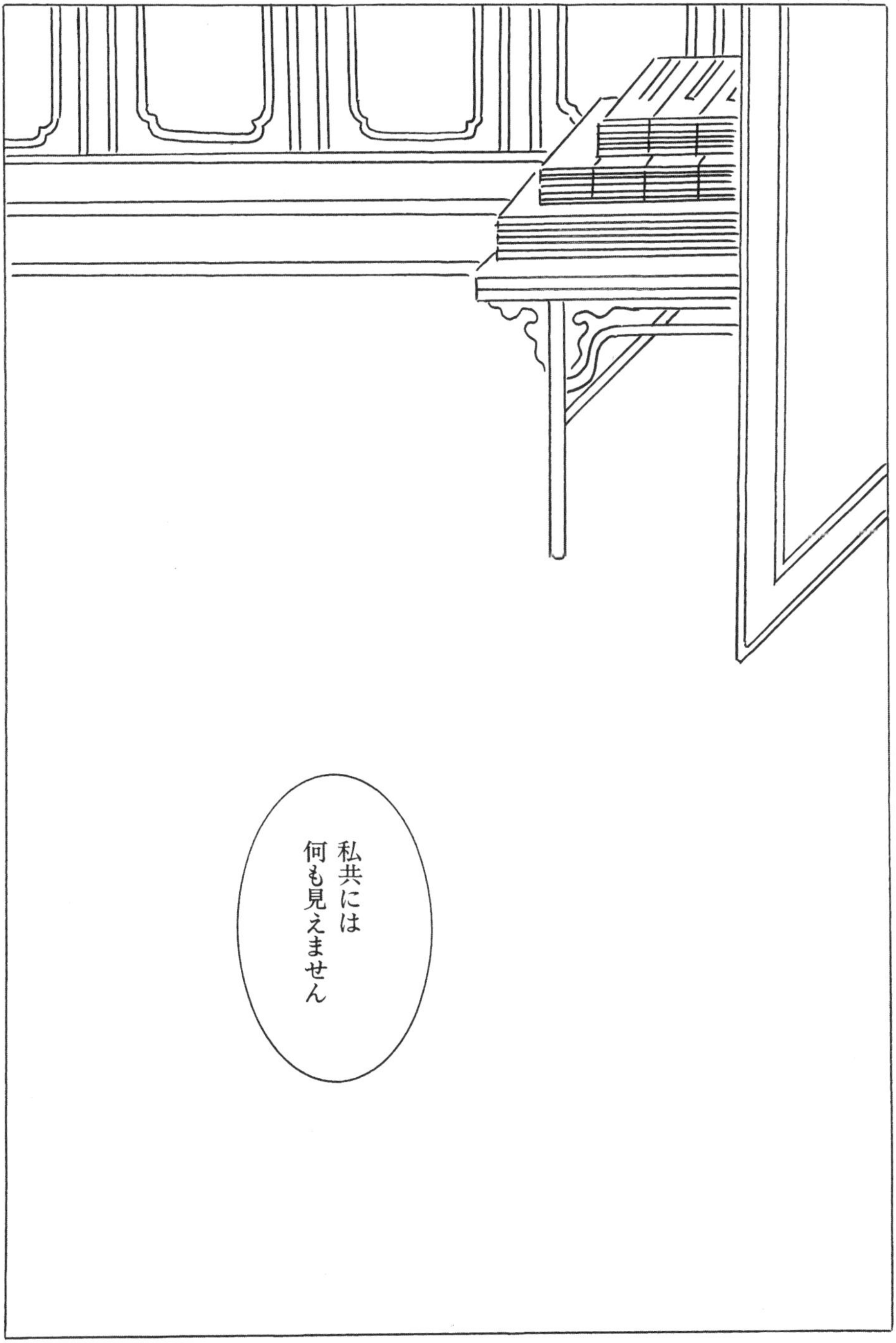
私共には
何も見えません

令史、魂とはどんな形をしたものですか？

魂は、ちょうどひきがえるのようだよ

魂が抜けてしまって
もう私は助からぬようだ
亡者がまだ
耳のなかにいるのだ

馬道猷の両耳はひどく腫れあがっていた

あくる日、道猷は死んだ
完

蛇足

この話は斉の祖沖之《そちゅうし》（四二九～五〇〇）の著わした『述異記』におさめられているものです。四二九から五〇〇年といえば日本は古墳時代の中期にあたります。

さて、尚書令史《しょうしょれいし》（書記官）の馬《ば》さんによると、魂の形は「ひきがえるのようだ」というのですが、馬さんにはこれが見えるが、余人には見えません。

さらに馬さんの耳の中に亡者が入り込んで彼の魂を押し出してしまった。魂はどうやら足元に落ちてるらしいんですが、亡者の姿もまた余人には見えないのです。馬さんのこの一種の特殊能力がなにによっているのか、何故魂は押し出されてしまったのか、それらはナゾのまま、要するに「魂はどうやらひきがえるのようらしい」ということだけが、つまり記録されたことになります。

日本では魂はヒトダマと呼ばれて、その形はどちらかといえば、オタマジャクシのような形をしていると思われています。人が死ぬと、魂はぬけ出して、そこらをさまよったり飛んでいったりすると思われている。

私が日本人だからなのか、魂がオタマジャクシのようであるというのは、なにがしか、腑に落ちる感じがあります。

おそらく、人間の精子がおたまじゃくしのようであると知っていることと、無関係ではないでしょう。

あるいは魂なんていう、つかみどころのないものの形を、たとえば球のようであるとか光るものだとされるならともかく、つかみどころだらけのようなヒキガエルというのは……。

しかしもし、脳ミソを外に出したところを見るならば、それはヒキガエルに似ていなくもない。というような連想も起こります。

雨上りの日なんかに、ヒキガエルのばかに大きなのが出ていたりすると、ギョッとしてちょっとつかみかねた、というようなことを思い出したりもします。ところで亡者、すなわち死んでしまった人間の魂の事を中国では「鬼《き》」と呼びます。日本ではこの鬼という字を「オニ」と読んで想像上の角の生えた怪物のことになりましたが、もともと鬼の字は人の顔と儿（人）との合字であるそうです。あるいは、顔にあたる由の上のチョンが角になったのかもしれない。もちろん昔の中国人にしたところで、死人というのは、気味の悪いものだったでしょうから、もともと、「おそろしいもの」ではあったと思われます。ですから、志怪や伝奇に登場する鬼は、オニではなく日本でいう幽霊というのにあたるのです。人間は生きているときは、魂《こん》と魄《はく》とが結合し、死ねば分離すると、ばかに詳しく分かったようなこともいわれていますが、詳しいからといって本当に分かったわけでもない。

こんな話は、専門家に言わせれば、様々やかましいこともあるんでしょうが、魂とは、結局のところ「意識」のようなものでしょう。「意識」に形はないはずですが、だからかえって形を与えたいと思うのも人間のクセのようで、洋の東西を問わず、霊魂というようなものがつくり出されてしまいました。

こんな風に考えていくと、この「魂の形」がひきがえる状だ説というのは、ひとまわりして、案外、即物的で科学的な話だったのかな、とも思ってしまいます。すなわち、魂とは脳ミソそのものだと、馬さんは言っていたのかもしれないではないか。それにしては、即物的に外に出てしまったはずの脳ミソが、ダレにも見えないとは、どうしたことか？

私の思うには、そこがつまり、我々の日常感覚というものだということです。

すなわち、我々は脳ミソを形として見る、ということが日常的には皆無である。脳を直接見ることがないから、魂だの精神だの心だのが、肉体とは別に存在するように思い込んでしまったのです。

耳中人

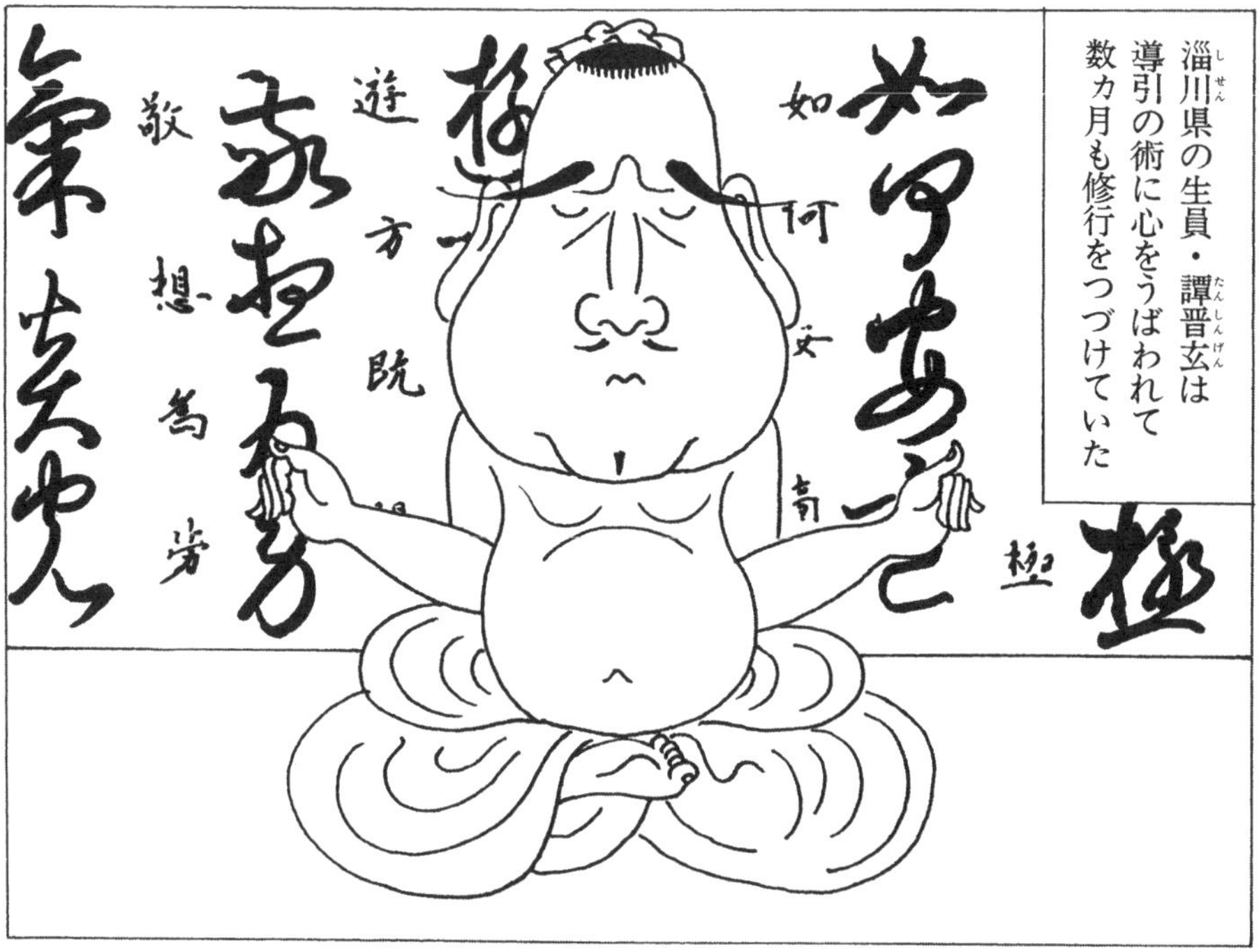
淄川《しせん》県の生員・譚晋玄《たんしんげん》は
導引の術に心をうばわれて
数カ月も修行をつづけていた

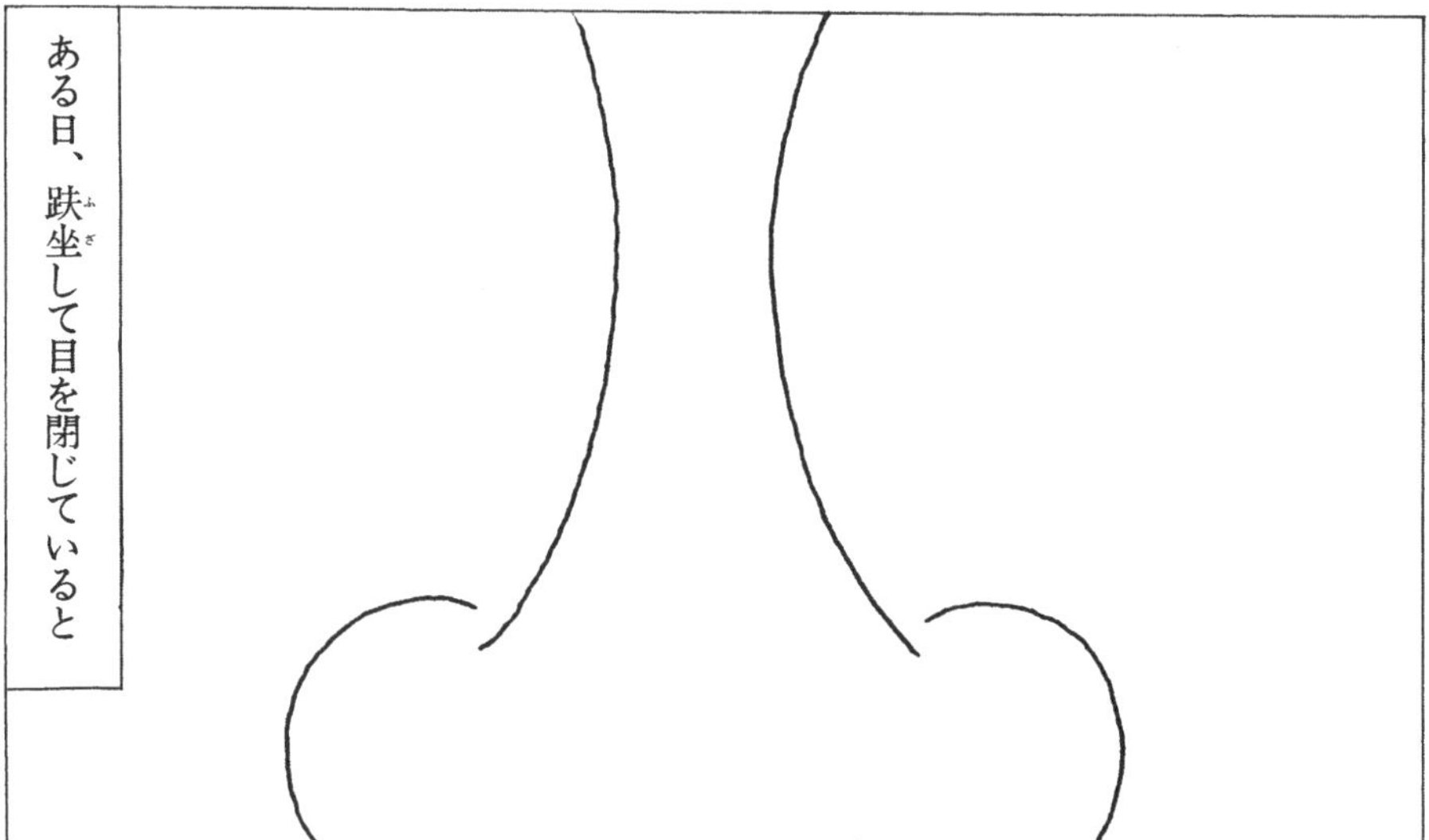
ある日、趺坐《ふざ》して目を閉じていると

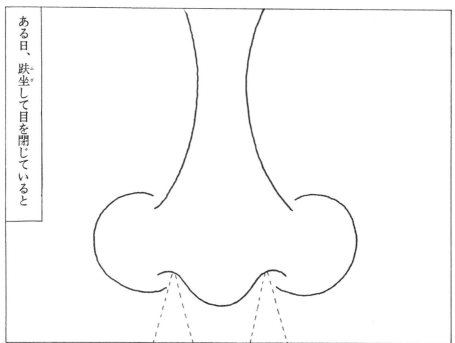

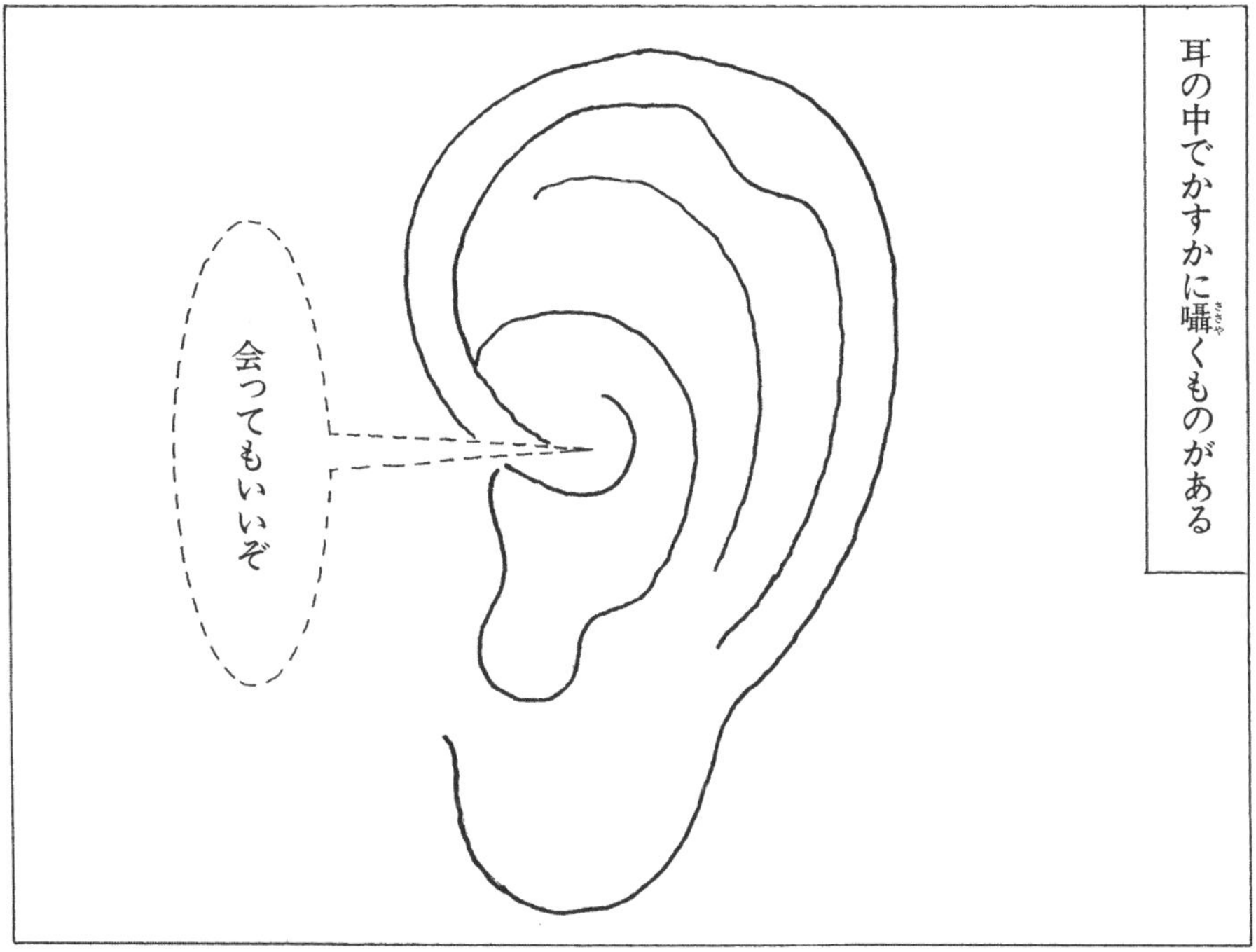
耳の中でかすかに囁《ささや》くものがある
会ってもいいぞ

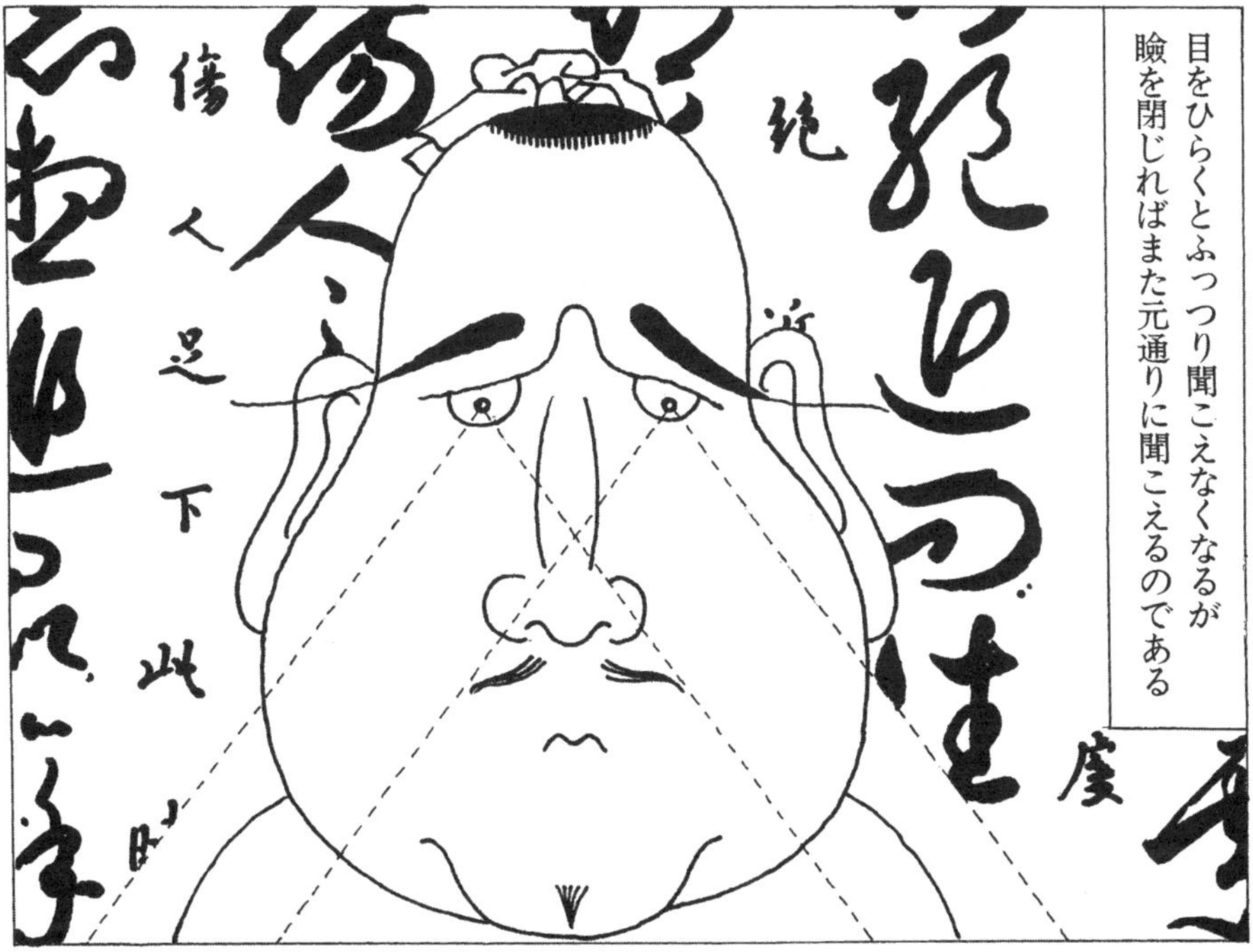
目をひらくとふっつり聞こえなくなるが
瞼を閉じればまた元通りに聞こえるのである

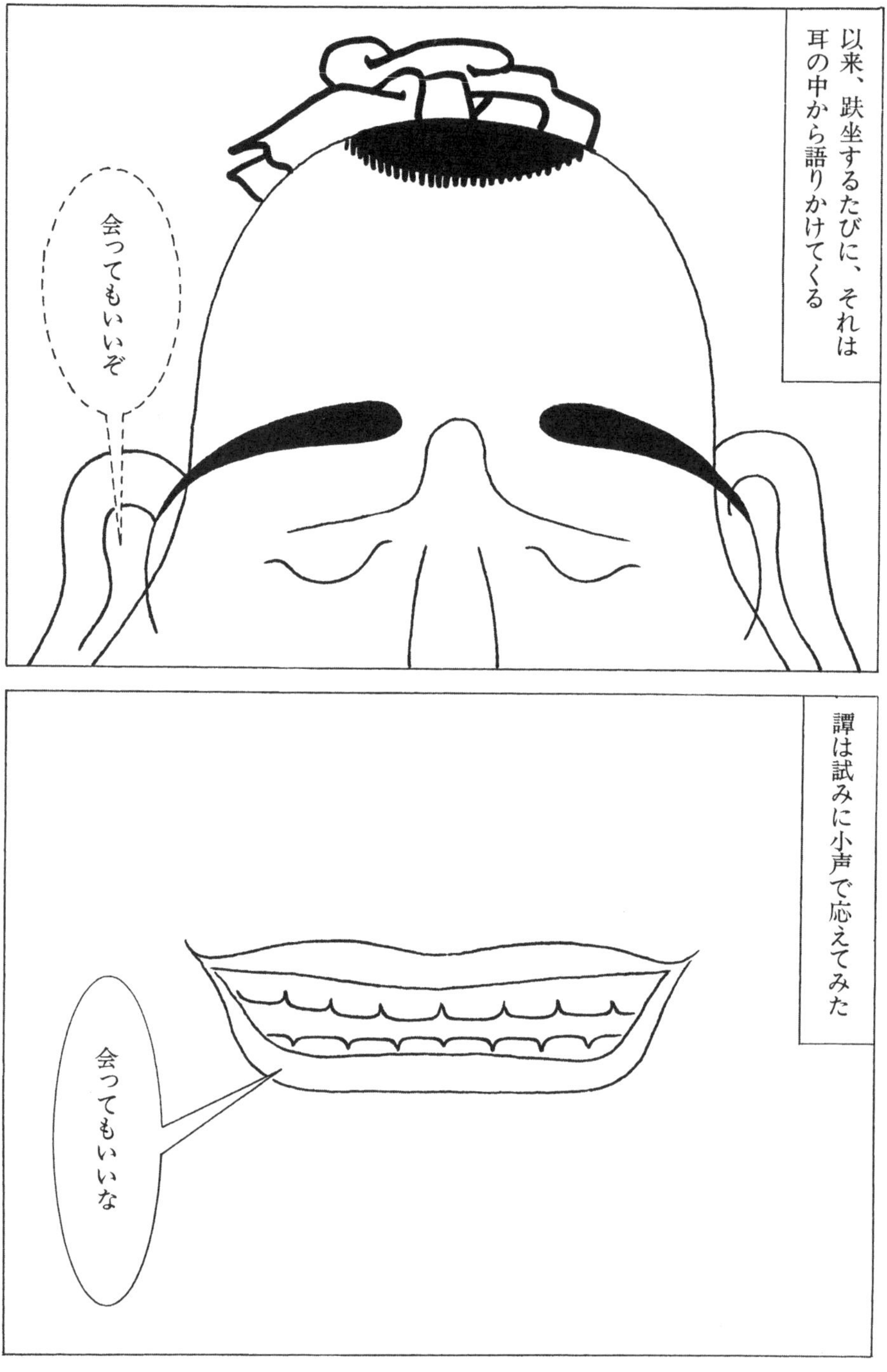
以来、趺坐するたびに、それは
耳の中から語りかけてくる
会ってもいいぞ
譚は試みに小声で応えてみた
会ってもいいな

すると耳の中がざわめいて
なにかが出てきた様子である

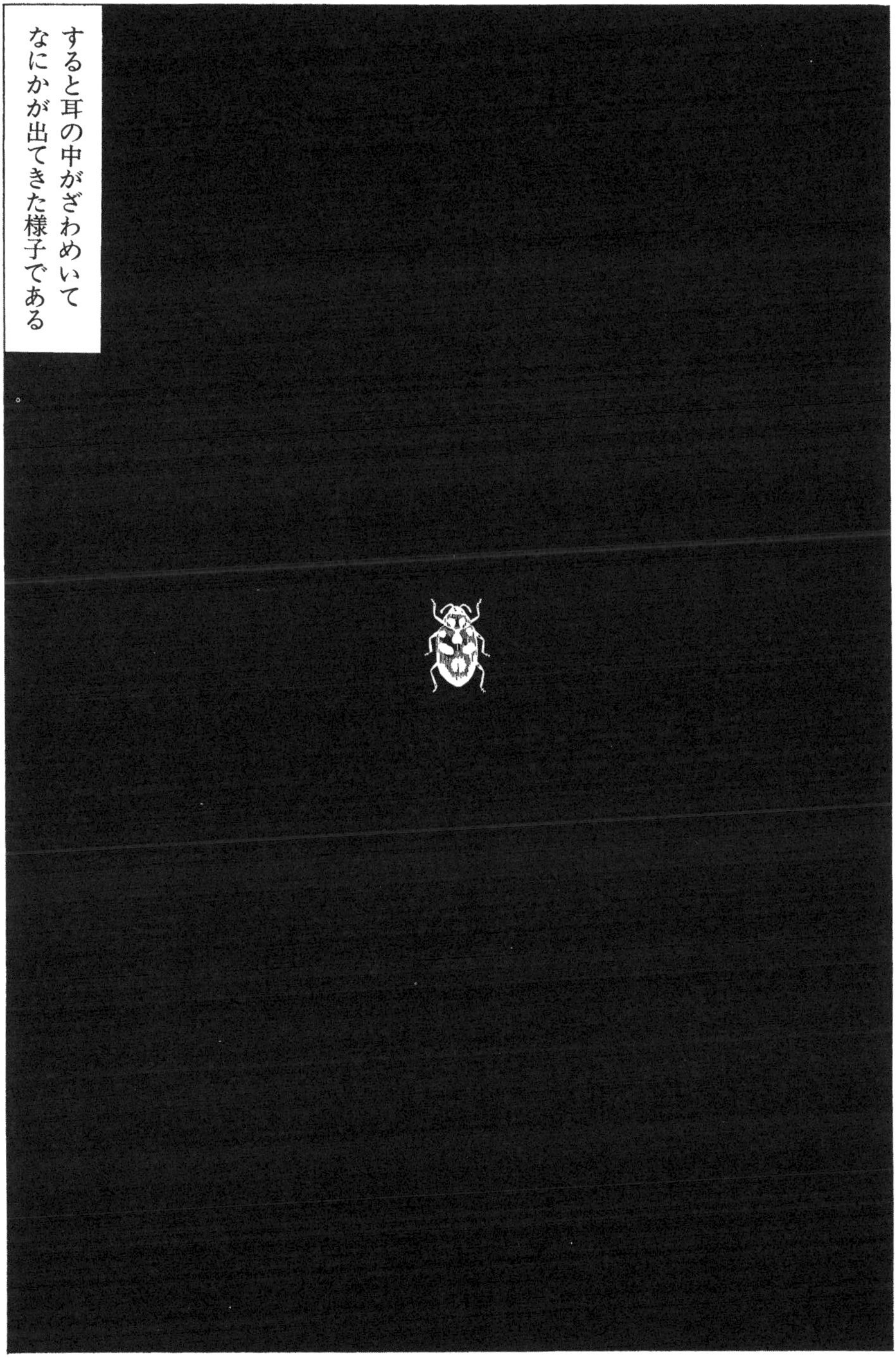

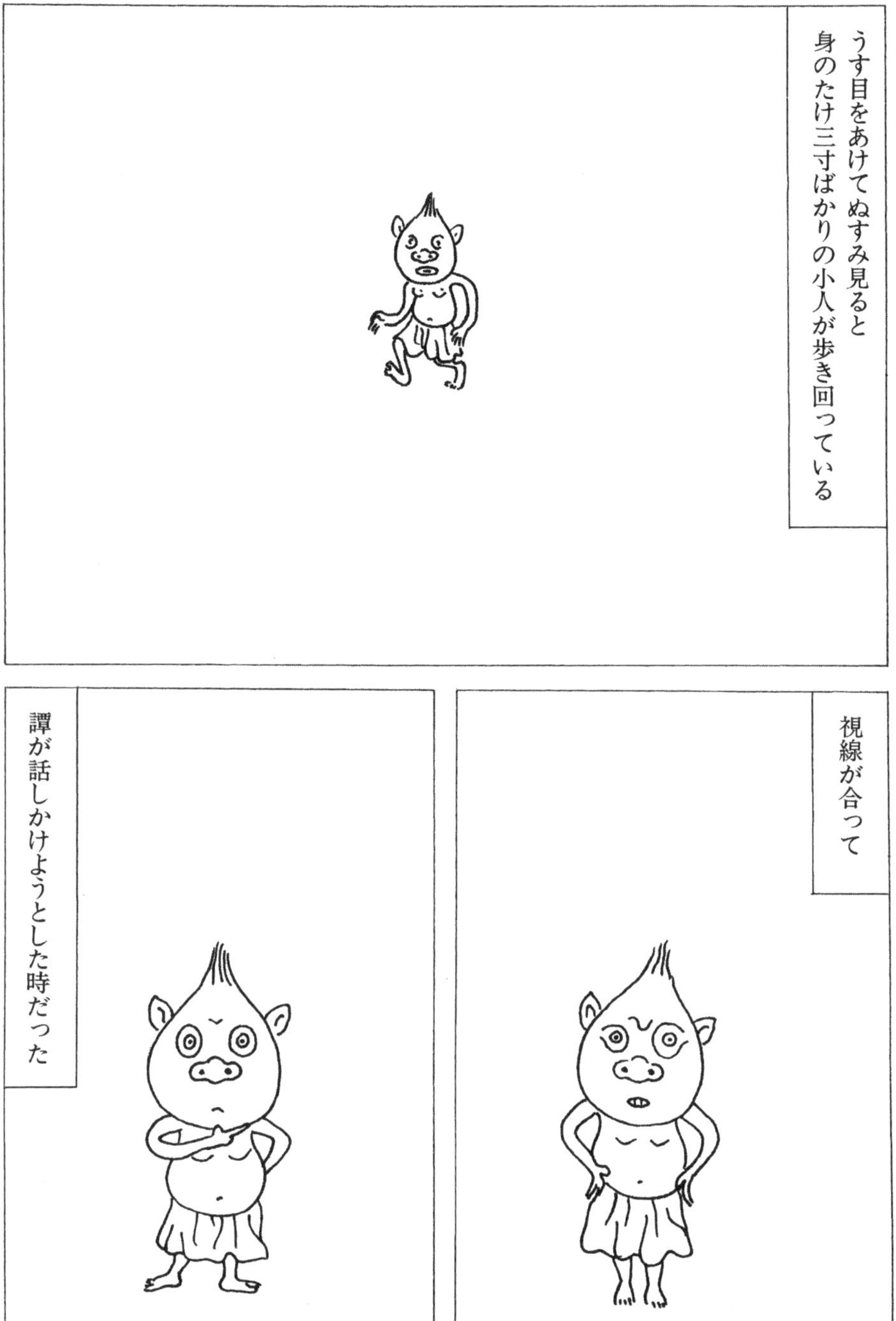
うす目をあけてぬすみ見ると
身のたけ三寸ばかりの小人が歩き回っている
視線が合って
譚が話しかけようとした時だった

だしぬけに隣家の者が戸口を叩いた
何か物を借りにきたらしい
すると小人は甚だしくうろたえて
おろおろと逃げまわった
それを見るうち譚は
魂の失せていくような心持ちがして

それきり狂ってしまったのだった
狂
完

蛇足

この話は、蒲松齢《ほしょうれい》の『聊斎志異』に同名の題でおさめられています。

導引術というのは、道家の養生術。一種の深呼吸で、元来は気をしずめ、欲を制するという地味な術なんですが、神仙信仰とむすびついて「仙人になる方法」とされてしまった。

しかし、呼吸というのは、元来、無意識に行なわれているものですから、そんな風にいわば意図的にしていれば「ふつうでない状態」になっても不思議じゃありません。

はたして、譚生員は、耳の中に小人を作りだしてしまった。

耳中人は、耳の中の虫のようにそこにいたわけですが、耳に虫が入ってしまうというのは、実際に体験しないうちから、ひどく心配になってしまう事柄ではあります。

「耳に虫が入ってしまったら」

耳の穴に光った電球をかざすといい。という豆知識をコドモの頃に仕入れて、何度かやってみた記憶もあります。しかし結果がうまいことといったという感触がない。

そもそも耳に虫など入ってなかったのかもしれないし、あるいは耳の中に迷い込んだ虫がとても小さくて、出ていったのに気がつかなかったのかもしれない。

耳の穴というのは、直接、頭の中身に触れられそうで、あぶなっかしい気のする場所であります。

「耳から血が出たらおしまいだ」とか「居もしない虫の羽音が聴こえるようになったら、それは死の前兆なのだ」とかと聞くと、ひどく納得します。

耳垢をとっていて、何かの拍子にあまりに深くまで耳かきを入れてしまうと、脳ミソをかき出してしまうことになりはしないか？　と、そんな不安もあるでしょう。

譚晋玄が、目をつむると、耳の中の囁く声が聴こえてきて、目をひらくとふっつり聞こえなくなる。という記述もどこか腑に落ちます。

私は、酒に酔いかけた時、目をつむったり開いたりして、その酔い加減の手綱をとることがよくあります。

「ああ、だいぶ酔いが回ってきたナ」と思って目をつむると、頭の中がグルングルン回っている。もう完全に回ってるわけです。

ところが、パッと目を開くと、それがおさまってしまう、また目をつむってみる、開けてみる、というようなことをして遊んでいます。

なにも、酔ったら酔ったなりにしておけばよかろう、と、お酒好きは思うでしょうが、目と耳のはたらきを、こんなふうにして試してみると案外おもしろい。

さて、有名なこの『聊斎志異』ですが、『閲微草堂筆記』の紀昀が、これをます。
「才子の筆」として「著書に非ず」と批判している、というおもしろい話があり

以下、前野直彬先生の文を引用します。

紀昀によれば「著書」としての「小説」は、見聞を記録したものでなければならぬ。些細に見えるような事実であっても、それが後世の人にとっては資料となる可能性がある。また、仮に誤伝だったとしても、誤伝を生じたという事実自体が、一つの資料となり得る。

つまり『聊斎志異』は蒲松齢が見聞したとはとても考えられぬふしが随所にあるというのでした。なるほど、この話でも、この「事実」を見聞しているのは、後に狂ってしまった、譚一人であります。つまりこの話自体が狂ってしまった譚からしか聞き得ない話ということになる。そこが妙味、でもあるんですが。

李白捉月

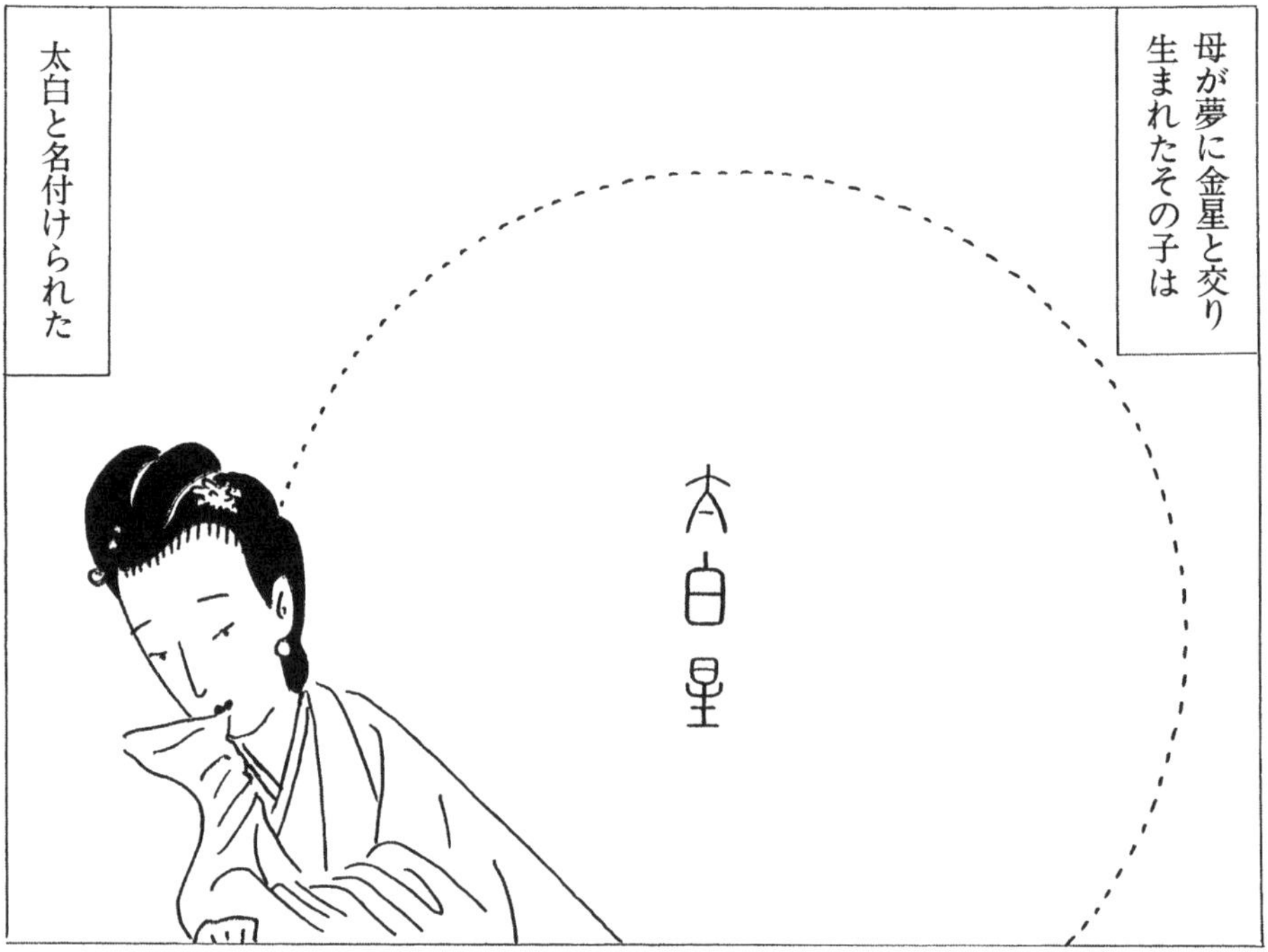
母が夢に金星と交り
生まれたその子は
太白星
太白と名付けられた

十歳にして詩書に通じ
長じて岷山《みんざん》にこもった

侠客にして道士
そして入神の詩人

賀知章《かちしょう》はその詩を見て
長嘆息して激賞した
子、謫仙人《たくせんにん》也
謫仙人とは天上から
流謫された仙人をいう

玄宗はたちまち興味をもち
翰林院《かんりんいん》供奉《ぐぶ》にとりたてた

しかし
窮屈な宮廷生活
わずか一年半で
李白は長安を去った

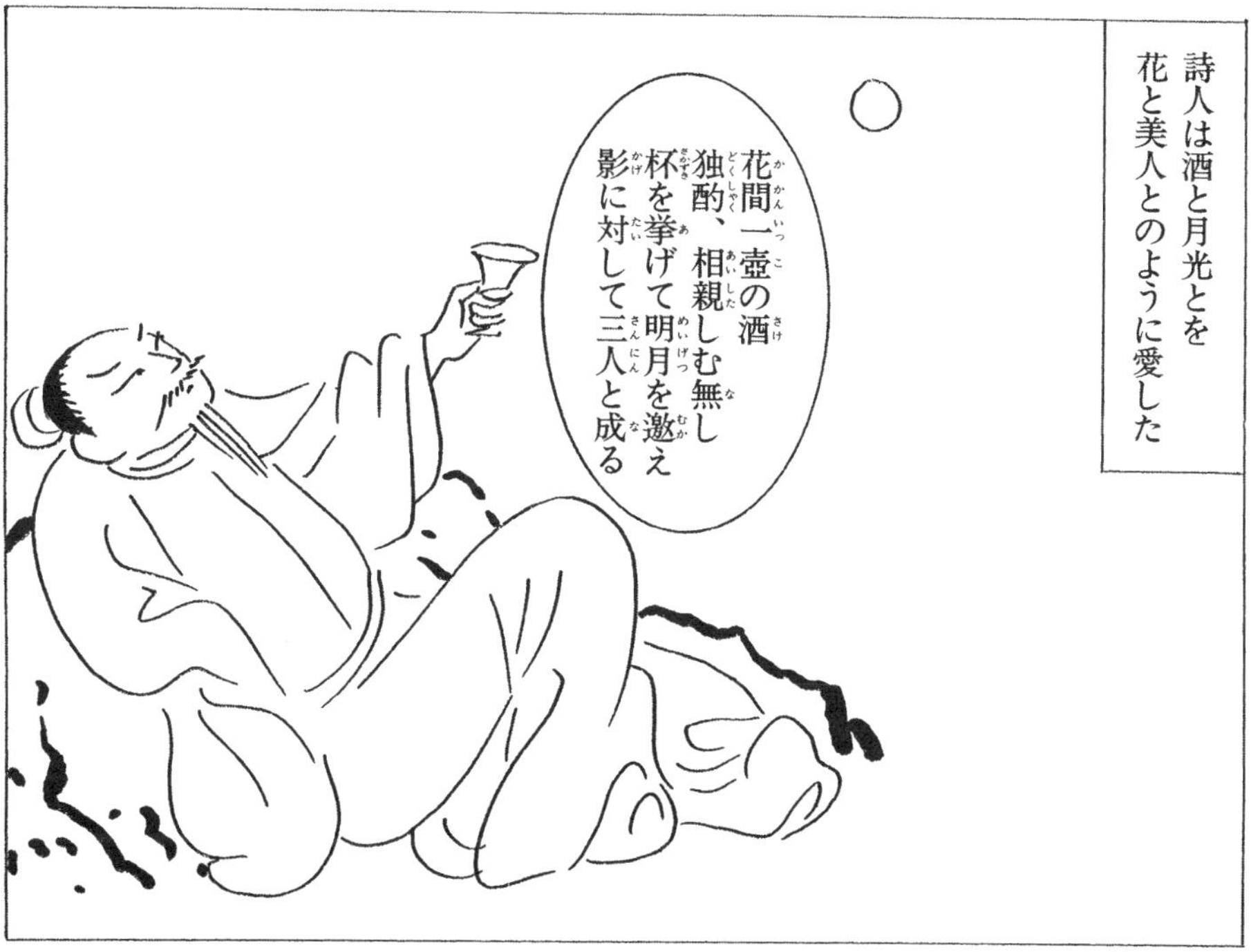
詩人は酒と月光とを
花と美人とのように愛した
花間《かかん》一壺《いっこ》の酒《さけ》
独酌《どくしゃく》、相親《あいした》しむ無《な》し
杯《さかずき》を挙《あ》げて明月《めいげつ》を邀《むか》え
影《かげ》に対《たい》して三人《さんにん》と成《な》る

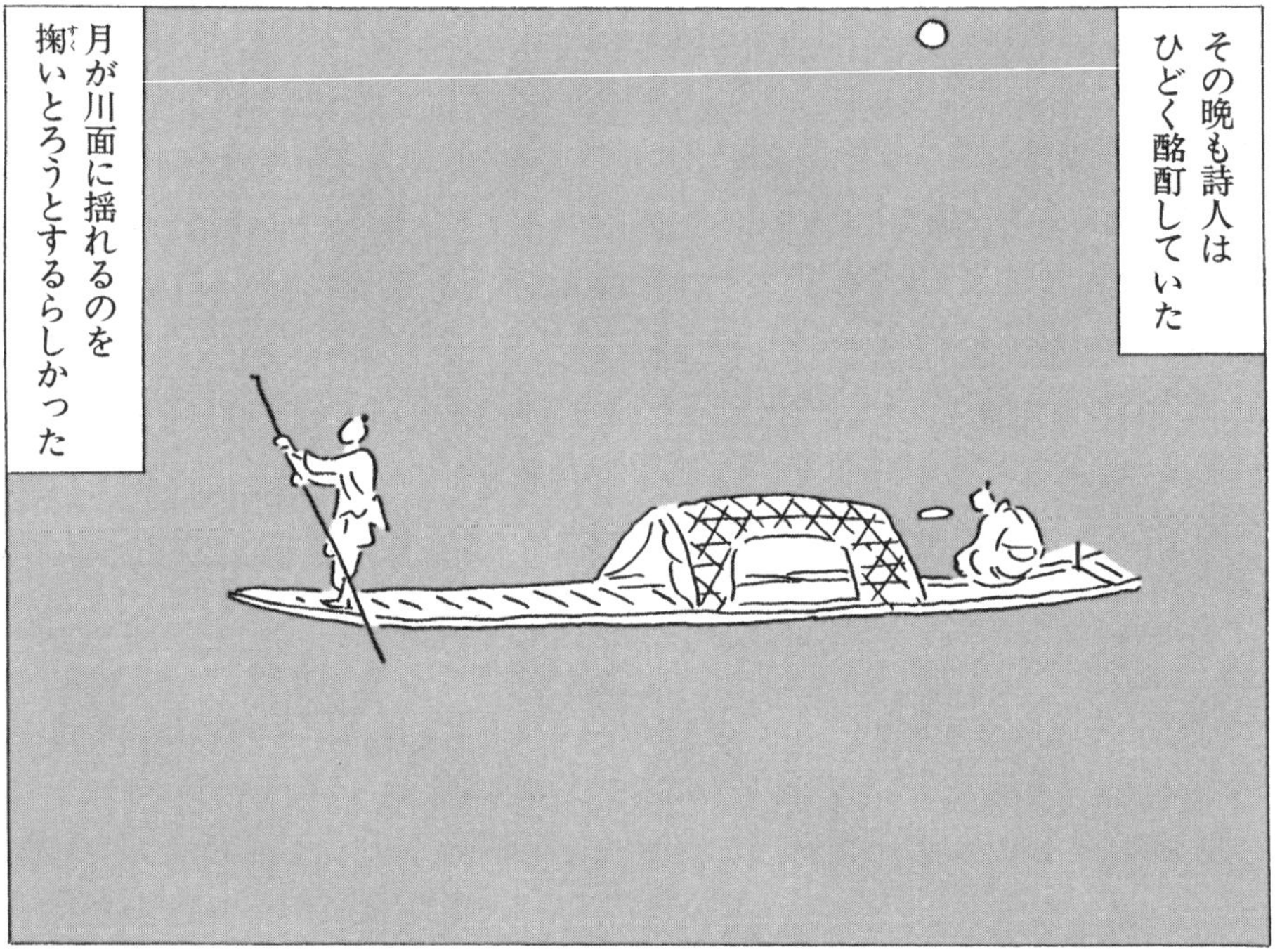
その晩も詩人は
ひどく酩酊していた
月が川面に揺れるのを
掬《すく》いとろうとするらしかった

旦那様、
いい月ですね
……………

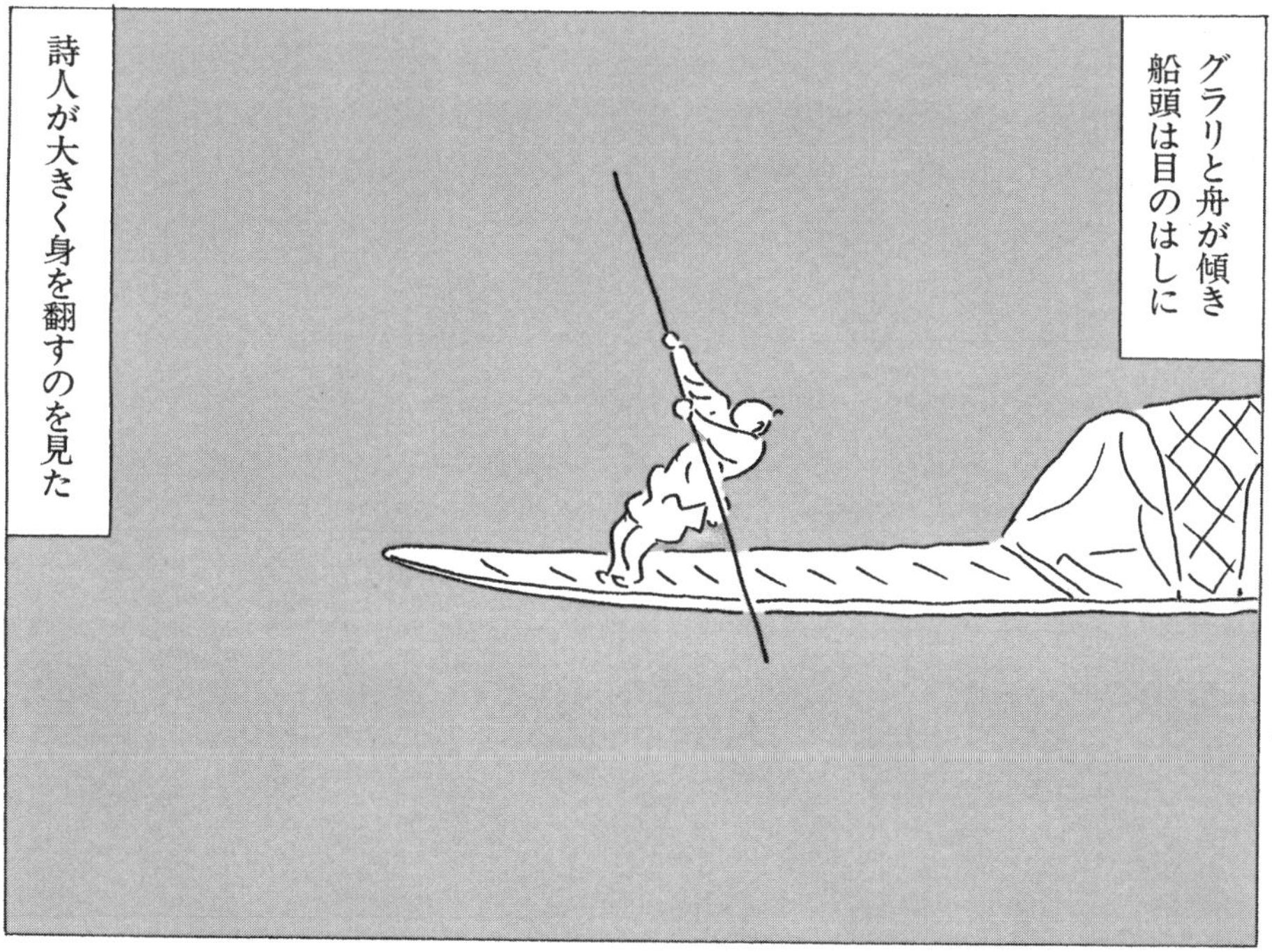
グラリと舟が傾き
船頭は目のはしに
詩人が大きく身を翻すのを見た

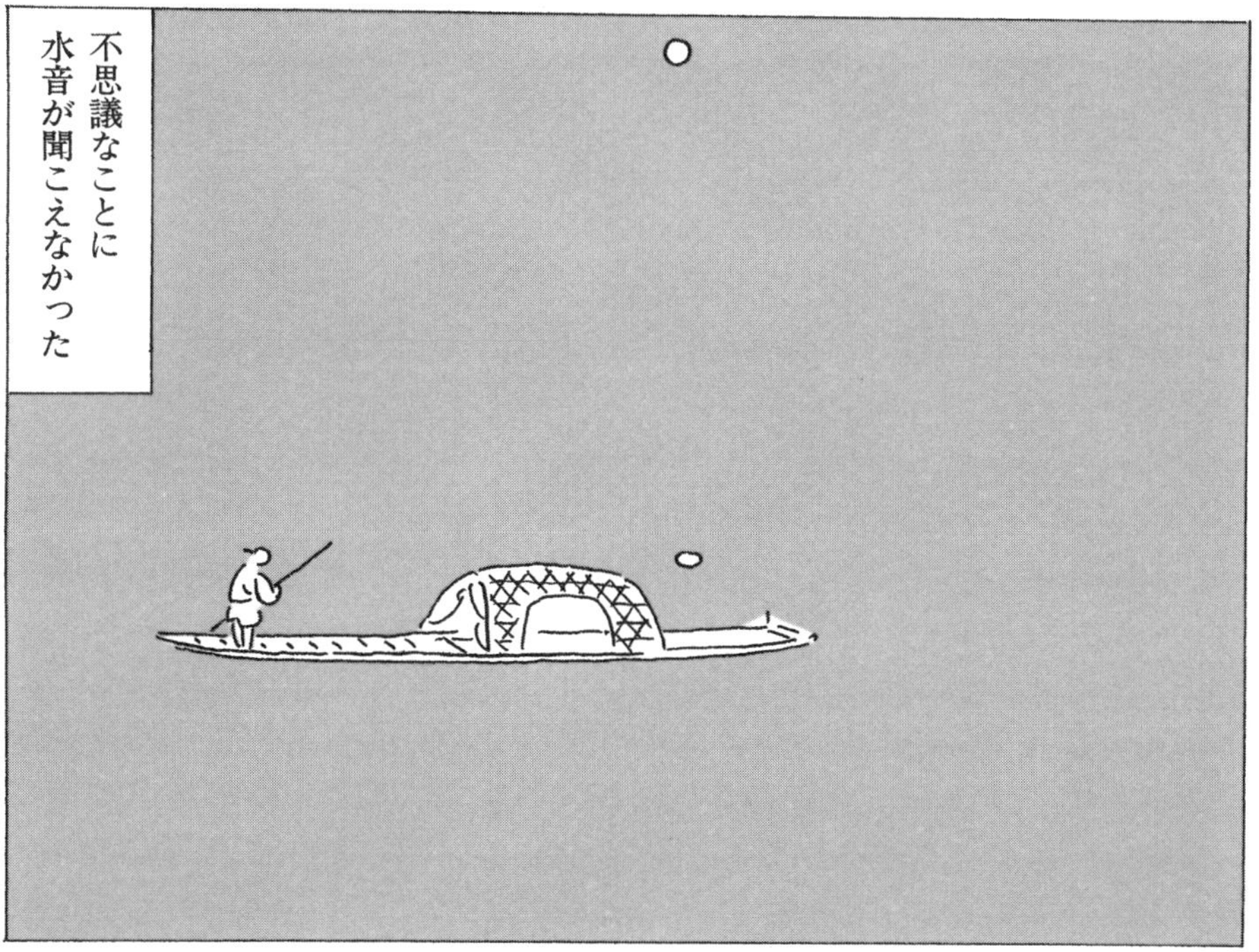
不思議なことに
水音が聞こえなかった

ただ詩人の影が
まるで水に溶けるように
スーッと小さく小さく
なっていくのが見えた
完

蛇足

この話は、李白のいわゆる「捉月《そくげつ》伝説」というものに材をとったので、特定のテキストというのはありません。

というよりも、私好みの解釈を、この名高い伝説に加えてみたというものです。月光と飲酒と長江のイメージで構成された「捉月伝説」も、このままでは単にロマンチックでセンチメンタルな「お話」にすぎないように私には思えました。

「捉月伝説」とは以下のようなものです。

当塗《とうと》にほど近い長江の景勝采石磯《さいせきき》で、李白は月夜に舟を浮かべて大酒した。場違いにきらびやかな錦袍《きんぽう》を着け、まるで傍《あた》りに人無《ひとな》きが若《ごと》くであったという。酔余、水に映る月を捉えんとして転落しそのまま溺死した。

酒仙、詩仙、謫仙《たくせん》と評された李白は、あるいは麒麟《きりん》にまたがり、あるいは酒瓶によりかかった姿で描かれて、歴代の仙人の仲間に数えられているというのに、こんなにやすやすと溺死してしまうのはいかがなものか？

私の解釈はつまり、船頭の見た水中へと沈んでいく李白の姿は、すなわち月に向って昇仙する李白の、水に映った影の方であったとそういう「落ち」であったのです。

なにしろ、仙人というのは、青竹に乗って満天の星の中を飛んだり、一瞬にして一巻の書物と化していたりするのが身上であって、そこらのドザエモンといっしょくたになったのではうまくない。

もっとも歴史的事実は、李白は月を捉えようとして溺死したのでさえないわけですが、いまそんなこと言っててもはじまらない。なにしろ「仙人・李白」の話をしているんですから。

ところで、王世貞《おうせいてい》「列仙全傳《れっせんぜんでん》」によると、元和の初め、海上で白楽天と李白が談笑するのを見た人があった。李白の言うのには「自分は水に解けて仙となったのだ」と。

なるほど、水に溶けて仙人になる、というのも悪くないイメージです。私は以前、水底まで沈んでいった李白が、なおも杯を上げ、水を透かして見える月に乾杯している絵を描いたことがありました。

ともあれ、私は、国語の教科書に出てくるような歴史上の有名人物が「実は仙人だった」というのを、すこぶる気に入ってしまったのです。

『列仙全傳』では李白の仙人になってからの名前を「清監清逸真人」、白楽天は「蓬莱長仙」であると明記してあるのがおかしい。

しかし、我が国でも、菅原道真は天神様になったし、平将門も、徳川家康も、乃木大将も東郷元帥も、神になっているわけだから、別段、異とするにはあたらないかもしれません。

李白は酔っぱらいで、豪放磊落《らいらく》な性格でしたが、それが災いして失脚しました。

◇酔っぱらって、玄宗側近第一の宦官《かんがん》で宮廷の陰の実力者であった高力士に、自分の履いている靴を脱がさせたことが、憎しみを買い、それが皇帝の私設秘書にすぎなかった李白の、宮廷における正式任官を直接阻む理由になった。楊貴妃が、李白の作った《清平調詞》を口ずさんでいると、高力士がささやいた。「それは、貴女様をそしっている詩ですのに」。大変な美女であったが、国を傾け不幸な末路をたどった漢の趙飛燕《ちょうひえん》に楊貴妃をなぞらえたものだと教えたのである。と、『世界人物逸話大事典』にあります。

天才は凡人に足をすくわれる。自分が天才だと思う人は注意をしたほうがいいかもしれませんね。しかし、凡人としては、あんまり近くに天才がいるのも困りものです。

◇窮屈な宮廷づとめで、彼が身分の高い人に腰をかがめて仕えることができなかったのは、その腰に余計な傲骨《ごうこつ》が一本あったからだと唐の人は言っていた。と、これも前出の『世界人物逸話大事典』の李白の項にあります。凡人の迷惑顔が透けて見える話ですね。

花魄
かはく

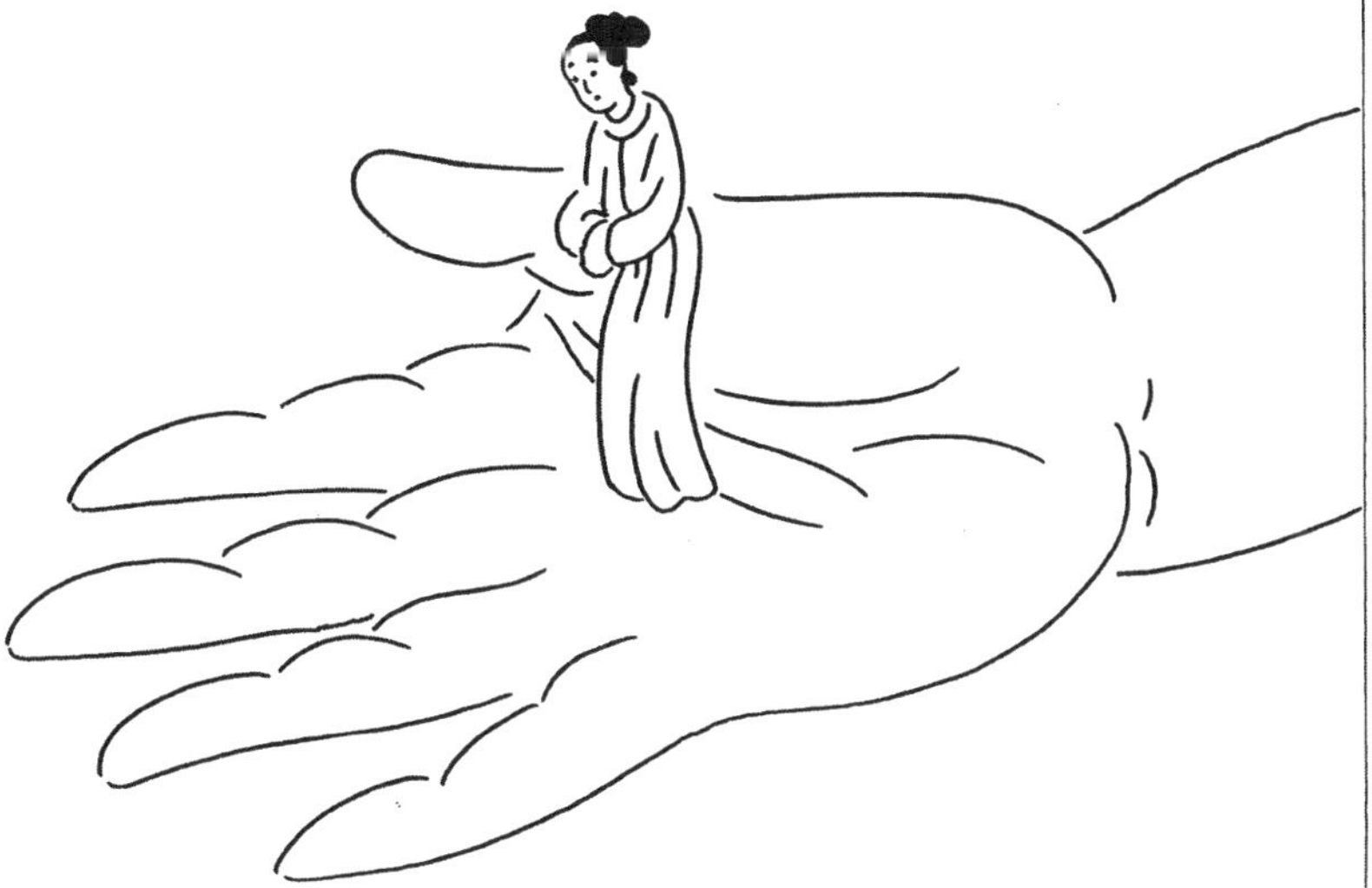

婺《む》源《げん》の士人の謝某が
張公山にこもって
勉強をしていた時のこと

ある朝、起き出すと
林の中で鸚哥《インコ》に似た
鳥の声がしきりにする

近づいてよく見ると
美女の実が成っているのだ

もぎって持ち帰ったが
こわがる様子もなかったので

鳥籠に入れて飯を食べさせた

女はくどくどと話しかけるが
言葉はさっぱりわからない

数日飼っておいたが

日にあたって
乾物のようになると
死んでしまった

洪《こう》宇《う》鱗《りん》孝廉によると
それは花《か》魄《はく》というものだ
樹で首くくりをした人の恨みが凝って成ったのだ
ということだった
道理で女はくどくど愚痴を言っていた

海の西南一千里の
山谷間に大《だい》食《し》国という
国がある

枝上に人の首のような
花を生じる樹があって
その花は笑っているが
人語を解さないのだ

問いかけると
さらに笑うが、
あまりに笑うと
しぼんで落ちる
似たような
似ていないような話だ
完

蛇足

この話は『子不語』という清代の本に、同名のタイトルで収められていたものです。

『子不語』とはつまり、孔子が語らなかったこと、の意味。論語の「子不語怪力乱神（子、怪力乱神を語らず）」とある、それをそのままタイトルにしたわけです。

作者は袁枚《えんばい》という、秀才詩人。一七八八年に刊行されました。

マンガでは洪宇鱗《こううりん》孝廉が出てきて、

「それは花魄《かはく》というものだ。樹で首くくりをした人の恨みが凝《こ》って成ったのだ」

と明かしたところで、突然「大食国《だいし》の人の首のような花の話」を始めたことにしましたが、これは『三才図会』にあるこの話を、私が大変好物であるので挿入したのであって、原典にはない話です。

原典の方は以下のように続きます。

「水をかけてやれば、まだ生き返らせることができよう」ためしてみたら、はたして生き返った。これを見たいという村の人々が雲のように押しかけて来たので、謝は尾ひれをつけたうわさがひろまるのを恐れ、もとの木の枝にもどしてやった。するとたちまち大きな怪鳥が一羽現われ、花魄をくわえて飛び去った。

木に小さい美女がなっているっていうのは、奇妙なだけでなく、なかなかチャーミングなイメージですが、それが首吊りをした人の恨みだってことになると、ちょっとヒきます。

その上、というか、だからこそなんでしょうが、くどくど愚痴を言われてしまったりじゃ、やれやれ、えらいものを抱えこんじゃったなと思うのが人情というものでしょう。
その点、大食国の人の首の花、こちらは陽気で、とぼけていてイイ。『三才図会』の記述は以下のようなものです。

大食《だいし》〈ダアシツ〈サラセン、アラビア〉〉

海の西南一千里にあり、山谷の間にある。枝上に人の首のような花を生じる樹がある。人の首のような花は人語を解せず、問いかけると笑うのみで、あまりに笑うと凋《しぼ》み落ちる。

大食国という名のもとには千余りの国があって、属国に麻離《まり》抜《は》・白達《はくたつ》・吉慈《きじ》尼《い》・眉路骨《びるこつ》・勿斯離《もしり》などがあり、その他にどんな国があるかよくわからない。

この、たよりないような、無責任な感じの文も好きですね。樹に咲いた花が（たとえ人の顔に似てるとはいえ）人語を解さないと、不思議そうにしていると ころもおかしいし、そこをあえて話しかけると、なんだかはにかんだみたいに花が大笑いして、あんまり笑って凋んで落ちるって、カワイイじゃないですか。はかない感じもあるし、なにはともあれ、顔の花がいっせいに笑ってるってのはいい。見てみたい。

この『三才図会』の「異国人物」の項っていうのは、とってもデタラメなホラ話に満ちていてとても楽しい。

なにしろ、世界は広いんで、いろ~んな国がある。穿胸国の人々は胸にアナがあいていて、エライ人はそのアナに棒を通して、人足にかつがせています（かついでる人足の胸にも穴があいている）。後眼国の人は項《うなじ》に目がついてるし、氐人《ていじん》国《こく》とは人魚の国だし、一臂国《いっぴこく》の人は全員一本足。繳濮国《げきぼくこく》の人には尾があって、坐るときは先ず地面に穴を掘って、尾をおさめてから坐るし、という具合に、誰もそっちへ出かけていかないのをいいことに、奇妙な怪物をつぎつぎに考案しています。

まるでコドモが考えたように、ズサンでやりっぱなしな様子なのが愉快です。

末期の視覚

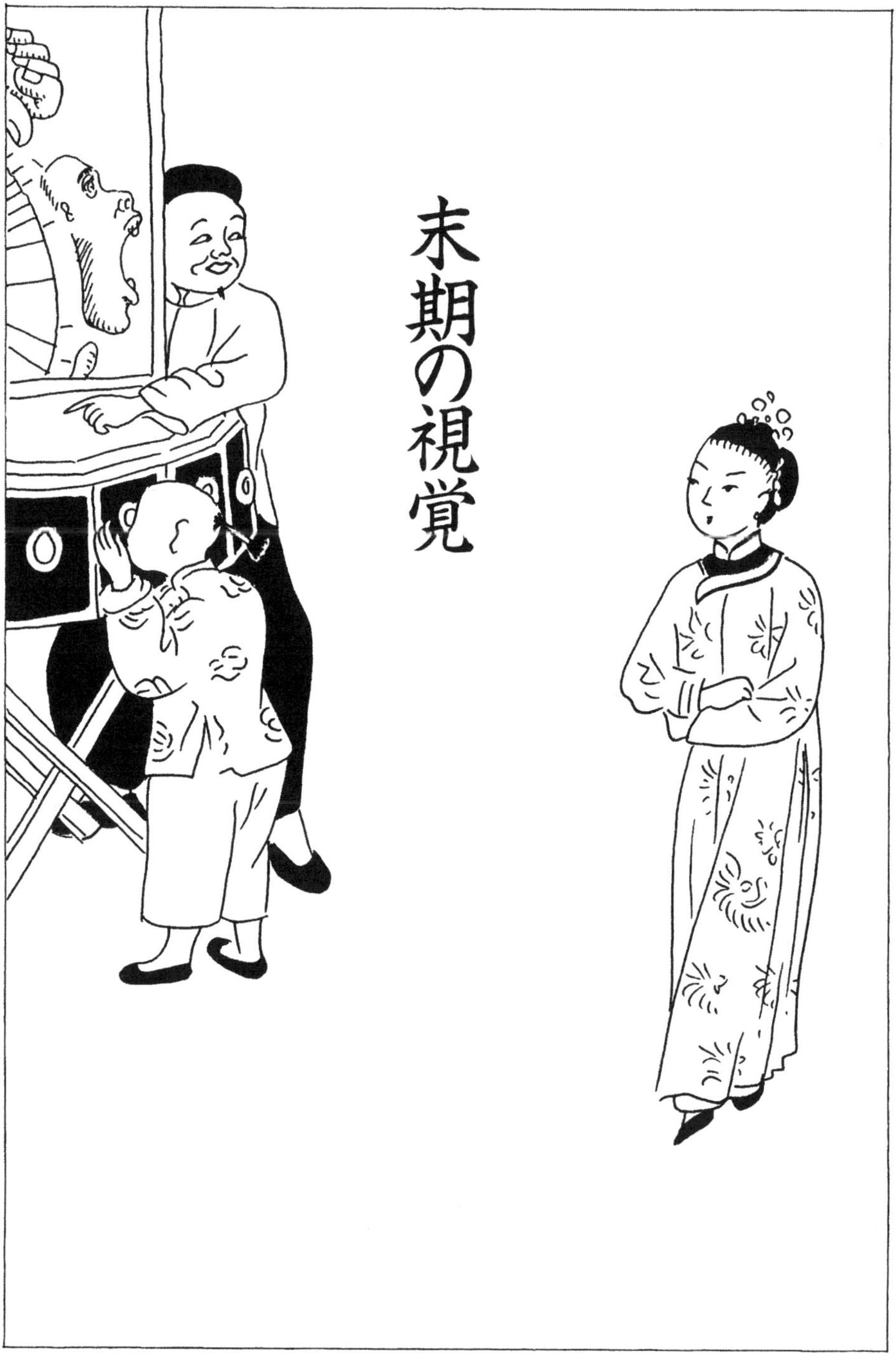

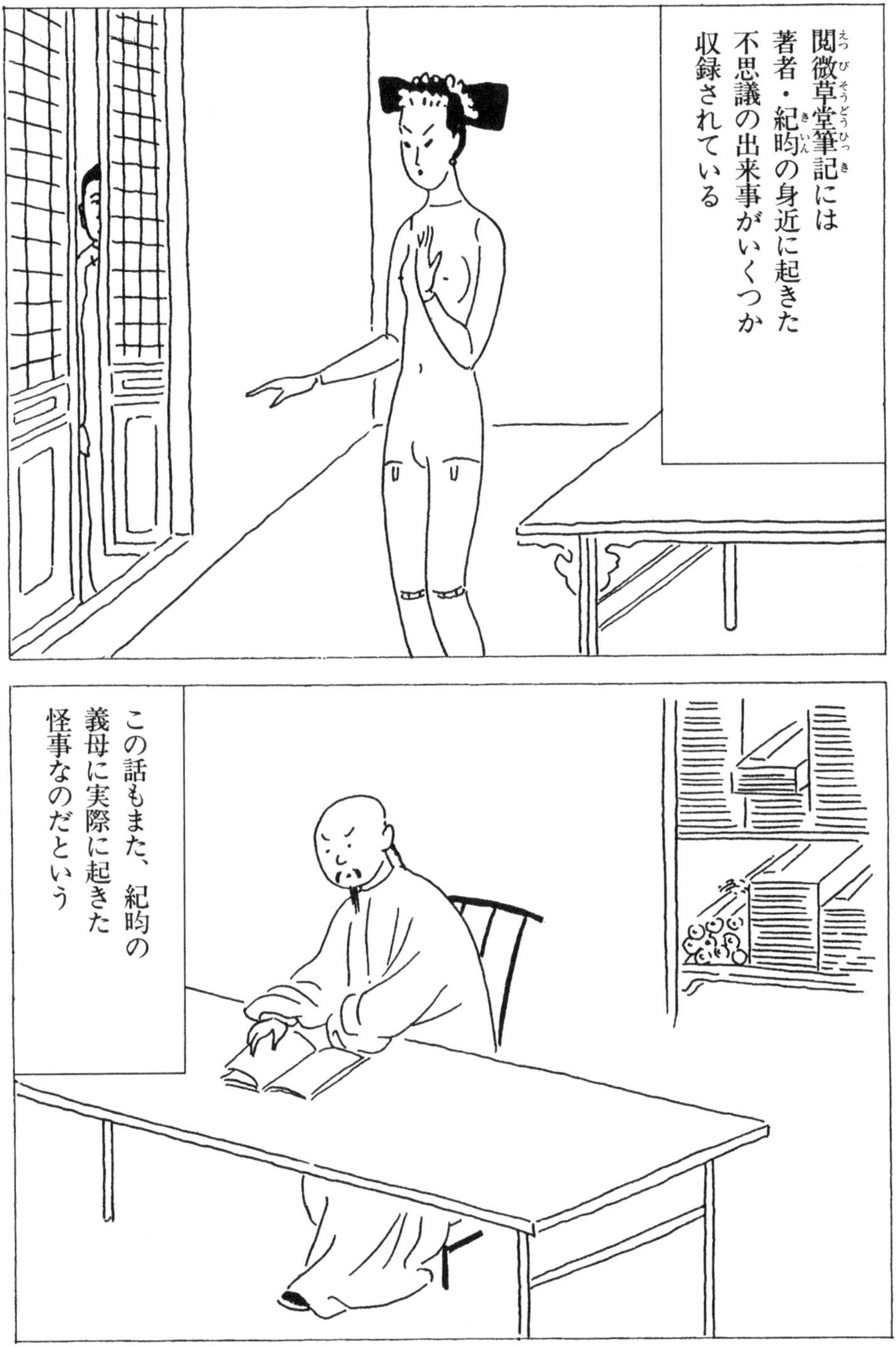
閲微草堂筆記《えつびそうどうひっき》には
著者・紀昀《きいん》の身近に起きた
不思議の出来事がいくつか
収録されている
この話もまた、紀昀の
義母に実際に起きた
怪事なのだという

義理の母の張太夫人には
繡鸞《しゅうらん》という女中があった

ある月夜に
太夫人が縁先に坐って
女中を呼ぶと
東と西の廊下から
繍鸞が一人ずつ

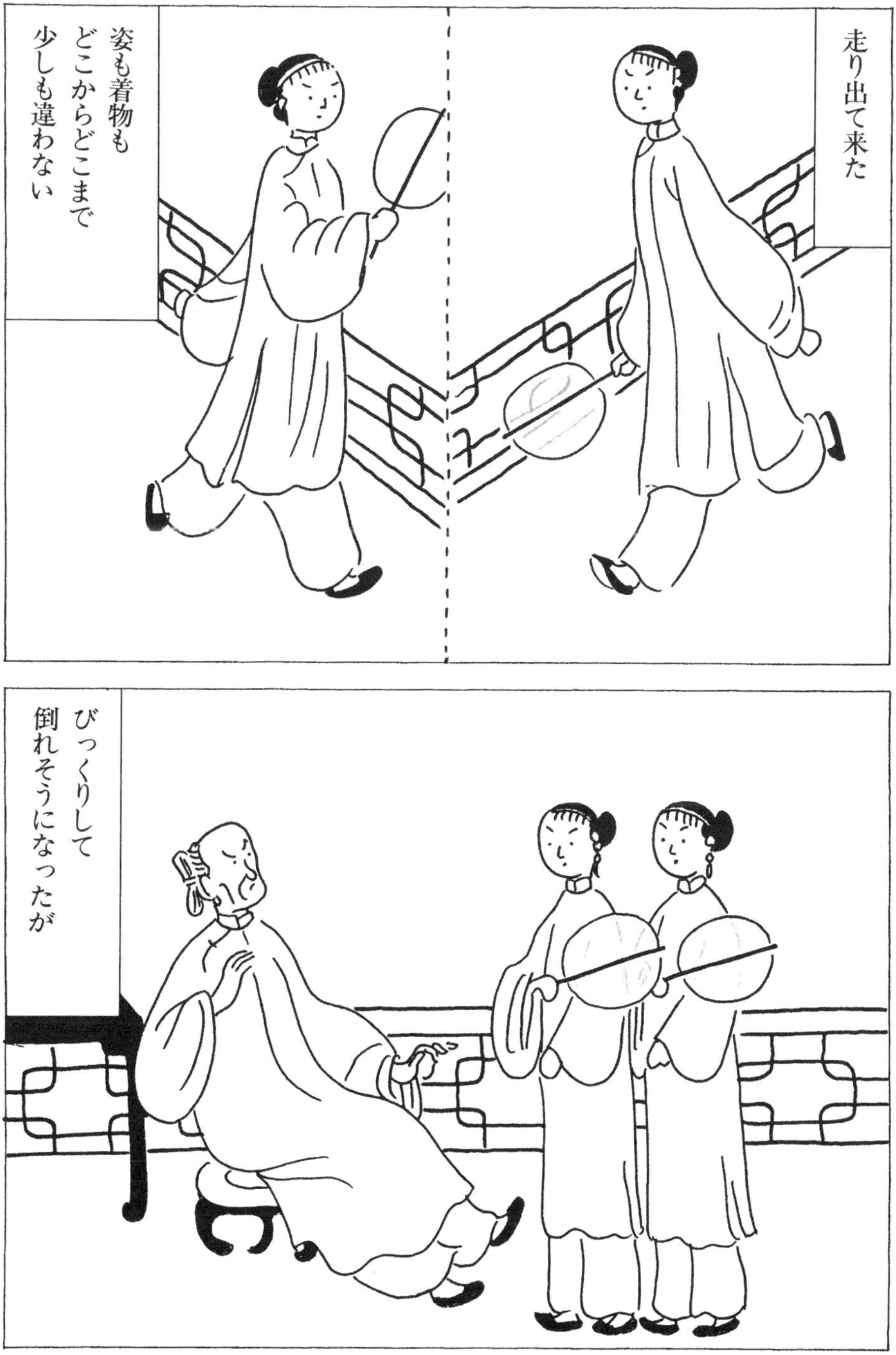
走り出て来た
姿も着物も
どこからどこまで
少しも違わない
びっくりして
倒れそうになったが

よく見れば
そばには一人しかいない

おまえ、どちらから来たのかえ?

大奥様、私はあの……西の廊下をまいりました
おまえ……東の廊下にだれか人影を見なかったかえ?
いいえ見ておりません

これが七月のことであり
十一月になって太夫人は亡くなられた

おそらく寿命が尽きようとしていたために
化物が姿を現わす気をおこしたのであろう
と紀昀は結論している
完

蛇足

この話は、平凡社中国古典文学大系の42、「閲微草堂筆記　子不語」の巻に載っています。『閲微草堂筆記』は、紀昀（一七二四〜一八〇五）がまとめたものです。

これは、著者・紀昀の義理の母の話であって、他人から聞いた話、他人から聞いた話のまた聞き、他人から聞いた話のまた聞きのまた聞き、のまた聞き、みたいな話の多い、こうした本の中に、いきなりナマな感じで入っているところが面白い。

もっとも「月下の怪」も、この紀昀の『閲微草堂筆記』「槐西雑志」「人形の怪」を材にしているので触れましたが、この話も、自分のお祖母さんに聞いた話だとあります。

紀昀の本に、とくにそうした話が多いのか中でも私がそういう話に反応したからなのか、おそらく後者でしょう。

つまり、お話として完成度の高い、こみいっていて、盛り上りがあって、ドンデン返しがあって、みたいな話より、なんだか尻切れトンボみたいな、あっけないみたいなトボケた話が私の好みなんです。

一人しかいないはずの女中が、西から東から、別々にとんでくるように「見えた」。

その四カ月後に、そう「見えた」おばあちゃんが死んじゃった。って、それはそれ、これはこれなんじゃないの？　と思うんですが、なにしろ、「死んじゃった」ってのが強いから、なんだか一貫した話のように聞こえてしまうわけです。

私の行きつけの理髪店のオヤジさんが、とっても私好みの話をするお爺さんなんですが、似たような話をしてくれたことがありました。

お爺さんは、北支の方に兵隊で行かれたんですが、この時の戦友が、新橋の方で骨董屋をやっている。この話を聞いた当時、テレビで「骨董」をなんでも鑑定するという番組が流行っていたもので、押し入れの奥にしまってあった、揮毫《きごう》の色紙だのなんだのを、引っぱり出してみたら、どうも色々値打ちのありそうなものが出てきたんですよ。

後藤新平の色紙とか、松岡洋右《ようすけ》の揮毫ね、それから、竹内栖鳳《せいほう》が描いた、白菜にねずみがたかってるみたいな絵があったんだが、まア、そういうもんを持って、月曜（定休日）にその戦友のところへ、見てもらいにいきましたよ。

そうしたら、そいつが、どうもこの栖鳳はニセモノではないけれども、後から誰かがなぞった跡があるだの、なんだのいうもんで、あたしゃあね、もういいッて、そういってね、持って帰ってきちゃいましたよ。

戦友だとかいったって、商売になると、ああなんですね、もういいッてね、ひったくるみたいにして帰ってきちゃいましたよ。

「あーねーえ」と私はいいました。それくらいしか言いようがないですからね。

するとお爺さん、こう言いましたよ。

「死んじゃいましたけどね」

「え？」

いや、その骨董屋、間もなく死んじゃいましたよ。と話はそこでプッツと終わるのでしたが、コットーにケチをつけたバチで、コロリと死んだのかな、その場で……と思わせるような言いようです。

本当はそんなことがあって、しばらくして死んだものと思います。でもまア、お爺さんの悔しさと、戦友のコットー屋さんが、コロッと死んだってのが、なんだかつながって聞こえる話なんでした。

まア、そのくらいの話じゃないか？　と思うんですがね、この話。でも、なんだかそこはかとなく奇妙なかんじがあって、好きなんですよ。

西王母の桃

武帝は退屈すると
東方朔に話相手をさせて
そのたび上機嫌だった

朔の話術は
当意即妙、融通無礙で
奇抜滑稽、奇想天外
少しも飽きさせない

あるいは浅く
あるいは深く
忠言もすれば
冗談も言う
というふうで
少しずつ謎であり
真意が掴みにくい

が、朔の冗談に笑うたび
帝は何事か発見したような
手応えを感じるのだった

君山の不死の酒が
献上された時のこと
私めに一口
利き酒を仰せつけ下さい

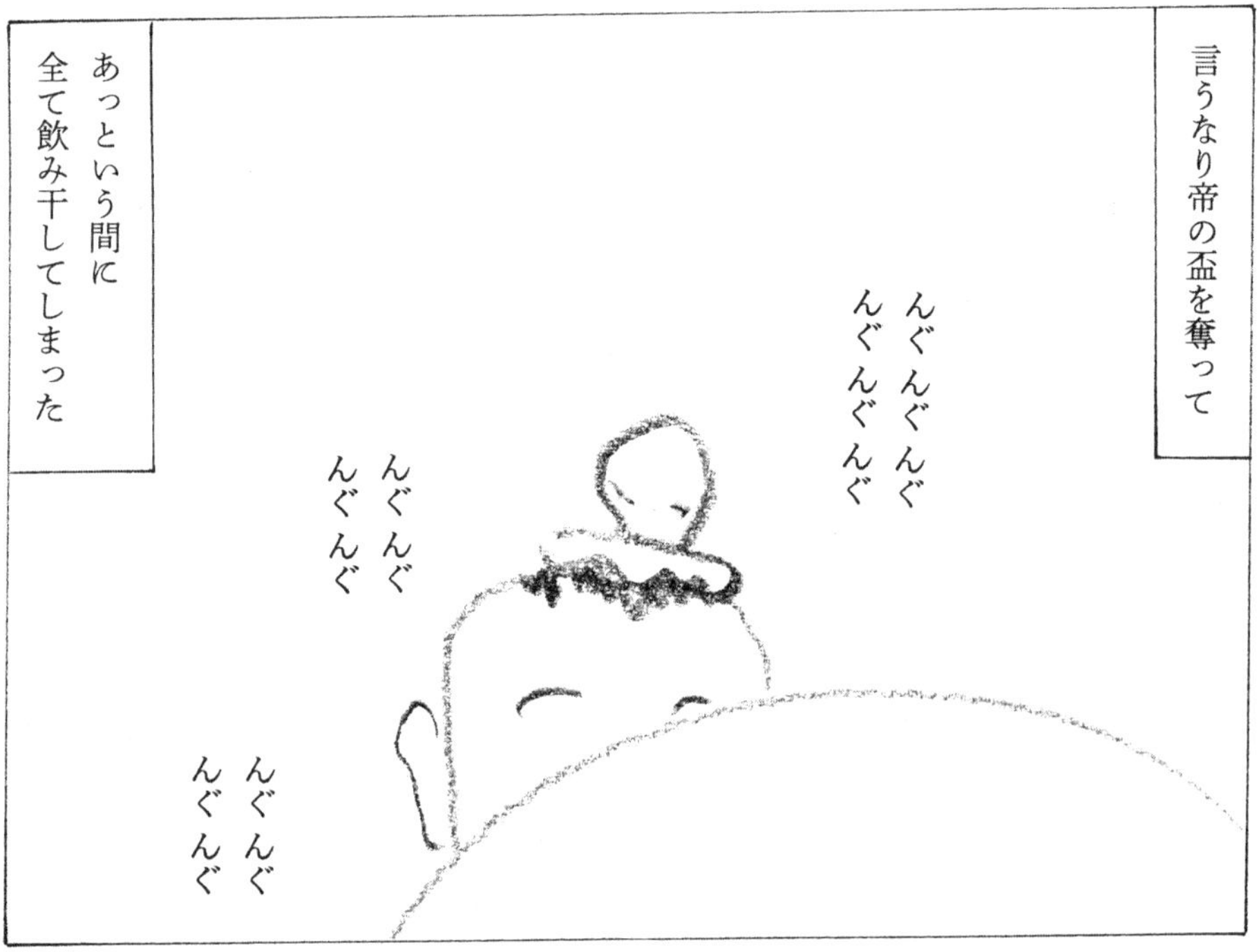
言うなり帝の盃を奪って
んぐんぐんぐ
んぐんぐんぐ
んぐんぐ
んぐんぐ
んぐんぐ
んぐんぐ
あっという間に
全て飲み干してしまった

怒った帝は思わず剣を抜いてしまう
成敗いたす そこへ直れ！
朔はケロリとしている

その剣で私が死ねばこの不死の酒は贋物です
この酒が本当の不死の酒なら私は死にません
あれは忠言であったのか？冗談であったのか？

東郡から都へ
短人が送られてきた時のこと
これは山の精
でもあろうか？
帝は短人を
机の上で歩かせながら
朔を呼ばせた
御前に出るなり朔は
短人に話しかける
巨霊よ
おまえはどうして
家出してきたのだ
お母さんはもう
帰ってきたかね？
ぷい

陛下、西王母さまは
三千年に一度だけ実の成る
桃を丹精しています
それを食べれば
八百年は生きるという
桃でございます
この子は悪い子で
もう三度もその桃を
盗んでいきました

それでとうとう
西王母さまの機嫌を損ねて
こちらに流されてきたのです
武帝ははじめて
朔が俗世の人間でない
のを知ったのだった

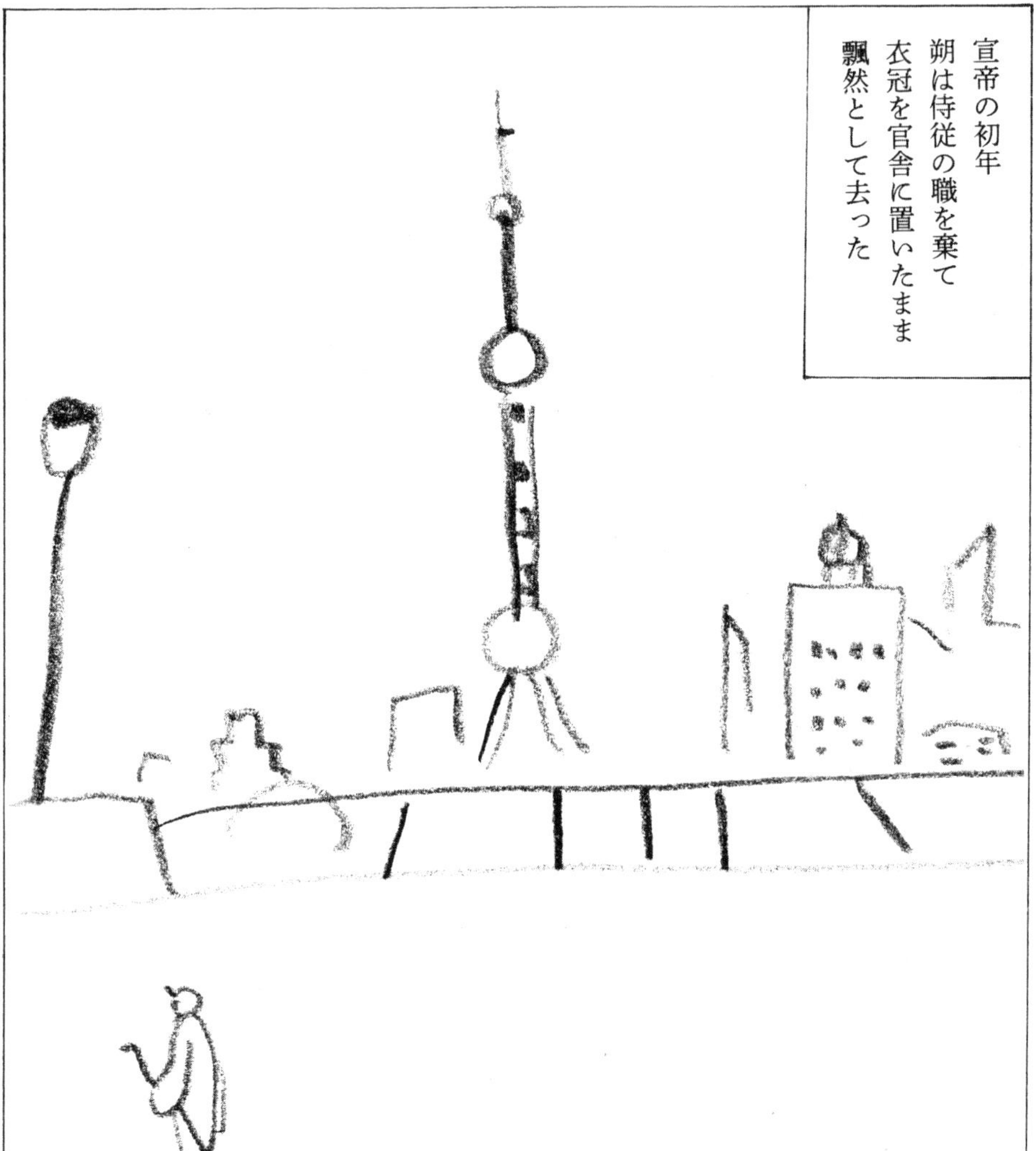
宣帝の初年
朔は侍従の職を棄て
衣冠を官舎に置いたまま
飄然として去った
完

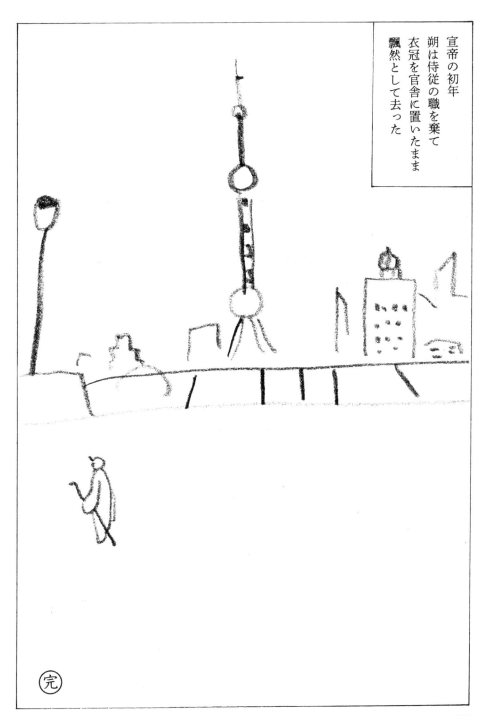

蛇足

ウィキペディアでは、東方朔《とうぼうさく》の生没年を紀元前一五四年〜一九三年としてありますが、マンガの中の巨霊の証言が正しければ、東方朔は現在も二一七八歳で存命中という計算になります。

五十年くらい前、私は柳島の北十間川をまたぐ歩道橋で、仙人らしい人に出会ったことがあります。その人は星を眺めながら独り言をしていましたが、見た目はそこらのホームレスのようでもありました。

私は仙人にいてほしいと思っているからなのか、知り合いの誰彼も「ひょっとすると仙人かもしれない」と想像してしまいます。例えば友人のFは私が思うには、東方朔の可能性がある。いつだったか私はFに「近頃あの酸っぱいだけの夏みかんが、食べてみたいと思うけど、どこにも売っていない」と話したことがありました。

Fはまるでこっちの言うことなど、聞いてもいない風でしたが、何カ月か経って、二人で道を歩いていると、いきなり人家の庭にずかずか入っていって、大きな夏みかん二つを両手に戻ってきました。

「ほれ」と、その一つを私に投げてよこして、いきなりそこでメリメリメリと皮を剝いて、食べ出します。私があきれて

「これはこの家の……」と言いかけると

「酸っぱい夏ミカンを食べたいと言ってたじゃないか！」というのです。

「たしかにそうだ」と私は思って、同じようにしてその夏みかんを食べました。

こんなこともあった。二人でやはり道を歩いていると、ブロック塀から、枝に実った柿が道につき出ています。

Ｆは迷わずその枝から二つを捥《も》ぎ取《と》って、私に放ってよこします。囓《かじ》ってみるとなかなか美味しい柿です。

「うまいな」といいながら食べていると、鈴の鳴る戸を開けて、当家の主人らしい人が出てきました。

「こら！」と一声出して笑っています。

「いまどき」とその人は言いました。

「柿を盗むコドモがいると思って出てきたら……いいかげん、いい年寄りじゃないですか」

「はあ、柿もいい加減です」とＦは朗らかに笑っています。

「とてもいい柿です」と私も賛同しました。

「ははは」と笑って我々より四、五歳は年長らしいその人が

「こりゃいいや、どうぞお好きなだけ、持ってらっしゃい」というのに、

「いや！」と二人の声が揃ってしまいます。

「こうして食べるのが一番うまい」


夏みかんといい、柿といい、Ｆはいかにも仙人らしい。

東方朔のマンガを描きながら、私はＦの前世というか、紀元前の頃のことを思い出す気分でした。Ｆなら、こうも言うだろうし、こうもするだろう。だから、このマンガは私の友人の物語なのです。

東方朔は私の持っている『列仙伝』にも、『捜神記』にも出てきますが、その記述はあまりにも素っ気ない。ウィキペディアとか、色々見て、てきとうにツギハギして書きました。ですからこういうまとまりの特定のテキストというのはありません。

あとがき

壺中《こちゅう》の天、というコトバがあります。

別世界、仙境を意味すると辞書にあります。つづけて出典が要約されていたので『広辞苑』（二版）からそのまま引き写します。

こ－ちゅう－の－てん［壺中の天］［漢書］（後漢の費長房が市の役人をしていた時、市中で薬売りの老人が店頭に壺をかけておき、店をしまうとその壺に入るのを見た。老人に頼み一緒に壺の中へ入ると、立派な建物があり美酒佳肴《かこう》がずらりと並んでいたので、ともに飲んで出て来たという故事に基づく）

小さな壺の口を通り抜けると、そこに別世界がひろがっている。楼閣や二重三重の門や二階造りの長廊下がめぐらしてあるお邸《やしき》があり、そして、その外にはさらに景色が広がっている。そこはアナザー・ワールドなのだった。

このイメージに私は、ひどく荒唐無稽《むけい》でありながら奇妙に懐かしいような、不思議に腑《ふ》に落ちる気分があります。

プラネタリウムやアクアリウム、歌舞伎の幕のあく瞬間や、暗がりから明るい中庭《パティオ》に抜けた時、急な坂道を登り切ったところで突然開けるパノラマというような、やはり私の好みのイメージと重なるけれども、もっとピタリと身体についたような不思議な気分。

一体何がこのイメージの説得力なんだろう？　と考えてフト思いついたのが、壺とはつまり頭蓋骨《ずがいこつ》のことじゃなかったか？　というアイデアでした。

入るはずのないサイズのものが、際限もなく小さな壺に入ってしまう。

大昔の中国人の考え出したイメージが、現代の日本人である自分にもピタリとくるのは、脳ミソのカラクリが共通しているからに違いない。

と、これはまァ、たんなる理屈。そんなことよりなんだか分からないが魅力的な話、奇妙に気になるイメージや、唐突に中空に放り出されたような面白さにつられて、いつのころからか中国の志怪《しかい》や伝奇の世界に遊んできました。ついにはそれを、マンガの形にしてみたいと考えるようになりました。

間にはさまった「蛇足」の解題は、マンガに慣れない活字の読者にも、親しみを持っていただけたらという気持ちです。

私は志怪や伝奇の類《たぐい》を、ただ好きなだけで、漢文がわかるわけでも、だから自分で翻訳できるわけでもなく、すべて日本語に訳されたものによっています。

マンガの形にすることを御許可くださった先生方に御礼申し上げます。

私のマンガをきっかけに、志怪や伝奇に興味を持っていただけたらとてもうれしい。

本書のもとになったのは『チャイナ・ファンタジー』（一九九〇年　潮出版社）、『仙人の壺』（一九九九年　新潮社）、『李白の月』（二〇〇一年　マガジンハウス）、文庫版『仙人の壺』（二〇〇一年　新潮文庫）、文庫版『李白の月』（二〇〇六年ちくま文庫）の五冊の本です。

これらすべての本の漫画を一冊にしましょうと、中央公論新社の三浦由香子さんからご提案いただいて、よろこんでお受けしたという経緯です。

すべてといったって、最初に出した『チャイナ・ファンタジー』に文章をつけて、いわば水増しで二冊にしたようなもんなんだけどなあと思っていましたが、単行本や文庫にするたびに、少しずつ新作を加えていって、最初十四篇だった話が、今回で三十四篇になっているのには、自分でもビックリしました。

今回の新作は「西王母の桃」一篇だけですけどね（笑）。

タイトルの『仙人の桃』は、前著『仙人の壺』『李白の月』と同様、収録されたマンガの題の頭としっぽ、すなわち「仙人の締切」と「西王母の桃」をつなげたズボラなものです。

文庫版『仙人の壺』にお寄せいただいた北村薫さんの「前を不思議な電車が通

るように――」を掲載すること、ご快諾いただきました。ありがたいことです。ありがとうございます。

文庫版『李白の月』にお寄せいただいた夏目房之介さんの「怪異オムスビ頭の秘密」を掲載すること、ご快諾いただきました。ありがたいことです。ありがとうございます。

この本が出来るまでに、お世話になった方々に深く感謝いたします。

中央公論新社の三浦由香子さん、筑摩書房の井口かおりさん、デザイナーの倉地亜紀子さん、新潮社の大森賀津也さん、田中愛子さん、水藤節子さん、マガジンハウスの村尾雅彦さん、瀬谷由美子さん、そして潮出版社の小柴康利さん、本当にありがとうございます。

インタビュー

ボクのマンガ

浪人生のころだったかな。偶然、図書館で「東洋文庫」（平凡社）が並んでいるのを見つけたんです。緑の布装のキレイな装幀で、思わず手にとった。それまで芥川龍之介の「杜子春」とかをおもしろいなあと思っていたんですが、「東洋文庫」のなかにその原型になるような短い話がたくさん入ってた。とても気に入りました。

それから、図書館で読むだけじゃなく自分のものにしたいと思って、少しずつ集めました。「東洋文庫」と、「中国古典文学大系」もです。こっちは紺色の布装で、どっちも原弘《はらひろむ》さんの装幀がすばらしい。

とはいえ、長い話は読むのが大変なので、全然読んでない本もある。短いのが入っているのばっかり読んでいます。


ボクのマンガは、「マンガの教養」が足りてない、と思っています。マンガのテクニックが原始的なんです。イラストレーションと文章が並置してある絵物語みたいです。

でも、そういうものがやってみたかったんだな。そういうのしかできなかったともいう。

たとえば、ボクが挿絵を描くときに気をつけてるのは、内容をそのまま絵にしたような説明的なもんではなくて、文章とは違う方向からせめてみるということ。それによっておもしろい効果が生まれたら楽しい。そのやり方をマンガに持ってきたのかな。

つげ義春さんの『ねじ式』を初めて読んだときに、それまでの作品と絵柄ががらっと変わっていて、すごく驚いたんです。マンガのために絵柄を変えてきた。「すごい。新しいなあ」と思いましたよね。

だから、人物を動かして、物語をつくっていくっていうオーソドックスな手法じゃなくて、イラストレーションみたいな手法でマンガが描けるかなって興味があった。

つげさんの「李さん一家」みたいな、最後に放り出されるようなラストも、すごくおもしろくて、あんなマンガ描けたらなって、ずっと思ってました。

まあ、つげさんみたいなおもしろいマンガを描きたい、描きたいと思って、マンガ編集者をやっていたころも何作か描いたんですけど、イラストレーターの素質と、マンガ家の素質っていうのは違うなって、いまは思いますね。

中国には何度か行きました。北京、上海、香港。行くたびに本屋へ行って、絵の資料を集めました。服飾史の本なんかも買ってみましたが、中国語だし、あんまりよくわかんない。結局、時代考証的には大体のところでてきとうに描いています。厳密にはちょっと違うとご指摘をいただくこともあります。ボクはあんまり気になんないんですけどね（笑）。でも、調度品や建物は、その世界に入りやすいように、なるべく中国らしいものを選んで描いています。

カバーに使っている人形もちょっとずつ買い集めました。「陶人《とうじん》」っていうんですけど。


この本を通して見ると、だんだん絵柄が変わっていくのがわかると思います。もとはサインペンで描いていたんですが、最新作の「西王母の桃」はいま使ってる太めの鉛筆で描きました。

まず、キャラクターをスケッチブックに落書きしてみて、こんな顔っていうのを決めるところから始めます。なるべくへんな顔の人が描きたいんですよ。おもしろくて、愛嬌のある顔ができあがると嬉しい。仙人の顔って、みんなへんじゃないですか。

いまにして思うと、へんな顔が描きたくて仙人が出てくる話をマンガにしたのかもしれないなあ。

（二〇二四年一月　聞き手・編集部）

解説

前を不思議な電車が通るように——

北村 薫

このところ用があって、週の内半分ぐらい、夕方に一回、夜に一回、隣の市まで出掛けます。車で市街地に入ろうとする途中に、踏切があります。今時、珍しい単線の鉄路が、そこで大きくカーブを描いています。行きの時は、円弧の外側から近づき、帰りは円から出るような具合です。

カンカンという警報機の音に、ブレーキを踏む。夜や、夕暮れでも冬だったりすると周囲が暗くなっています。辺りが闇《やみ》に沈んでいる中を、単線であるだけに、身近に迫って見える電車が、目の前を轟々《ごうごう》と通り過ぎて行きます。

昼間だと、さほど感じないのですが、そういう時には、そこだけが明るい電車が、大きなカーブのために、ぶんと振り子を振ったようになり、思いがけないほど近くに寄って来るのです。

眼前に不思議な世界が現れて、消えるように思えてしまいます。こちらの水平面と、あちらのそれは、ずれているのです。電車の中で直立している人を、そのまま取り出したら倒れてしまうでしょう。でも、《あちら》では、それが普通なのです。

冬の夜に、電車の中の光る空間を見ながら、「ああ、内田百閒《ひゃっけん》だ」と思いました。その次の日あたりに、「川上弘美だ」と思いました。すると、目の前を通る、何の変哲もない通勤車両が、途端に魅惑的なものとなりました。

そうしたら、この五月、川上弘美さんの『椰子《やし》・椰子《やし》』（新潮文庫）の解説を南伸坊さんが書いているではありませんか。そこには、百閒が好きで、川上さんも読んでいっぺんに好きになってしまった――と書かれていました。おまけに、その後には稲垣足穂《たるほ》の『一千一秒物語』も並んでいました。途端に、伸坊さんが連結機で、こういう並びの列車を結んだように思えました。
列車の中には、勿論《もちろん》、仲坊さん御自身も入っています。

わたしが、仲坊さんの、中国の短いお話を題材としたシリーズに出会ったのは、『チャイナ・ファンタジー』（潮出版社）によってです。随筆や挿絵のお仕事は、勿論、知っていました。しかし、こういう形のものに接したのは初めてでした。一読して、すっかり、興奮してしまいました。一本の線、あるいは余白が、何と雄弁なことか。

仲坊さんは、この『仙人の壺』の「まえがき」で、まず《中国の怪談》の《読んだあとにポンとそこらに放《ほ》っぽらかしにされるような気分》が《ことのほか好きだと語っています。その《気分》を不思議なゼリーにして固めて、見せられたようでした。

わたしは当時、『謎のギャラリー』（マガジンハウス）というアンソロジーを編んでいました。そこに、『チャイナ・ファンタジー』十四篇の中から、「巨《おお》きな蛤《はまぐり》」「耳中人」「寒い日」を採らせていただきました。ところが、発行日が近づいて来るにつれ、中の一篇が怖くて怖くてたまらなくなりました。それが「耳中人」です。最後の一ページが、この世のものとは思えないのです。

舞台には舞台ならではの、映画には映画ならではの演出というものがあります。本の場合には、最後の一ページをめくって、そこの画面を見た時の、それこそ幕が切って落とされたような効果というものがあります。それでした。――同様に恐ろしいものが、この『仙人の壺』の中にもあります。題名はあげません。読者の皆さんは、ぜひ自分でその怖さを味わって下さい。

さて、「耳中人」ですが、衝撃的だからこそ、採ったわけです。しかし、あまりの凄《すご》さに負けてしまい、とうとう間際《まぎわ》になって、「家の怪」という作品と代えさせていただきました。

著作権の関係で、アンソロジーの内容が変更になるのはあります。しかし、こういう理由で――、というのは珍しいことでしょう。

その「耳中人」は、マガジンハウスから、この夏――遅くとも秋風の吹く頃には出版される『李白の月』という本に収められます。文庫の解説で、他社の本を宣伝するのも異例ですが、形式としてはこの『仙人の壺』と兄弟のような本だということです。

伸坊さんの、このシリーズは食べ始めてしまったピーナッツのように後を引くので、《もっと、もっと！》という方のために御紹介しておきます。

そちらが弟だとすると、兄にあたるこの『仙人の壺』には、単行本に初めて収録される七篇と、『チャイナ・ファンタジー』からの九篇が採られています。

作品が月並みなものだったら、解説に、こう書くのはマイナスでしょう。《何だ、アンソロジーに採られなかった作品が、九つも入っているのか》と思われるからです。しかし、本屋さんの棚の前で、ぱらぱらとめくって見ただけでも、一篇一篇がどうこういうより、《どれもがいいのだ》と分かる筈《はず》です。ベストを選ぼうとしても、おそらく人によって違ってくるでしょう。

わたしも伸坊さんと同じく、中国のこういった話が大好きです。伸坊さんが、参考文献の『中国怪奇小説集』（岡本綺堂）と『中国神話伝説集』（松村武雄）について、《やや入手が難しいかもしれません》と書いているのを見てニンマリしました。うちの本棚には、その二冊が並んで置いてあるからです。例えば、前者には『海井《かいせい》』などという話が載っています。――ある道具屋さんに、底の抜けた桶《おけ》のような形をした、奇妙な品物が置いてある。店の主人も、何に使うものか分からない。老人の客がそれを買う。そして、いう。――これは海井という宝だ。航海の際、海水をうつわにたたえ、中にこれを置けば、《潮水は変じて清い水となる》。

それは便利だと思いますが、老人は《わたしも見るのは今が始め》だといいます。よく確信が持てますねえ。けれども、このお話の世界では、その言葉に間違いはないのです。こういうのが、わたしは好きです。長大な小説の魅力というのもありますが、十数行で終わる、物語の故郷のようなお話を読んでいると、《こういうのだけ読んでいてもいいな》という気になります。

原作と、読み手の間に誰かが入るとそれが創作になります。翻訳も勿論そうで、岡本綺堂の訳したものと、そうでないものとでは別の作品になります。

『仙人の壺』の《創作》の力は、実に見事です。伸坊さんは、日本語訳された原典を《漫画の形に置きかえたにすぎません》と書かれています。そんなことはない。「四足蛇」の最初の二つの場面を、このように夢の舞台を見るように様式化する事など、他の誰に出来るでしょうか。

また、『仙人の壺』にはエッセイが入っています。それが余計なものになっていないのに驚きます。これは想像以上に難しいことでしょう。伸坊さんの作品は、間に言葉を入れられるようなものではありません。わたしも、あれこれ言葉を並べていますが、本来、無地の布の上に置かれて、それだけを眺めるものだと思います。

実際、わたしには、ある画集が欲しいと思っていて手頃なものが出たのに、どうしても買えなかった経験があります。絵の反対側のページに文章が載っているのです。見まいとしても、それが見えてしまう。純粋に、その《絵》を見たいと思っているから邪魔で仕方がない。買ってから切って、片側だけ見ればいいのですが、本に対してそんなことは出来ない。残念でした。

自作に添える文章でも、この作品の場合、そうなる危険性は大きかったと思います。冒険でしょう。それが軽々とクリアされて、蛇足ではない、どちらを読んでも魅力的な本になっています。

（きたむら・かおる　作家）

（『仙人の壺』二〇〇一年九月　新潮文庫　解説を一部修正）

解説

怪異オムスビ頭の秘密

夏目房之介

昭和の頃、新宿の百貨店食品売場を歩いていると、向こうから体格のいい和服の男性が歩いてきた。

男は、目の先に誰かがいるわけでもないのに、にこやかに笑っていた。その顔を見ると、異なことにオムスビに目鼻がついているのである。

周囲は誰も気づかぬようであったが、余はオムスビが街を徘徊する怪異に、しばし感嘆したのであった。

と、志怪風に書いてみたが、のちに判明したところでは、その人は南伸坊という人なのだった。

似顔絵の達人でもある南伸坊が自らを模して描いたオムスビ目鼻の顔は、本人を知らないうちは「いくら何でもコレは誇張だろう」と思われた。が、むしろそれは写実なのであった。ちょうど、中国の水墨山水画を空想とばかり思い、桂林にいってその写実たるを確信したようなものである。


そもそも絵はモノゴトを写す。

そこには「モノ」の目にみえる形と、ホントは見えない「コト」の印象を写す玄妙さがあり、目にみえない屁を煙であらわしたり、じっさいにはありえない雨だれのような汗で焦りの心理を伝えたりできてしまう。

じつは我々が人の顔と思っているモノだって、かなりの部分見えない心理、人格のイメージ、服装や生まれなど周辺情報、やりそうに思えるけど実際にはしてない行為など、無数の見えない「コト」の印象で成り立っている。

その事実は、南伸坊の顔面模写やコロッケのモノマネであきらかなのであって、漫画の似顔てぇものの「面白さ」の本領も、じつはそこにある。
それぞれそっくりと思われる漫画的似顔を複数並べて、そこに本人をよんで眺めてみれば、どこかに特徴をとってはいても、じつのところ造形的には似ても似つかない場合が多いはずなんである。

何で似顔やモノマネが面白いのかというと、人が人を、あるいはモノゴトを見たり、感じたり、思ったり、解釈したりというときには、一事が万事「モトのものから微妙に離れる瞬間の変化の面白さ」があり、しかもそれが「ヘンな方向」だったりすると、うふ、うふふふ、と楽しめてしまうような刹那があるからである。

中国の志怪、伝奇の、南伸坊的な面白がり方には、まさにその「何かヘン」になる刹那の、精神の「うふふ」的快楽が、エッセンスとなって転がっているのだね。

「表現されている」というより、この場合、転がっていると私はいいたい。

何となれば「耳中人」の、せっかく仙人になろう、あるいは健康で長生きしようと鍛錬にはげむ主人公が「会ってもいいぞ」と耳の中で聞く話。ワクワクするじゃないですか、ふつー。

なのに、そいつが出てくる瞬間、それまで1ページ2コマの決まった形だったコマが、突如1ページ大のコマになり、真っ黒の中に小さい虫が描いてある。「虫」だよ。そのあと出てくる耳中人（これがまた卑小な感じなの）じゃなくて。

これは「耳の中の何かヘン」の生まれ出る刹那を、すぐに耳中人を出さずに、刹那そのもののワクワクどきどき自体として描こうという工夫なんである。

このとき南画伯は、通常はこれほど顕微鏡的に、ゆっくりと味わえない精神の微妙神妙な瞬間を、できるかぎり大袈裟な身振りをせずに「ほい」とかいって転がして見せてくれているのだ。

ここがミソなのよ、おたちあい！

考えてみりゃアナタ、「巨きな蛤」の父母の頭も、「落頭民」の女も、ころりと転がってる（しかも後者は色っぽい）。

『李白の月』の前作『仙人の壺』でも、銀に化した女、金になった仙人の痰、吉本隆明そっくりの仙人などがごろごろ転がっていた（最後のは寝転がっていたのだが）。

多分、人の精神というものがナニゴトか転がる瞬間の面白さというものに、南伸坊大人《たいじん》は、中国怪異譚を通じて漫画的に開眼したのだね。吾思うに。

私は南大人の面白主義思想というものを尊敬しており、どっちかつうと同じ趣味だなぁと思う人なのであるが、そのあたりのココロの消息は、じつにこの『李白の月』などに精髄を転がしているように思えてならんのである。

これを早くいうと、「好き」なのであった。

だから、『コミックトム』で連載（一九八八〜一九九〇年）してた頃からファンで（同じ雑誌で私は「読書学」という連載をしていて、そこでもとりあげた）、連載をまとめた南大人初の漫画本『チャイナ・ファンタジー』ももちろん初版をもっている。これ、しゃれたハードカバーで、まえがきもあとがきも、エッセイもないんだけど、大きな判で、素敵なのだ。私個人としては、いちばん好きな本。

その後、同じものにエッセイをそえて『仙人の壺』、少し描き足して『李白の月』と出て、みんなもっている。三冊とも末長くお気に入りの本として、ベッドサイドに鎮座している（転がしてはいない、四角いし）。

近くには諸星大二郎『壺中天』『異界録』、杉浦日向子『百物語』『百日紅《さるすべり》』、たむらしげる、高野文子などなど。

つまりは自分の安眠的状態にもっとも親しいと思われる作品、ココロがあっちとこっちで入れ替わる刹那の、どっちでもよさを感じさせる世界の匂いが本棚周辺に漂うようにしてあるのだった。

そのわりに夜更かし、不眠症だてぇ話はあるが、しかし、楽しい夢をみられそうじゃないですか。

とはいえ本作は、戦後日本マンガにおいて稀有な、大人のための達人的趣味漫画である。読者諸兄、ぜひとも子孫に語りついでいただきたい。

（なつめ・ふさのすけ　漫画批評家、漫画家、コラムニスト）

（『李白の月』ちくま文庫　二〇〇六年四月　解説より）

原　典（丸がこみの数字は参考文献のリストと対応しています）

『仙人の締切』列仙伝「修羊公」①
『寒い日』異苑「鶴の昔話」②
『斧の時間』述異記「唐様浦島（三）」③
『茶肆の客』夷堅志「乞食の茶」④
『水人形』捜神記「水になった子供」⑤
『金銀の精』稽神録「金児と銀女」④
『白い娘』集異記「白衣の娘」⑥
『鼠の予言』捜神記「鼠の予言」⑤
『二本の箒』幽明録「箒の美少年」⑦
『家の怪』物いふ小箱「猫」⑧
『へんな顔』閲微草堂筆記
「割れ甕の怪」⑨
『柳の人』捜神後記「柳をなめる人」⑩
『寿命』広異記「自分を占う」⑩
『四足蛇』稽神録「四足の蛇」④
『夢の通路』三夢記「第一話」⑪
『怪異』異聞総録「窓から手」④
『変貌』幽明録「首のすげかえ」⑦
『息子の壺』幽明録「息子の壺」⑦
『未来の巻物』定命録「宿命」⑥
『玻璃の中の仙人』酉陽雑俎「壺史」⑫
『北斗の謎』酉陽雑俎
「北斗七星の秘密」④
『鏡の人』捜神後記「もう一人の自分」⑩
『夜の蝶』捜神後記「蝶の怪」⑩
『隠された沓』中国奇談集
「豚の夜這い」⑬
『月下の怪』閲微草堂筆記「人形の怪」⑨
『巨きな蛤』原典不明
『落頭民』捜神記「首の飛ぶ女」④
『星に遇う』捜神記「北斗星と南斗星」⑤
『魂の形』述異記「魂の形」⑩
『耳中人』聊斎志異「耳中人」⑭
『李白捉月』特定のテキストはなし
『花魄』子不語「花魄」⑨
『末期の視覚』灤陽消夏録
（閲微草堂筆記）「二人の女中」⑨
『西王母の桃』特定のテキストはなし

参考文献

①『抱朴子・列仙伝・神仙伝・山海経』本田済他訳　中国古典文学大系8　平凡社
②『六朝・唐・宋小説選』前野直彬編訳　中国古典文学大系24　平凡社
③『中国神話伝説集』松村武雄編　現代教養文庫875　社会思想社
④『中国怪奇小説集』岡本綺堂　旺文社
⑤『捜神記』干宝　竹田晃訳　東洋文庫10　平凡社
⑥『唐代伝奇集2』前野直彬編訳　東洋文庫16　平凡社
⑦『幽明録・遊仙窟 他』前野直彬・尾上兼英他訳　東洋文庫43　平凡社
⑧『物いふ小箱』森銑三　筑摩書房
⑨『閲微草堂筆記 子不語』前野直彬訳　中国古典文学大系42　平凡社
⑩『六朝・唐・宋小説選』前野直彬編訳　中国古典文学大系24　平凡社
⑪『唐代伝奇集1』前野直彬編訳　東洋文庫2　平凡社
⑫『酉陽雑俎1』段成式　今村与志雄訳注　東洋文庫382　平凡社
⑬『中国奇談集』鈴木了三編訳　現代教養文庫757　社会思想社
⑭『聊斎志異 上』蒲松齢　増田渉・松枝茂夫他訳　奇書シリーズ　平凡社

初　出

『コミックトム』連載　一九八八～一九九〇年
「李白捉月」「花魄」　単行本『李白の月』書き下ろし
「末期の視覚」『鳩よ！』第二一〇号（二〇〇二年三月号、マガジンハウス）
「西王母の桃」　単行本『仙人の桃』書き下ろし

底　本

『チャイナ・ファンタジー』単行本　潮出版社　一九九〇年
『仙人の壺』単行本　一九九九年九月　新潮社
　文庫　二〇〇一年九月　新潮文庫
『李白の月』単行本　二〇〇一年九月　マガジンハウス
　文庫　二〇〇六年四月　ちくま文庫

南伸坊

イラストレーター・装丁デザイナー・エッセイスト。1947年、東京生まれ。東京都立工芸高等学校デザイン科卒業、美学校・木村恒久教場、赤瀬川原平教場に学ぶ。雑誌「ガロ」の編集長を経て、フリー。主な著書に『オレって老人？』『装丁/南伸坊』『ねこはい』『本人伝説』『おじいさんになったね』『くろちゃんとツマと私』『あっという間』『私のイラストレーション史』、共著に『いい絵だな』などがある。

仙人《せんにん》の桃《もも》

2024年2月25日　初版発行

著　者　南《みなみ》　伸《しん》　坊《ぼう》

発行者　安部順一

発行所　中央公論新社

〒100-8152　東京都千代田区大手町1-7-1
電話　販売 03-5299-1730　編集 03-5299-1740
URL https://www.chuko.co.jp/

ＤＴＰ　嵐下英治
印　刷　大日本印刷
製　本　大口製本印刷

Published by CHUOKORON-SHINSHA, INC.
Printed in Japan　ISBN978-4-12-005748-9 C0095